밤이
지나간다

밤_이 지나간다

편혜영 소설집

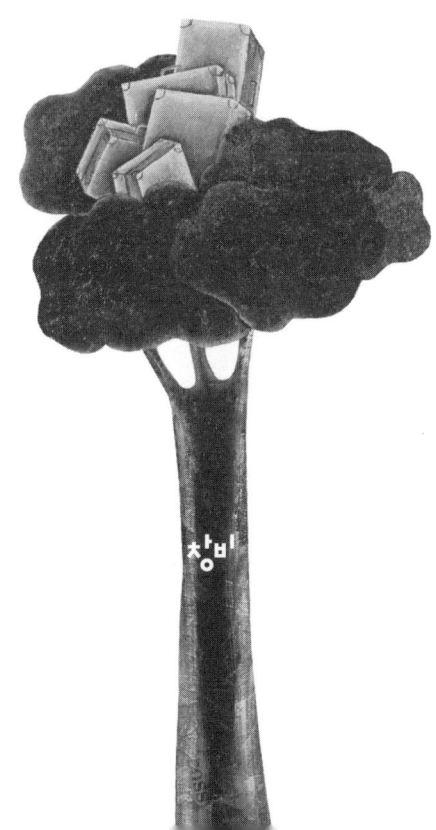

창비

차
례

야행
夜行

벨 소리가 들렸을 때 그녀는 부엌에서 뒷물을 하고 있었다. 사타구니에서 나오는 것은 누런 오줌뿐이었지만 이미 통제력을 상실한 아랫도리는 언제나 눅진했다. 그녀는 물기 묻은 아랫도리를 닦지 못한 채 엎드려서 회전의자를 가슴 아래 깔았다. 다리 통증이 심해진 뒤로 바퀴 달린 의자를 이용해 조금씩 움직였다. 의자를 깔고 몸을 길게 뉘어 얼음을 지치듯 손으로 바닥을 밀고 나가는 식이었다.

아들에게서 걸려온 전화일 터였다. 아들은 어제 전화를 해 오늘 일이 끝나는 대로 데리러 오겠다고 했다. 그게 언제쯤이냐고는 묻지 못했다. 아들은 제 할 말만 하고 전화를 툭 끊어버렸다. 곧바로 전화를 하고 싶었으나 그럴 수 없었다. 아들의 전화번호를 몰랐다. 알고 있는 번호로 걸면 결번이라는 안내음이 들려왔다. 그런 일은 흔했다. 그럴 때마다 그녀는 아들이 하는 일의 위험성을 직감하고 비관했다.

자주 전화번호를 바꿔야 하는 사정은 짐작하고도 남았다. 그녀는 여러번의 경험으로 아들이 다시 무슨 일인가 시작했고 그 일이 뜻대로 되지 않으며 다른 때와 마찬가지로 도움을 청할 곳이라고는 도움이 안될 게 분명한 노모밖에 남지 않았다는 것을 알아차렸다. 아들은 여러번 실패했다. 그때마다 심리적 금전적으로 큰 상처를 입었고 상처를 극복할 방법으로 새로운 사업을 벌였다. 아들은 어떤 일을 하는 것은 아무 일도 하지 않는 것보다 못하다는 걸 좀처럼 인정하려 들지 않았다. 아들이 반복되는 실패를 통해 배우는 것은 주도면밀하게 잠적하는 기술뿐이었다. 그녀는 지치지 않는 아들의 무모함을 비난했지만 아들의 용기와 의지를 꺾은 데 대한 가책과 연민으로 마음이 누그러졌다. 그녀에게는 아들을 실망시킬 매정함도 아들의 실망을 견딜 용기도 없었다. 매번 아들이 원하는 액수의 돈을 떼주거나 대출받아 건네주었다. 물론 그만한 돈이나 담보가 있을 때의 일이었다.

수화기를 들어올렸는데도 계속 벨 소리가 났다. 소리는 벽에 붙은 스피커에서 나오고 있었다. 기다리던 전화가 아니어서 조금 실망했으나 그게 뭘 의미하는지는 몰랐다. 그녀는 뭔가 잘못되어간다는 것을 감지할 만큼 예민했지만 뭐가 잘못되었는지 모르는 경우가 많았다.

스피커에서 소리가 들리기는 처음이었다. 그녀는 그런 게 붙어 있다는 걸 처음 안 듯 쳐다보았다. 스피커는 격자무늬 틈마다 먼지를 이고 있었다. 먼지가 없었다면 한층 더 위험하고 긴급하게 들렸을 테지만 좁은 틈을 가득 메운 먼지 때문에 그 소리가 실제로 들린 것인지 아닌지 의아해졌다.

한참 만에야 그녀는 방금 울린 것이 비상 상황을 알리는 신호임을, 긴급히 대피해야 할 일이 벌어진 것임을 깨달았다. 그녀는 일어서려고 허둥대다가 깔고 있던 회전의자에서 떨어졌다. 팔에 잔뜩 힘을 주어 상반신을 일으키려고 했지만 떨어지면서 부딪힌 충격 때문에 가슴이 얼얼했다. 이내 다리뼈가 참혹하게 뒤틀리기 시작하더니 점차 몸 전체가 두쪽으로 갈라지는 느낌이 들었다.

통증이 오는 주기나 횟수는 예측할 수 없었다. 강도가 매번 짐작 이상이라는 것 말고는 통증에 대해서 확신할 수 있는 게 없었다. 통증은 살갗을 벼린 칼로 벴고 머리털을 뭉텅뭉텅 잡아뽑았으며 날카로운 침으로 눈알을 쑥 찔렀고 심장을 사정없이 옥죘다. 호흡이 곤란해지고 청색증이 생기고 어떤 때는 혀를 깨물기도 했다. 통증이 오면 몸이 틀어지는 대로 앓고 그것이 그저 지나가기를 기다리는 수밖에 없었다. 그러는 동안 간혹 짐승의 신음 같은 끙끙 소리를 내뱉었으나 대개는 아무 소리도 내지 않았다. 참았다. 곧 지나갈 것이고 그러면 얼마간 편안할 것이다.

통증은 그녀에게 유일하게 남은 것이었다. 그녀는 철거가 임박한 이 아파트로 이사를 오느라 줄곧 살아온 동네를 떠났고 오랫동안 친교를 나누던 사람들과 완전히 멀어졌고 새로 이웃을 사귈 마음을 잃었다. 간혹 전화 통화만 하는 사람들은 뭐든 명령하고 훈계하려 들었다. 그녀는 혼자 있을 때면—대체로 그랬다—자신을 이런 처지로 내몬 아들을 원망하는 일에 매달렸다. 실제로 아들이 원망할 만한 일을 벌이면 모든 걸 자기 탓으로 돌리며 자책했다.

이사를 온 뒤 이웃과 마음 놓고 가난을 공유하게 되었지만, 얼마 지나지 않아 가난 말고는 공유할 게 없다는 것을 깨달았다. 이웃들은 이사 간 주민이 버리고 간 물건을 부끄러움 없이 주웠고 간소한 생활에서 배출된 쓰레기를 거리낌 없이 내다버렸다. 어떤 희망도 남지 않고 일생 동안 제대로 보살핌을 받은 적이 없어서 자신이 철거를 앞둔 아파트와 마찬가지로 파괴되고 무너져가고 버려져 있다는 것을 별 의문 없이 받아들이는 것 같았다. 그들이 하는 일이라고는 어슬렁거리는 개와 마찬가지로 쓰레기 더미 속에 앉아 대낮의 햇볕을 피하거나 그 옆에서 한담을 나누는 것이었다.

이사 온 직후에는 그나마 거동을 할 수 있어서 종종 아파트 단지를 산책했다. 단지 안에 있는 사람들은 시행사 직원이나 재건축 조합원을 빼면 노인과 피로해 보이는 중년의 여자들뿐이었다. 그때 만난 적은 수의 이웃들은 빈 유모차를 지팡이 삼아 밀고 다니는 그녀를 보면 제각각의 부위에 느껴지는 고통을 호소하고 자신이 얼마나 질병에 이력이 났는지 자랑처럼 말했다. 그럴 때는 분노 비슷한 감정을 느꼈다. 다른 사람의 통증을 의심할 권리는 없지만 뼈를 가르는 아픔이 오고 몸이 뒤틀릴 때면 자신의 통증이 세상에서 유일한 것이라고 확신했다. 의사도 원인을 밝히지 못한, 젊은 시절의 고생과도 무관한 통증은 그녀만의 것이었다. 그녀는 강도와 횟수, 주기 따위로 통증의 개별성은 물론이고 자신의 개별성도 인식했다.

비상벨이 울리는 상황에서 느닷없이 통증이 오고, 통증이 잦아든 후에도 생각대로 몸을 움직일 수 없자 몹시 당황스러웠다. 혼자서 집 밖으로 나가는 일은 불가능했다. 통증이 오면서 고립이 시작되었는지, 고립된 후에 통증이 시작되었는지 알기 어려웠지만 이 모든 것은 변덕스럽고 심술궂은 통증 때문이었다.

이미 늦은 것은 아닐까. 긴장한 나머지 오줌을 지렸다. 제법 양이 많았다. 오줌이 허벅지를 타고 천천히 흐르며 바지를 적셨다. 텔레비전 받침대를 붙잡고 후들거리는 다리를 지탱해 겨우 몸을 일으켰을 때 소리는 멎어 있었다.

그녀는 떨리는 두 다리를 상다리 접듯 천천히 구부려 바닥에 누웠다. 익숙한 바닥의 냉기에 비로소 안도했다. 누운 채로 바지를 벗자 마루를 채운 희미한 어둠 속에 앙상하게 마른 두 다리와 튼 자국이 그대로 남은 허벅지, 물기 없는 거웃이 희뿌옇게 모습을 드러냈다. 벌거벗은 아랫도리는 주검의 일부처럼 보였다. 그것은 십년도 더 전에 보았던 남편의 시신을 연상시켰다. 뇌출혈로 쓰러진 남편은 얼마간 의식이 없는 채로 앓다가 세상을 떴다. 그즈음에 남편의 몸은 안쓰러울 정도로 깡말라 있었다. 남편은 수의를 입고 나서야 예전의 건장한 체격을 되찾았다. 그녀는 급작스러운 남편의 소멸을 지켜보며 죽음에 대해서는 비탄할 필요도 없고 어떤 애원도 소용없으며 증오를 품어서도 안된다고 생각했다. 그것은 그저 그렇게 될 일, 지극히 자연스러운 일에 지나지 않았다. 그렇게 생각하기까지 많은 시간이 걸렸고 고통이 따랐다. 그럼에도 아직도 무엇인가 남아 있는 것 같았다. 남편의 깡마른 주검을 떠올릴 때면 심장을 죄게 하는 무엇인가가.

아직 학생이던 아들과 함께 경기도에 있는 공원묘지에 자주 갔다. 잘 손질된 떼를 볼 때마다 남편의 뼈가 습기 머금은 흙으로 풍화하는 모습을 상상했다. 뼈가 풍화된 후에도 여러 겹의 수의와 향나무 관은 그 자리에 오도카니 놓여 있을 것 같았다. 남편의 무덤가에 서 있어도 그리 대단한 슬픔을 느끼지 않게 될 무렵 다리에 통증이 오기 시작했다. 아들은 이미 학교를 졸업하고 휴일마다 다른 볼일이 생겨 함께 공원묘지에 다니지 않게 된 지 오래였다.

그녀는 괜한 두려움을 털어내고 회전의자에 몸을 의지했다. 딱딱한 의자가 가슴을 짓누를 때의 서늘한 감촉은 좀처럼 익숙해지지 않았다. 바닥을 짚고 바퀴를 밀어 베란다로 갔다. 문턱은 의자를 빼고 두 손을 써서 넘었다. 베란다에서는 우왕좌왕 밖으로 몰려나온 무리나 어느 집 창에서 검은 연기가 무참히 뿜어져나오는 게 보일지도 몰랐다. 이쪽으로 다가오는 요란한 경광등 불빛이 보일 수도 있었다.

비상벨 소리에 당황하기는 했으나 그녀는 늘 많은 경고 속에서 살아왔다. 줄기차게 울려댄 나머지 경고음이 어떤 위험을 알리는 것인지 분간할 수 없는 상태였다. 어떤 말들은 머릿속에서 늘 비상벨처럼 울려댔다. 그녀를 아는 사람들은 그렇게 움직이다가는 다리를 아예 못 쓰게 될 수 있다, 집도 없이 거리에 나앉는다, 아들을 버리게 된다는 등의 말을 늘어놓았고 대부분 그렇게 되었다.

바깥을 내다보고 나서 비상벨 소리를 듣고 짐작한 일이 하나도 일어나지 않았다는 걸 알았다. 한참을 보고 있어도 마찬가지였다. 좁은 보도나 불 꺼진 맞은편 동에서 비상한 기미는 전혀 없었다. 가로등이 켜지지 않아 어두운 텅 빈 단지 안 보도, 중첩된 그림자로만 보이는 동과 동 사이에 쌓인 쓰레기, 거주민이 다 빠져나가 완전히 어둠에 파묻힌 맞은편 동까지 모두 그대로였다. 그녀는 날마다 베란다에서 아파트 거주자들이 하나둘 빠져나가는 걸 지켜봤다. 불 켜진 집이 단 한채 남았을 때 느꼈던 절박함은 오랫동안 잊지 못할 것 같았다. 그 집마저 떠나 맞은편 동이 완전한 암흑이 되었을 때는 더이상 기다릴 게 없다는 생각에 오히려 마음이 편안해졌다.

여느 날과 다름없는 풍경은 비상 상황을 맞은 게 그녀뿐임을 일깨웠다. 비상벨 소리는 확실히 그녀를 겨냥한 것이었다. 어쩌면 철거를 알리는 경고인지도 몰랐다. 한동안 이삿짐 트럭이 사다리차 올리는 소리로 가득하더니 이제는 굴착기 소리가 계속 들려오는 걸로 봐서 이미 철거작업이 시작된 모양이었다.

그녀를 바깥으로 나오게 하려고 비상벨을 울린 건 아니었을까. 재건축 시행사 직원은 날마다 아무 때고 그녀를 찾아왔다. 결코 초인종을 누르는 법 없이 겁을 주려고 요란하게 문을 두드리고는 "준비하고 계십니까?" 하고 물었다. 그녀의 대답은 들을 생각이 애당초 없었다는 듯 곧바로 말을 이었다. 이렇게 버티면서 경고와 고지를 무시해서는 안된다고 으름장을 놓았고 퇴거 최종 시한이 얼마나 지났는지, 예정된 철거 예정일이 며칠 남았는지 큰 소리로 통보했다. 요즘 들어서는 그런 일을 하루에 몇번씩 반복했다.

어제도 그랬다. 막 잠자리에 들려는데 요란하게 현관문 두드리는 소리가 들렸다. "준비하고 계십니까?" 시행사 직원이 물었다. 그녀는 현관 쪽에 대고 "그럼요, 준비하고 있어요. 늘 준비하고 있지요" 하고 큰 소리로 대답했다. 그녀가 뭔가 대답한 것은 처음이었다. 문 너머의 직원이 깜짝 놀란 듯 말을 잇지 못하고 머뭇거렸다. 준비하고 있다는 말에 당황한 것이 아니라 그녀가 대꾸한 것에 당황한 듯했다. 그녀는 직원이 찾아오면 괜한 수고를 하고 있다는 걸 알려주려고 아무 소리도 내지 않곤 했다. 실은 겁이 났다. 노인 혼자뿐이라는 걸 알면 강제로 쫓아낼 것 같았다. "들어와요. 그동안 나 때문에 고생이 많았어요. 따뜻하게 차나 한잔 마시고 가요." 그녀가 부드럽게 말했다. 낮에 걸려온 아들의 전화가 용기를 주었다. 아들은 다음 날 데리러 오겠으니 간소하게 짐을 챙겨두라고 했다. 그녀는 떠날 것이다. 경고나 위협의 말을 들을 필요가 없는 곳으로.

시행사 직원이 문고리에 손을 댔다. 문을 열어줄 생각 같은 건 조금도 없었다. 직원이 천천히 문고리를 돌렸고 곧 헛된 일이라는 걸 알아차렸다. 약이 오른 듯 잠긴 문고리를 몇번 세게 돌리고 힘껏 당겼다. 그녀가 크게 웃음을 터뜨렸다. 문고리가 당겨질 때마다 우스웠다. 그녀는 아들의 전화로 한껏 의기양양해져 있었다. 직원이 계단을 내려가는 소리가 들렸다. 그 일로 그녀와 시행사 직원 사이에 무엇인가 생겼다. 어쩌면 무엇인가 빠져나간 것인지도 몰랐다. 오랫동안 지켜온 침묵이나 묵묵한 대화의 약속 같은 것이.

그녀는 상반신을 세우고 팔을 쭉 뻗었다. 온 집 안의 불을 켜둘 생각이었다. 혹시 다른 곳에 남아 있을지도 모르는 사람들에게, 오늘 밤 찾아올 아들에게 자신이 아직 이곳에 남아 있다는 걸 알리고 싶었다. 불이 켜지지 않았다. 스위치를 이쪽저쪽으로 움직여보고 텔레비전 전원 버튼을 눌러보고 나서야 전기가 끊어졌다는 걸 알았다. 직원은 며칠 전에 단전 경고를 했고, 경고를 실행에 옮겼다. 단전은 처음이었지만 여기 남아 있는다면 자주 이런 일이 반복될 것이었다.

불이 켜지지 않자 기다렸다는 듯 이른 밤의 어둠이 밀려들었다. 그녀는 한층 어두컴컴하고 차가워진 마루에서 여전히 아랫도리를 내놓은 채 앉아 있다가 "그래도 다행이지 않아요?" 하고 중얼거렸다. 그렇게 말하고 나서 좀 놀랐다. 단전이나 단수 같은 경고 차원의 위협보다 더 극한 상황을 내내 상상하고 있었다. 게다가 누군가에게 말을 건네듯, 그러니까 남편에게 얘기하듯 중얼거렸다. 그녀는 중얼거림이야말로 나이 들어갈수록 조심해야 할 것이라고 생각해왔다. 남편은 그녀의 사소하고 쓸데없는 얘기를 들어주었다. 다른 사람의 흉을 보면 사심 없이 맞장구를 쳐주었다. 그들은 쓸데없는 물건에 대한 정보를 나누고 가망 없는 여행 계획을 세우고 함께 아들의 장래를 상상했다. 그러는 일이 한때 그녀를 지탱했다는 걸 상기하면, 여전히 들어줄 남편이 있는 척 중얼중얼 속마음을 털어놓는 일은 스스로 고립을 인정하는 꼴이었다.

그녀는 어두운 욕실에서 더듬거리며 아랫도리를 씻고 방으로 들어갔다. 떠나기 전에 마지막으로 씻는 것이니 목욕을 할 수 있다면 좋겠지만 몽둥이 같은 두 다리로 버티면서 뒷물을 하는 것만도 힘들었다. 방 한가운데 유독 시커먼 어둠이 입을 벌리고 있었다. 그것은 가장 어두운 밤보다도 깊고 새까매 보였다. 아들의 말대로 간소하게 짐을 챙겨넣으려고 꺼내둔 가방이었다. "아무것도 챙기지 마요. 괜한 거 챙겨봤자 짐만 돼요." 아들이 그렇게 당부했을 때 몹시 서운했다. 아들이 생각하기에 그녀에게는 평생의 추억이 담긴 물건이 없고, 자식과 손자와 그의 자식에게까지 물려주어도 좋을 값어치 있는 물건이 없으며 비밀과 연루된 소지품 같은 게 없었다. 애써 챙겨놓은 물건들은 아들에게 시시하고 버려도 좋은, 짐짝에 지나지 않는 취급을 받을 것이었다.

서운한 나머지 그녀는 언젠가 아들에게 속내를 털어놓으리라고 마음먹었다. 아들은 그녀가 하려는 말을 이해하지 못할 것이다. 그녀가 자칫 울기라도 하면 실소를 터뜨릴 것이다. 얘기를 하기도 전에 아들의 표정이 보이는 듯했다. 그녀는 이제껏 아들에게 아무 말도 하지 않았다. 앞으로도 몇가지 비밀은 영영 밝히지 않을 생각이었다. 검은 밤과 곧 철거될 아파트와 바닥에 뿌리를 내릴 듯 딱딱하게 굳어가는 두 다리에게만 비밀을 털어놓을 것이다.

하지만 그녀는 알고 있었다. 자신에게는 딱히 털어놓을 것이 없다는 것을. 아들 몰래 간직해온 비밀이나 이사를 할 때마다 잊지 않고 챙겨온 편지 상자 같은 건 없었다. 남편 몰래 누군가에게 받은 반지도 없고 그런 것을 받고 싶다는 소망을 가져본 적도 없었다. 아무리 되돌아봐도 일생을 통틀어 지킬 만한 비밀이 없는 시시한 인생이라는 것이 그녀가 가진 유일한 비밀이었다. 그러나 그녀는 누구에게도 말하지 않은 것이 있다고 생각했고 기회가 있을 때면 자주 그것에 대해 이야기하려다 입을 다물었다. 스스로도 알 수 없는 비밀을 유지하는 게 그녀를 한층 더 외롭고 쓸쓸하게 했다. 그럼에도 그녀는 누구도 모르는 비밀을 품고 있다는 것에, 자신이 아들의 인생을 모르는 만큼 아들 역시 그녀의 비밀을 영영 모른다는 것에 위안을 받았다.

서운하긴 해도 가방은 단출하게 꾸릴 작정이었다. 그녀의 집은 엘리베이터도 없는 아파트의 5층이었다. 아들은 그녀를 업고 등도 켜지지 않는 계단을 내려가야 할 테고, 짐을 가져오려면 그녀를 1층에 내려놓고 다시 계단을 올라가야 할 것이다. 아들의 수고를 염려한다기보다는 투덜거리고 타박하는 걸 듣고 싶지 않았다. 가급적 모든 것을 버리고 꼭 필요한 것만 챙기려고 마음먹었다. 그러다보니 하나도 챙길 수가 없어서 여태 짐 꾸리는 일을 미루었다.

남편이 탄탄하게 사업을 꾸려갈 당시 다분히 과시하려고 사들인 물건들은 이사를 거듭하면서 버려왔다. 이사할 때마다 집의 크기는 이전 집을 딱 반으로 접은 듯이 줄어들었다. 짐을 챙기는 일은 불필요한 절반 정도의 짐을 버리는 일이었다. 이제는 용달차를 불러 짐을 나를 것도 없이 가방 하나만 덜렁 들고 야반도주하듯 떠나야 할 지경이 되었지만 오히려 담담했다. 애틋하게 여긴 물건과의 이별도 여러번 반복하니 구태의연했다. 형편에 맞지 않게 이 방에 덜렁 놓여 있는 나전칠기장은 오래전 안방 가구를 세트로 구성할 때 들여놓은 것이었다. 지금은 모두 내다팔고 장식장 하나만 남았다. 한때의 영화에 대한 그리움이나 회한 때문에 가지고 있는 것은 아니었다. 이사를 하는 중에 눈에 띄는 여러 곳에 흠집이 생겼고 터무니없는 헐값이 매겨졌음에도 팔리지 않고 남았다. 아들이 어디로 데려갈지 알 수 없지만 자개가 촘촘히 박힌 칠기장을 들여놓을 만한 곳이 아님은 분명했다.

　이곳으로 이사 올 때 그녀는 재산을 거덜낸 아들이 구한 집이 달마다 거저나 다름없는 임대료를 지불해야 하고 재건축 시행일이 임박한, 엘리베이터도 없는 아파트의 5층이라는 걸 알고는 기력을 다해 아들을 노려봤다. 아들은 어깨를 으쓱하며 "생각대로 안됐어요. 어머니도 늘 그렇게 말씀하셨잖아요" 하고 대꾸했다. 그녀는 자주 아들에게 그리고 스스로에게 인생에서 생각대로 되는 일은 거의 없고 대체로 생각과는 다르게 마련이라고 얘기해왔다. 남편이 해오던 말을 습관처럼 따라 읊고 아들에게 전한 것에 지나지 않았다. 성격이 느긋하고 낙천적인 남편은 뜻대로 되지 않는 인생이야말로 예정된 수순대로 나아가는 것이고, 생각대로 되지 않을 때 비로소 살 만해지는 법이라고 말하곤 했다. 그녀는 막연히 그것에 동의했으나 막상 아들이 그렇게 말하자 책임을 회피하려는 것 같아 못마땅하기만 했다.

아들은 남편이 죽으면서 남긴 재산을 매해 일정하게 토막 내듯 해치웠다. 심지어 그녀 명의로 죽을 때까지 갚지 못할 액수의 부채를 남겼다. 그녀가 죽으면 상속을 포기함으로써 법적인 의무관계를 청산할 게 분명했다. 어떨 때는 남편의 병사(病死)에 아들 녀석이 관여한 것은 아닌가 하는 의심에 사로잡힐 만큼, 아들은 그녀의 인생에 있는 것들을 조금씩 빼앗아갔고 종내는 모두 빼앗아갈 것이 확실해 보였다.

그렇다고 아들이 그녀에게 실망과 좌절만 준 것은 아니었다. 아들 역시 보호가 절실한 아동기를 거쳤고 그러는 동안 일생을 두고 곱씹어도 좋을 경이롭고 사랑스러운 기억을 주었으며 그녀로 하여금 자신의 존재가 누군가에게 절대적으로 필요하다는 확신을 갖게 했다. 또한 그녀에게 자신의 인생에도 성공이라 할 만한 것이 있다는 자부를 주었다. 코가 반듯하고 이마가 넓어 관상학적으로 나무랄 데 없는 아들 얼굴을 볼 때면 특히 그랬다.

그녀는 아들이 성장하는 동안 생활의 안정감을 주고 충분한 학력을 쌓을 만큼 지원했다. 부모로서 솔직하고 명랑한 이해와 아량을 베풀려고 애썼다. 호감 가는 외모와 평균을 웃도는 신장, 탄탄한 체격, 연갈색의 선량한 눈동자, 건강해 보이는 가무잡잡한 피부 같은 것을 유전적으로 물려주고 영양학적으로 지지해주었다. 그러나 아들은 실패를 탓하고 처지를 비판하는 일에 그녀를 자주 동원했다. 더는 해줄 게 없음에도 아들의 타박을 받는 일은 부당했다. 화가 난 나머지 아들이 사업뿐만 아니라 인생에서도 실패했다고 생각해버렸다. 부채가 있다고 실패한 인생은 아니었으나 대개 실패한 인생에는 부채가 있었다. 실패가 전적으로 아들 탓은 아니었다. 인생에는 잘 살아보려는 노력이 돌이킬 수 없는 실수가 되는 경우가 많고, 착실하고 소박한 노동의 댓가로 비루한 생활이 주어지기도 했다. 그러므로 무엇이든 그저 오는 대로 받아들이는 수밖에 없다는 걸 알고 있었다. 무엇보다 자신마저 그렇게 여기면 아들의 인생에는 더이상 희망이 없을 것 같아 애써 그런 생각을 지우려 했다. 그럴수록 아들의 인생이 점점 실패에 가까워지고 있다는 쪽으로 마음이 기울었다. 그녀는 자책했다. 어미로서 자식에 대한 기대를 저버린 것을. 어떤 때는 걱정과 우려를, 어떤 때는 표면적인 지지와 응원을 보냄으로써 아들이 매번 오기나 자만심으로 허황된 계획을 세워 실패를 반복하도록 방치한 것을.

벌이 들지 않아 어두컴컴한 아파트로 이삿짐을 옮기면서 그녀는 아들에게 가지고 있던 한결같은 바람이 거짓이었음을 인정했다. 애당초 아들의 인생을 성공이나 실패 같은 것으로 나누어 생각해본 적 없고 그저 건강하고 무탈하기만 바랐다고 생각했지만, 아니었다. 그녀는 재산과 권위, 안정감이나 여유 같은 것과 완전히 멀어진 채 건강하기만 한 아들에게 솔직히 진력났다. 가끔은 분노에 가까운 실망을 느꼈다.

어디 하나 정 둘 데 없는 집이었지만 그래도 아들과 함께 지내지 않아도 된다는 점은 좋았다. 그녀는 이미 오래전부터 아들을 볼 때마다 아기를 갓 낳은 산모처럼 내 몸에서 태어난 생명을 바라보는 경이로움과 그 생명에 대한 참담한 이질감, 찢어진 살이 아무는 동안의 옅은 분노, 그 때문에 드는 자책을 동시에 느끼고 있었다.

어둠 속에서 짐을 꾸리는 일은 불편하기는 해도 가히 나쁘지는 않았다. 아들이 언제 올지 몰라 조바심이 났고, 그전에 중요한 물건을 챙기지 못할까봐 서두르기는 했으나 그런 때여서 오히려 어두운 게 나았다. 어둡지 않았다면 서랍 안에 든 물건을 하나하나 꺼내보고 매번 생각에 잠겼을 것이다. 잔액이 하나도 남아 있지 않은 오래전 통장을 일일이 넘겨보며 내역을 확인하고 한때의 입금 내역을 보며 회한에 젖고 그 모든 것이 허망하게 사라져버린 걸 한탄했을 것이다. 해지된 보험계약서와 연금보험증권을 들여다보면 몸이 괜히 욱신거리기도 할 것이다.

남은 생은 이보다 더 작고 낡은 방에서 간소하게 정리된 몇개의 물건들과 함께할 것이다. 그녀는 다리의 장애와 나날이 심해져가는 통증과는 상관없이 노병으로 죽게 될 것이라고 생각해왔다. 그 순간은 멀 수도 있지만 그다지 멀지 않을 수도 있다. 자신의 시신을 발견하거나 시취를 맡게 될지도 모르는 사람에 대해서는 한 번도 생각해보지 않았다. 막연히 그런 일을 하게 될 사람이 아들은 아니라고 짐작했다. 어쩌면 전적으로 낯선 사람이 그 일을 하게 될지도 몰랐다.

뇌출혈로 쓰러져 의식불명 상태에 이른 남편은 제 바지 주머니에 든 손수건조차 꺼내놓지 못했다. 남편이 남긴 물건은 선택된 것이 아니라 그저 사용자가 없어지는 바람에 그대로 남겨졌다. 물건을 정리한 건 그녀였다. 그녀는 유품을 추리는 과정에서 남편이 갑자기 세상을 떠난 것 이상으로 충격을 받았다. 자신이 남편에 대해 아는 것이 있기나 한지, 남편의 고민이나 희망 같은 것을 이해해본 적 있는지 자문했다. 추상적인 게 문제가 된다면 취향이나 습관, 버릇과 성향 같은 것을 구체적으로 말할 수 있는지 생각했다.

유품으로 남겨놓은 것은 모두 그녀가 선택했다. 남편이 편하게 차고 다니던 실밥이 너덜거리는 밤색 가죽줄 시계 대신 아들과 그의 아들에게 대를 이어 물려줘도 좋을 명품 시계를 남겼다. 거의 사용하지 않아 새것이나 다름없는 시계였다. 그와 마찬가지 기준으로 남편이 사용하던 펜과 가방, 카메라와 지갑 중 일부를 남겨두었다. 일상적으로 사용하던 물건들 중에서는 그녀 자신의 추억이 담긴 것을 골랐다. 일테면 결혼 이십주년 기념 여행에서 산 오르골 같은 것을. 고른 사람도 그녀였고 집에서 종종 태엽을 돌려 음악을 들은 것도 그녀였다. 남편은 그저 그녀가 고르는 것을 사서 서재에 두었을 뿐이다.

열쇠로 잠긴 서랍에서 일정과 간단한 일기가 적힌 수첩을 찾았을 때, 남편의 비밀을 훔쳐본다는 죄책감과 기대감으로 흥분했다. 며칠에 걸쳐 그 수첩을 읽었다. 내막을 아는 사람들끼리만 통하는 내용이어서 쉽게 알아낼 수 없는 메모를 해독하는 일로 시간을 보냈다. 수첩에 낯선 이름이 나올 때면 회사 조직도와 동창회 명부, 휴대전화에 등록된 연락처 같은 것을 일일이 대조해 찾아봤다. 확인이 안되는 경우에는 알 만한 사람에게 넌지시 물었다.

그러는 과정에서 알게 된 것은 남편에게는 그녀 몰래 품고 있던 비밀이 없다는 것이었다. 그녀가 지나치게 남편을 믿는 게 아니었다. 여느 아내처럼 다른 집 남편과 달리 내 남편은 순수하고 순정적이어서 그럴 리 없다고 생각하거나 철두철미하고 용의주도해서 증거를 남기지 않았다고 생각하는 것도 아니었다. 추측이나 추리가 필요 없는 소소하고 간명한 일상과 단출한 소지품, 낭비 없는 신용카드 내역서가 그걸 말해주었다.

그녀는 남편의 수첩을 보며 가졌던 긴장감, 남편의 비밀을 알게 될지도 모른다는 이상한 기대감과 혹시 배신감을 느끼지 않을까 하는 생각으로 남편을 의심한 죄책감에서 벗어났다. 일생 성실하고 가족에 충실했던 남편에게 감사했다. 남편이 아무런 비밀도 가지고 있지 않다는 것은 즐거운 일이었다. 세상을 떠난 남편이 애틋하고 그리웠다.

하지만 그녀를 사로잡은 것은 실망감이었다. 자신과 마찬가지로 남편 역시 이렇다 할 비밀이 없는 인생이라는 것을, 열정이나 정념 같은 것과는 동떨어진 삶을 살아왔다는 것을 깨달았다. 그 때문에 자신의 인생마저 더욱 시시해지고 심드렁해지는 것 같아 화가 났다.

아들이 호기심을 참지 못하고 그녀가 계속 들여다보던 수첩을 가리키며 "그게 뭐예요? 아버지 일기예요? 무슨 비밀이라도 적혔어요? 바람이라도 피우셨나?" 하고 경박하게 물어댔을 때, 그녀는 벌컥 화를 내며 마당에서 태우고 있는 남편의 낡은 옷가지 속에 수첩을 던져버렸다. 그녀가 그 수첩을 다시 볼 일은 없을 것이었다.

몇시나 되었을까. 어둠이 부쩍 짙어졌다. 벽에 걸린 시계의 건전지가 떨어진 지 오래였다. 늘 텔레비전을 켜놓았기 때문에 따로 시계를 둘 필요가 없어 멈춘 채로 방치했다. 단전이 되고 보니 그것 역시 아쉬웠다. 그녀는 방 안 깊숙이 들어온 어둠의 농도를 살폈다. 일생을 통틀어 이만번도 넘게 검은 밤을 맞았을 텐데, 끊임없이 밤이 지나갔을 텐데, 어둠의 질감을 분간하고 그로써 시간을 짐작할 수 없다는 것에 조금 당황했다.

아들에게서는 전화가 없었다. 막상 아들이 도착하면 급한 성질을 참지 못하고 서두를 게 분명하므로 겉옷을 미리 입어두기로 했다. 여러 겹을 입을 만큼 추운 날씨는 아니었으나, 추워질 것에 대비하고 앞으로 묵게 될 곳의 잠자리가 마땅치 않을 것을 염려해 가급적 여러벌 껴입었다. 가뜩이나 상체밖에 움직이지 못하는데 몸이 더 둔해졌다.

깊은 밤에 떠나는 일이 마땅치 않아 아들이 빨리 데리러 왔으면 싶었는데 이제는 가급적 늦게 왔으면 좋겠다는 생각이 들었다. 작은 가방을 채우는 일이 인생을 전부 다시 살아야 하는 것처럼 힘겹게 느껴졌다.

겹쳐 입은 옷들 중 가장 안쪽 호주머니에 지갑을 넣으려고 힘을 주다가 또 오줌을 지렸다. 바지가 젖었다. 그녀는 오줌 냄새에 익숙했으나 아들 역시 그럴 리는 없었다. 바지를 갈아입으려는데 무슨 소리인가 들려왔다. 현관문에 열쇠를 꽂아넣는 소리였다. 아들이 온 모양이었다. 그녀는 천천히 몸을 움직여 현관 쪽으로 나갔다. 이 삿날 이후 들른 적 없던 아들이 날마다 퇴근해 돌아오는 제 집처럼 힘없이 문고리에 열쇠를 꽂아넣는 것이 반갑기만 했다.

현관에 우두커니 서 있는 게 아들이 아니라는 걸 알고 그녀는 화들짝 놀랐다. 벌레처럼 방에서 기어나오는 그녀를 본 남자도 놀란 것 같았다. 일렁이는 맞은편 아파트의 그림자 때문에 남자는 크고 건장해 보였다. 남자는 머리카락이 군인처럼 짧고 잘 다듬어져 있었다. 눈은 검게 꺼졌고 어둠 속에서 보는 게 익숙지 않은지 양미간을 찌푸렸다. 남자는 자신이 누구인지, 현관에 서 있는 사정이 무엇인지 설명하지 않았다. 그럴 필요가 없어서인지도 몰랐다. 양해 없이 남의 집을 들락거리는 종류의 일을 하는 사람 말이다. 겁이 났지만 생각해보니 간단한 문제였다. "누구세요?" 용기를 내서 물었다. 잃을 게 없다고 생각하니 그 정도의 용기는 났다. 남자는 욕심나는 게 있어서가 아니라 단순한 호기심이나 충동 때문에 들어왔을 것이다. 목소리가 떨려 나왔고 그것 때문에 더 겁이 났다. 뜻한 것이 아니어서 분노를 느끼기도 했으나 어쨌든 남은 것도 남긴 것도 없는 인생이라 생각하니 홀가분했다. 그러나 남자의 침입으로 아직도 자신에게 잃을 게 남은 건 아닐까 싶어졌다. 남들이 욕심낼 만한 게 있으면 조금 우쭐할 줄 알았는데 전혀 그렇지 않았다.

남자가 별것 아니라는 듯 어깨를 들어올렸다 내렸다. 남자의 행동을 그대로 베껴내는 거대한 그림자가 어깨를 으쓱하며 흔들렸다. 누운 그녀를 향해 남자가 천천히 몸을 낮췄다. 검은 그림자가 남자를 따라 바닥으로 무겁게 내려앉았다. 드디어 그녀와 눈높이를 맞추게 되었을 때, 남자는 한쪽 무릎을 바닥에 대고 한쪽 무릎은 세운 채로 그녀의 얼굴을 가만히 바라보았다. 남자의 얼굴은 그녀로부터 불과 한뼘 정도 떨어져 있었다. 재미난 일을 관찰하듯 웃는 것 같았으나 정확하지는 않았다. 겁에 질린 나머지 그 얼굴을 아예 보지 못했다고 하는 편이 옳았다. 일렁이는 그림자가 남자의 얼굴을 웃는 것처럼 보이게도 하고 화가 난 것처럼 보이게도 했다. 어떤 때는 두가지 표정이 다 보였다. 그녀는 쓰러지지 않기 위해 후들거리는 두 팔에 힘을 주었다. 남자는 묵묵히 그녀를 바라보기만 했다. 그 묵묵한 응시만으로도 그는 자신이 원하는 것을 이뤄냈다. 긴 시간은 아니었다. 이초나 길어야 삼초 정도에 불과한 시간이 지나갔다.

　남자가 앉을 때와 마찬가지 속도로 천천히 몸을 일으켰다. 그녀의 몸을 내리덮은 그림자가 서서히 사라졌다. 똑바로 선 남자는 다시 한번 고개를 숙여 그녀를 바라보았다. 그러고는 어떠한 위협이나 경고 없이, 약탈이나 폭력도 없이, 인사말이나 사과의 말도 없이 현관문을 열고 바깥으로 나갔다.

　상반신을 납작하게 엎드려 바닥으로 꾹 눌러주어야 할 만큼 심장이 요란하게 뛰었다. 한참 만에 고개를 든 그녀는 아무 일도 일어나지 않은 것처럼 조용하고 어두운 집을 둘러보았다. 낯선 사람이 집 안으로 들어왔고 잠시 머물렀고 이내 떠나갔다. 열쇠를 가지고 있는 사람이었다. 아들이라고 생각한 것은 그 때문이었다. 그렇다고 열쇠를 가진 게 유별난 일은 아니었다. 철거를 앞둔 아파트는 열쇠구멍에 가느다란 철사만 꽂아넣어도 문이 열릴 정도로 허술했다. 이삿날 그녀가 안에서 현관문을 잠갔는데 아들은 문이 낡고 빽빽해서 열리지 않는 줄 알고 세게 힘을 주어 몇번 당기고 돌려댔다. 그러자 불쑥 문이 열린 적도 있었다.

베란다에서 아들이 오는 걸 지켜보기로 했다. 거기에서는 현관으로 누군가 들어서는 게 보일 것이고 비록 어두컴컴한 밤에 5층에서 내려다보는 것이지만 아들과 아들이 아닌 사람은 구분할 수 있을 것이다.

다리를 끌고 베란다로 가다가 다시 멈춰섰다. 통증이었다. 마룻장이 된 것처럼 몸을 바짝 엎드렸다. 이번만큼은 통증이 발생한 경위를 알 것 같았다. 참았다. 기다렸다. 밤과 밤이 이만번쯤 지나가는 것처럼 긴 시간이었다.

통증은 그녀의 몸에 잠시 머물렀다 언제나처럼 떠나갔다. 통증이 지나간 후 그녀는 엎드린 채로 팔을 뻗어 딱딱하고 무감각한 다리를 만져보았다. 다리는 뼈만 남은 듯 앙상하고 뼈를 만지는 것처럼 차가웠다. 계속 만지고 있자니 그다지 순조롭지는 않지만 어쨌거나 붉은 피가 흐르는 게 느껴졌다.

다시 누군가 현관문에 손을 댔다. 잘못 들은 것인지도 몰랐다. 어둠은 꼼짝도 하지 않고 현관을 지키고 있었다. 문가에 닿은 바람 소리거나 그저 뭔가 스치면서 나는 소리일 수도 있었다. 그녀의 짐 작을 비웃듯 천천히 문고리가 돌아갔다. 그녀가 할 수 있는 일은 가급적 몸을 현관 쪽으로 돌리고 가슴을 차가운 바닥에 댄 채 누가 오는지 지켜보는 것이었다.

옷을 여러벌 껴입기 잘했다. 뼈가 고스란히 드러난 몸과 달리 자신이 깔고 누운 그림자가 커다랗게 부풀어 있는 게 마음에 들었다. 그녀는 그림자를 베고 엎드린 채로 여러 겹의 옷 중 한 곳에 넣어둔 지갑을 만지작거렸다. 아직 가방에는 아무것도 챙겨넣지 못했다. 지갑 안에 든 인감도장과 신분증, 사진 한장이 그녀의 전부였다. 남편과 아들이 함께 찍은 사진이었다. 사진 속 다부진 체격의 남편은 이제 막 유아기를 벗어난, 심술궂은 표정을 즐겨하게 된 아들을 번쩍 안아올리고 있었다.

문이 열렸다. 찬 공기가 어둠을 바깥으로 내몰았다. 누군가 주저 없이 집 안으로 들어섰다.

밤의 마침

엽서는 다른 우편물 사이에 끼여 있었다. 요즘 보기 드문 관제엽서였다. 엽서에는 볼펜으로 눌러쓴 여섯개의 문장이 적혀 있었다. 그는 천천히 그 문장을 읽었다. 한번 더 읽고 사무실을 둘러봤다. 여직원이 그를 쳐다보고 있다가 딴청을 피웠다. 그녀가 엽서에 적힌 문장을 읽었다고 생각하니 기분이 좋지 않았다.

그는 고개를 수그리고 엽서를 손으로 가만히 훑었다. 엽서에 적힌 글자가 발신인에 관한 힌트를 주지 않을까 싶었다. 소인이 찍힌 곳은 M동이었다. 서울에서 태어나 계속 자라온 그가 사십육년간 한번도 가보지 않은 동네였다. 상봉터미널 쪽으로 가는 길에 혹 지나쳤을지 모르지만, 그게 다였다. 글씨의 질감이 거의 느껴지지 않는 엽서를 만지작거리는 동안 그는 자신이 생각하고 있는 것을 남들에게는 설명할 길이 없다는 사실을 깨닫고 점점 불쾌한 기분에 사로잡혔다.

엽서를 재킷 주머니에 쑤셔넣고 자리에서 벌떡 일어섰다. 얼굴이 상기되었을까봐 신경 쓰였지만 여직원은 모니터를 보고 있었다. 그러는 척하는지도 몰랐다. 여직원의 가장 중요한 일은 그의 동태를 아내에게 알리는 게 아닐까 싶을 정도로 시시콜콜한 얘기를 다 전했다. 아내는 결혼 전 여직원과 같은 회사에 근무했다. 그는 아내의 추천으로 여직원을 채용했다. 지금에 와서는 어리석은 결정이었다고 생각하지만 당시에는 썩 괜찮게 여겨졌다. 큰 액수는 아니더라도 돈이 오가는 일이니 아는 사람이 낫겠다 싶었다. 둘은 그의 생각보다 훨씬 더 친해서 회사 얘기뿐 아니라 별 얘기를 다 주고받았다. 그런 것 같았다. 여직원은 자주 그를 무시하고 비아냥 거리는 말투를 썼는데, 성격 탓이 아니라 뭘 알고 있어서인가 싶기도 했다. 간혹은 아내와의 잠자리도 아는 게 아닌지 의심스러울 때가 있었다.

그가 슬며시 사무실 문을 열었다.

"어디 가시게요?"

문이 닫히기 전에 답을 듣겠다는 듯 여직원이 다급하게 물었다.

"잠깐 우체국 좀 다녀올게."

"방금 우편물 챙겨드렸잖아요."

"뭐 보낼 게 있어."

"뭐요? 우리 사서함으로요?"

"응?"

"에이, 맨날 흘려들으신다니까. 그러다 사서함 없어지면 어쩌시
려고……"

"그래, 기억났어. 이제 안 잊어버릴게."

여직원은 얼마 전부터 사서함이 없어질 지경이라고 자주 투덜댔
다. 매월 일정량의 우편물이 도착하지 않으면 폐쇄 조치가 내려졌
다. 그걸 막으려고 종종 내용 없는 우편물을 사서함으로 보내느라
헛돈과 시간을 썼다.

조용히 사무실 문을 닫으며 그는 엽서를 보낸 사람이 적어도 여
직원은 아닐 거라고 생각했다. 여직원 성격이라면 면전에서 사장
님, 전 다 알고 있거든요, 하고 말했을 테니까. 아내에게 듣기로 여
직원은 그를 보수적이지만 어수룩하고 욕심 없이 순한 사람으로,
말하자면 법 없이 가난하게 살 사람 정도로 여기는 것 같았다. 무
능하지만 그다지 권위적이지 않은 상사에게 흔히 하는 평가였다.

산책하는 동안 그는 엽서가 자신을 겨냥한 것이 아니라는 걸 겨
우 상기했다. 처음 사서함을 개설할 때부터 간혹 발신인이 제대로
표기되지 않거나 간략하게 적힌 엽서들이 '비밀엽서 담당자'를 수
신인으로 하여 배달되었다. 주소 변경을 하지 않은 이전 사서함 개
설자에게 온 것이거나 어딘가에 잘못 기재되어 배포된 주소 때문
에 온 것일 터였다. 방금 그가 주머니에 쑤셔넣고 나온 엽서도 그
런 것 중 하나였다.

오피상을 열고 처음 한 일이 사서함 개설이었다. 이전 회사에서

의 담당 바이어들에게 사서함 주소를 알렸다. 재직 당시 바이어들과 거래처 담당자 이상의 관계를 유지했다 자부했고 실제로 그의 퇴직 사실을 알고 먼저 거래를 약속한 바이어도 있었다. 사서함 주소만 알리면 당장이라도 신용장이 도착할 거라고 생각했다. 육개월만 지나면 사서함이 꽉 찰 만큼 계약서와 송장, 선적서류 같은 게 도착할 거라고.

이년이 지나도록 그런 일은 일어나지 않았다. 일은 취미 삼아 사무실을 운영하는 거라면 괜찮을 정도로만 유지됐다. 여직원 월급을 주고 사무실 운영비를 제하면 남는 게 별로 없었다. 사서함에는 우편물 수령지를 죄다 회사로 해놓은 여직원에게 오는, 백화점 디엠과 각종 청구서가 대부분이었다. 그리고 가끔 비밀엽서 담당자 앞으로 엽서가 왔다.

하느님한테 그 사람이 죽게 해달라고 기도했어요.

처음 온 엽서에는 그렇게 쓰여 있었다. 발신인은 아예 없고 사서함 주소 아래에 '비밀엽서 담당자 앞'이라고만 적혀 있었다.

"이게 뭐야? 나한테 온 거야?"

"비밀엽선지 뭔지 담당자가 저는 아니니까요. 그거까지 담당할 여력이 어딨어요?"

"내가 죽게 해달라고 기도했다는 거지?"

"제가 기도한 게 아니니까 보여드리는 거죠."

그들은 잘못 온 우편물이라고 생각해서 웃어넘겼다. 웃다보니 뜨끔해졌는데 나중에는 조금 불안하기도 했다. 아내가 가상의 담당자를 만들어놓고 그에게 엽서를 보낸 게 아닌가 싶어서였다. 사서함 주소야 여직원을 통해 알 수 있으니까. 아내가 왜 굳이 엽서를 보내 기도 내용을 알려주나 싶었지만 잠깐만 생각해도 몇가지 이유가 금세 떠올랐다.

다음번에 찾아온 우편물에도 비밀엽서 담당자에게 온 엽서가 있었다. 이후 뜸하게 도착하는 엽서들은 제각각의 글씨로 짧은 사연을 담고 있었다. 어떤 것은 고해성사 같고 어떤 것은 간절한 소원 같고 어떤 것은 푸념 같았다. 한 엽서에는 친구의 물건을 훔치고 돌려주지 않았다고 적혀 있었다. 자그맣고 단정한 글씨체로 누군가를 사랑하는데 아직 고백하지 못했다고 쓰여 있었다. '아무도 날 좋아하지 않아요.' 힘을 줘 천천히 글씨를 눌러쓴 엽서도 있었다. 이력서에는 회사의 종교를 따라 기독교를 믿는다고 썼지만 실제로는 불교 신자라는 회사원의 고백도 있었다.

그는 엽서가 올 때마다 거기에 적힌 비밀을 되풀이해 읽었다. 길지 않은 문장을 여러번 읽자니 엽서에 적힌 비밀이 낯선 사람의 것이 아니라 자신의 것 같기도 했다.

실제로 대학 시절 친구 자취방에 놀러 갔다가 이어폰을 훔친 일이 있었다. 훔친 사실을 들키지는 않았지만 친구와 계속 붙어다녀 쓸 수는 없었다. 이어폰은 어딘가에 처박아뒀다가 흐지부지 잃어버렸는데, 이십년이 지난 지금까지도 그 사실을 친구에게 털어놓지 못했다. 누군가 좋아하지만 말하지 못하고 애태웠던 순간이 그에게도 있었다. 고백하지 않는 게 두 사람의 관계에 더 좋다고 생각했는데, 지금에 와서 보니 그만큼 절실하지 않았던 것 같다. 회사에 다니던 시절 상사 중에는 그의 아버지 고향에 정치적인 편견을 가진 사람들이 많았다. 그는 고향으로 되어 있던 본적지를 오래전에 서울로 옮겼다는 사실을 굳이 밝히지 않았다.

그러고 보니 그에게는 무수히 많은 비밀이 있었다. 어떤 것은 순전히 말할 기회가 없어서 비밀이 되었고 어떤 것은 그가 비밀로 유인했고 제 스스로 비밀이 된 것도 있었다. 비밀은 세포처럼 자생하거나 자멸했다. 이제는 더이상 비밀이 아닌 것도 있고 새로 생겨난 것도 있고 여전히 비밀의 시효가 남은 것도 있었다.

그는 잘못 온 엽서들을 서랍에 모아두었다. 엽서는 세상의 누구나 비밀을 가지고 있다는 걸 일러줬다. 세상의 누군가는 그와 마찬가지로 말할 수 없는 비밀 때문에 괴롭고 외롭다는 것도 가르쳐줬다.

그러나 그 생각도 안정을 찾는 데 별로 도움이 되지 않았다. 그도 그럴 것이 오늘 도착한 엽서에는 누구에게도 말한 적 없는 그의 비밀이 고스란히 적혀 있었다. 발신자는 분명 자신을 잘 아는 사람일 터였다. 짐작 가는 사람은 없었다. 그럴 만한 사람을 헤아리며 바깥에서 시간을 보내다가 여직원이 퇴근한 후에 사무실로 돌아왔다.

한밤의 사무실 유리창에 그의 얼굴이 비쳤다. 체격이 탄탄한 중년 사내였다. 거울로 보았다면 혈색이 좋고 건장한 사내였을 테지만 불빛이 반사되는 유리창으로 보니 꼭 부랑자처럼 볼이 움푹 패어 보였다. 부랑자 사내가 역시 다시 의심한 사람은 아내였다. 아내라니. 그는 툭하면 아내부터 의심하는 자신을 나무랐다. 아내와 그는 많은 일을 겪었고 함께했다. 그러는 동안 사랑은 닳아 없어졌지만 의리와 동지애는 돈독해졌다고 믿었다.

다음으로 떠올린 사람이 그 아이였다. 얼굴을 떠올리려 했지만 잘 생각나지 않았다. 그애가 새삼스럽게 다시 나타난다 하더라도 이번에는 수월할 것이다. 그들 사이에 풀어야 할 진실 따위는 없을 테니까. 그렇기는 해도 두번 다시 그애를 만나고 싶지 않았다.

*

옷을 받아 거는 아내를 유심히 살폈다. 피로해 보이는 얼굴이었으나 유별나지는 않았다. 요사이 아내의 얼굴은 늘 그랬다. 재킷 주머니에 꽂힌 엽서를 먼저 봐줬으면 싶었으나 아내는 알아채지 못하고 바로 부엌으로 나갔다.

그는 서랍을 뒤져 아내의 글씨가 쓰인 메모지를 찾았다. 확인할 것도 없이 아니라는 걸 알면서도 그 일을 멈출 수는 없었다. 글씨는 완전히 달랐다. 그는 가치 없는 의심에 사로잡힌 자신을 비웃으며 저녁을 먹으러 나갔다.

아내와 아이는 식사를 마친 후였다. 그가 밥을 먹는 동안 아내는 맞은편에 앉아 차를 마시며 그와 아이를 번갈아 바라보았고 그에게 아이가 해준 같은 반 여자아이 얘기를 들려주었다. 얘기 중간에 아이가 부끄러워하면서도 자랑하고 싶은 얼굴로 제 엄마가 틀리는 세부사항을 수정하는 등 자주 끼어들어 거들었다. 그가 밥을 다 먹을 무렵에는 아이가 귓속말로 여자아이의 이름을 말해주고 몸을 배배 꼬며 웃어서 부부는 한바탕 웃음을 터뜨렸다.

식사 후에는 신문을 펼쳐놓고 등을 구부려 발가락을 감아쥐고 발톱을 깎았다. 생각을 정리하거나 결정해야 할 일이 있을 때 손톱과 발톱을 깎는 건 그의 오랜 버릇이었다. 그러다 문득 아내가 보이지 않는다는 걸 깨달았다. 그가 등을 둥글게 말고 발가락을 쥐고 있으면 아내는 꼴이 우스꽝스럽다며 그를 놀리곤 했다. 그는 아이 방 문을 슬그머니 열어보았다. 숙제를 봐주나보다고 생각한 것과 달리 아내는 아이 혼자 방바닥에서 놀도록 내버려둔 채 아이의 자그마한 책상에 앉아 수첩을 펴놓고 뭔가 적고 있었다. 그가 방문을 연 걸 알고 있을 텐데 방해받고 싶지 않다는 듯 돌아보지 않았다.

아내는 그 사건이 가져온 파동으로부터 완전히 멀어진 것처럼 보였다. 적어도 그는 그렇게 생각했다. 요즘 아내는 알람 소리를 듣고도 깨지 못하는 그의 어깨를 가볍게 흔들어 깨워주었고, 퇴근 후 그가 나태하고 수동적인 여직원 홍을 보거나 그에게 사직을 권유한 이전 회사 상사를 욕하면 흥분하여 맞장구를 쳐주었다. 식욕이 없을 때 그가 해달라던 더덕구이를 별말이 없는데도 해주었고, 집 안일을 할 때면 작게 노래를 흥얼거리기도 했다. 한동안 말을 할 때면 오래전부터 작정한 얘기를 꺼내려는 듯 머뭇거렸는데, 이제는 그러는 일도 없어졌다.

그는 아내의 변화를 당연하다 생각했다. 어쨌든 시간은 사람을, 사건을, 해프닝을, 우연을, 고통을 언제나 무사히 통과하게 하니까. 아내는 그 시간을 견뎠고 다시 그의 곁으로 돌아왔다. 사랑과 우정과 욕정의 공동체인 그에게로.

그러나 이전과 다름없어 보이는 아내는 조금만 주의하면 알아차릴 수 있을 정도로 완전히 달라져 있었다. 아내는 잠이 안 와 뒤척이는 밤에도 절대로 그의 등이나 어깨에 몸을 기대는 법이 없었다. 전에는 그가 있는 쪽을 보고 누워 잠들었는데, 요즘은 똑바로 누워 천장을 멀뚱멀뚱 바라보다 잠들었다. 베란다에 서서 학교 가는 아이가 아파트 단지를 벗어날 때까지 지켜보는 건 여전했지만 아이의 모습을 함께 볼 수 있도록 몸을 움직여 자리를 내주지 않았다. 그가 거실에 있으면 슬그머니 자리에서 일어나 아이 방으로 들어가버렸다. 그가 즐겨 먹는 견과류 맛이 나는 커피는 늘 떨어져 있었고 그가 말하기 전에는 떨어질락 말락 하는 셔츠의 단추를 꿰매주지 않았다. 주말 밤이면 마트에 함께 가자고 조르는 법도 없었다.

아내는 뭔가 알고 있을까. 그는 확신하지 못했다. 되짚어보면 분명 아는 것처럼 굴었다. 그렇다고 해서 아내가 그에게 엽서를 보냈다는 생각은 들지 않았다. 아내에게는 그를 놀리거나 위협하거나 불안하게 할 이유가 없어 보였다. 오히려 완전히 무심해진 것 같았다. 아내는 그에게 정중하고 깍듯하고 상냥했다. 남을 대하는 태도는 아니었다. 그보다는 직장 상사나 집안의 어른을 대하는 것과 비숫했다. 아내는 오래전에 달라졌거나 달라지기로 한 것인데 그는 이제야 그걸 깨달았다. 당황스러웠다. 그때는 최선을 다해 해명하여 상황을 해결하면 되었지만 지금은 뭘 해명하고 해결해야 할지 알 수 없었다.

*

미성년자인 여자아이가 친구들과 어울려 신분증 조사를 잘 하지 않는 종로의 허름한 호프집에서 술을 마신다. 아이와 함께 온 일행은 모두 미성년자이고 약속이나 한 듯 일제히 만취한다. 그날이 누구의 생일이거나 누군가 이별했거나 누군가 선생에게 억울하게 맞았거나 시험이 끝나 홀가분했을 것이다. 술 취한 여자아이 하나가 비틀거리며 화장실에 간다. 일행은 술에 취해 누구도 여자아이를 부축하지 않거나 여자아이가 부축을 받아야 할 지경이라는 걸 의식하지 못한다. 누군가는 테이블에 엎드려 자고 누군가는 친구를 붙들고 울고 누군가는 술에 취한 목소리로 연신 그 자리에 없는 친구와 통화를 하고 있어서 여자아이는 홀로 화장실에 간다. 화장실은 호프집 뒷문으로 나가 반 층 정도 계단을 올라가는 곳에 있다. 오래된 건물의 호프집이 그렇듯이 화장실은 남녀 공용이고 열쇠로 잠겨 있지 않아 건물 입주자나 호프집 손님, 우연히 화장실을 찾다가 들른 사람들이 모두 무람없이 이용한다. 변기는 더럽고 지린내가 심하며 휴지통은 늘 넘쳐 있고 바닥은 물기로 축축해서 바지 밑단이 젖을까봐 신경이 쓰이는 그런 곳이다. 그는 진작 화장실에 가고 싶었으나 참고 있다. 일년 만에 만난 고등학교 동창 녀석은 그때나 지금이나 말이 많다. 얘기를 끊으려다 화제에 휩쓸려 그도 몇마디 덧붙이는 통에 자리에서 일어날 틈을 매번 놓친다. 더 참을수 없을 만큼 방광이 부풀어올라 벌떡 일어선다. 동창 녀석이 "야, 야, 얘기 끊지 말고 이것만 듣고 가" 하며 붙잡아 앉히려는데, 마침녀석에게 전화가 걸려온다. 그는 서둘러 계단을 올라가 화장실 문을 열고 안으로 들어선다. 거기에는 술에 취한 여자아이가 변기에앉아 졸고 있다. 아이가 깨려는 기미가 없어 그는 할 수 없이 사람없는 계단에 오줌을 눈다. 돌아와 자리에 앉자마자 동창 녀석에게그 여자아이에 대해 말한다. 그들은 요즘 학생들의 작태를 개탄하다 이내 학교 시절의 자신들도 별다르지 않았다며 낄낄거린다. 이틀 뒤 사무실에서 회의를 하던 그는 경찰의 방문을 받는다. 아침부터 회의가 없었다면 경찰의 전화를 받는 일이 먼저였을 것이다. 그랬다면 확정되지 않은 범행에 대해 판결이 난 것처럼 일찌감치 소문이 나는 일은 피할 수 있었을 것이다. 여자아이는 그가 변기에앉아 있는 자신의 가슴을 만지다가 한 손으로 눈을 가리더니 성기를 입에 물리며 추행했다고 주장한다. 여자아이는 경찰과 CCTV를 확인하고 그를 범인으로 지목한다. 이것이 그 일이 발생한 경위이다.

그는 여러차례 경찰에 출두하고 조사에 응한다. 아이는 당시 술에 취해서 범인의 옷차림이나 말투, 신체 특징을 정확히 기억하지 못한다. 아이는 조사가 진행되는 동안 몇번인가 소소한 진술을 바꾼다. 의지할 만한 목격자도 없고 한번 까먹은 기억은 쉽게 정보를 주지 않는다. 사건은 곧 검찰에 이송되고 그는 불기소 처분을 받는다. 이번에는 그가 아이를 고소한다. 무고를 입증하기 위해서다. 굳이 그래야 하느냐는 주위의 만류에도 불구하고 고소를 취하하지 않는다. 그에게는 성문화된 보상이 필요하다. 그는 승소하고 여자아이에게 벌금형이 구형된다.

일련의 일이 진행되는 동안 그는 회사에 자주 결근하고 주요 회의에 참석하지 못한다. 거래처 관리에 소홀해지고 동료와 후배에게 업무를 떠넘긴다. 소문은 점점 질이 나빠지면서 회복할 수 없는 지경에 이른다. 그는 때마침 불어닥친 구조조정을 비켜가지 못한다. 아파트 주민들 사이에 퍼진 소문에 따르면 그는 성폭행을 일삼는 사람으로, 곧 전자발찌를 차거나 신상정보가 게시될 예정이다. 이웃에 퍼진 소문 때문에 이제 겨우 초등학교 2학년인 그의 아이는 친구들 사이에서 따돌림을 당한다. 그와 아내는 결혼 후 처음 장만해 오랫동안 살던 집을 팔고 낯선 곳으로 이사를 한다. "당신을 못 믿는 건 아니야. 이게 다 당신 탓도 아니고." 모든 일이 끝난 후 아내가 말한다. 하지만 아내는 그 때문에 이 모든 일이 벌어졌고 자신과 아이가 상처를 입었다는 피해의식과 불쾌를 숨기지 못하고 점차 그에게 냉담해진다.

그로서는 이해할 수 없는 처사다. 좋지 않은 일에 연루되었다는 소식을 처음 전했을 때도 아내는 놀라는 기색 없이 묵묵히 듣는다.

다 듣고 나서는 아이가 그날 학교에서 선생님에게 혼이 나 풀 죽은 얘기를 들려준다. 그가 대꾸하지 않자 이번에는 난방용 가스요금 인상률을 얘기한다. "그렇게 되면 우리 집은 한달에 삼천원 정도 오를 거래." 그는 고작 삼천원 때문에 부당한 자신의 얘기를 못 들은 척하는 아내를, 자신을 걱정하지 않는 아내를, 자신을 오해한 세상에 함께 분노하지 않는 아내를 이해할 수가 없다. 아내의 얘기는 멀고 먼 선사시대의 것처럼 들리고, 삼천원은 그에게 가장 비현실적이고 무거운 액수가 되어 두고두고 잊히지 않는다. 아내가 드디어 입을 다물고 굳은 표정이 되자 그는 조사를 받기 위해 경찰서로 간다. 그는 아내가, 흔히들 그렇게 하는 것처럼, 내 남편은 그럴 리 없다고 길길이 날뛰며 항변하지 않는 게 못내 서운하다. 아내는 왜 그 모든 일이 일어날 줄 알았다는 듯 군단 말인가. 그 일로 상처를 받은 것은 자신이다. 그런데도 아내는 노골적으로 그로부터 멀어져간다. 그와 아내는 오래지 않아 서로에게 고함을 질러대는 사이가 될 게 뻔해 보인다.

그렇게 되지 않기 위해서 그 일을 겪는 동안 자신이 아내를 왜 사랑했는지 잊지 않으려고 한다. 어떻게 아내와 사랑에 빠졌는지는 잘 기억나지 않는다. 짐작건대 많은 이유가 있을 것이다. 한가지 이유만은 분명히 알고 있다. 아내가 지긋한 눈으로 그를 계속 쳐다보는 게 싫지 않았다는 것. 오히려 아내의 커다란 눈과 불현듯 마주치는 게 좋았다는 것. 그들이 함께 본 많은 것들이 담긴 아내의 눈, 제 등짝보다 큰 가방을 메고 아슬아슬한 걸음으로 학교로 걸어가는 아이의 뒷모습, 봉사하고 희생하지는 않았으나 남에게 폐를 끼치며 살지도 않았던 스스로의 인생을 지키고자 최선을 다해 변호한다.

일이 거의 끝나갈 무렵 담당 검사가 그를 불러 말한다.

"고생했어요. 액땜했다 쳐요. 또 이럴 일 있겠어요."

"또 이럴 일은 없어야죠."

그가 나지막이 검사의 말을 따라 한다.

"요즘 같은 세상에 그런 여자애한테 걸려서 좋을 게 없습니다. 화장실도 조심해서 가야 하고요."

그는 순한 표정으로 고개를 주억거린다.

"생각해보면 불쌍한 애예요. 남자들끼리니까 하는 말이지만 그런 애가 커봤자 뭐가 되겠어요? 열여덟살에 앞으로의 인생이 빤해지는 것만큼 불행한 게 어딨습니까?"

검사의 말에 이번에도 말없이 고개를 주억거리지만 그렇다고 해서 아이가 불쌍하다는 생각은 조금도 들지 않는다. 그는 남의 불운이나 불행에 동정하지 않을 권리가 있다. 그래도 될 만큼 충분히 고통을 받았다. 물론 자신에게 일어난 일은 선량하게 살아왔든 그렇지 않든, 성실했든 아니든, 인생에 대한 신념과 확신이 있든 없든 일어날 수 있는 종류의 일이고 공교롭게 그에게도 일어난 것에 지나지 않다는 걸 알고 있다. 그러니 선량함과 성실함으로, 그간의 신념과 자신에 대한 확신으로 인생이 우연히 던져준 불운쯤은 감당할 줄 알아야 한다는 것도.

"무고죄까지 가지 말고 적당히 합의하는 게 어때요? 아버지는 죽어서 없고 엄마가 남의 집 일 다니는 모양이에요. 벌금형 나올 텐데, 그 돈 마련하려고 또 뭔 짓을 할 줄 알아요."

이번에는 고개를 주억거리지 않는다. 아무런 반응이 없자 검사가 처음으로 흥미롭다는 듯 그를 바라본다. 검사는 내내 서류 더미를 뒤적이다가 간간이 그에게 시선을 돌리며 말을 이어가고 있었다.

"왜요? 싫어요?"

그는 대답하지 않는다. 벌금이 얼마건 그 돈을 마련하기 위해 아이와 아이의 엄마가 무슨 일을 하건 얼마나 노고하건 개의치 않을 생각이다. 실은 그러자고 시작한 일이다. 이 일을 겪으면서 자신이 잃은 것에 비하면 그런 수고는 일도 아니다.

"많아봐야 기껏 오백만원일 겁니다."

검사가 그만한 푼돈에 매달려야겠느냐는 듯 말한다. 검사의 말대로 기껏 오백만원은 그에게는 있어도 그만 없어도 그만인 돈이다. 있으면 좋을 돈이기는 하다. 그 돈으로 충동적으로 카메라를 살 수도 있고 손목시계를 최신형 모델로 바꿀 수도 있다. 마음고생을 한 아내를 백화점에 데려가 가방을 사줄 수도 있다. 그러니까 그 돈은 기껏해야 자신이나 아내를 위한 선물이 될 것이다. 아이와 그 엄마에게는 아는 사람에게 사정해 빚을 져야 하는 돈이고, 몇달치 임금을 가불해야 하는 돈이고, 아이의 대학 입학을 위해 오래전부터 저축해둔 돈일지도 모른다. 그래도 대학 졸업 후 십육년간 한 직장에서 성실히 근무해온 회사원이자 갓 초등학교에 입학한 선량한 아이의 학부모로서의 평판에 영향을 끼친 것에 비하면 하찮은 돈이다. 그는 벌떡 일어나 검사에게 인사하고 사무실을 나온다.

기어이 벌금을 다 받아냈지만 그 돈으로 카메라도 시계도 사지 않는다. 아내에게도 선물하지 않는다. 얼마간은 술을 마시고 얼마간은 여자를 산다. 그 돈을 흐지부지 탕진하는 동안 그는 생각한다. 그런 일은 어떻게 일어나는 걸까. 예기치 않은 우연, 제어할 수 없는 신체적 욕구, 우발적인 충동과 불확실성 같은 것은 어디에 웅크리고 있다가 정체를 드러내는 걸까.

더할 나위 없이 자명해진 스스로에 대해서도 생각한다. 그는 자신이 선량하고 성실하며 자신의 인생은 물론이고 타인의 인생에 대해서도 명확한 신념과 원칙이 있다고 생각해왔는데, 이번 일로 그런 게 전혀 없었다는 걸 깨닫는다. 인간이란 신념이 흔들릴 때 어떤 선택을 하는지에 따라서 진정한 자신을 만날 수 있는 법인데, 자신에게는 애당초 흔들릴 신념조차 없었다는 생각이 이제야 든다. 그에게는 그때그때 일어나는 사건과 상황만이 있다. 그는 임기응변에 능하고 순간적인 위기 대처 능력이 뛰어나나 그게 가진 능력의 전부이다. 그가 자부하던 건전한 양심과 신념, 사회적 위상과 도덕에의 의지, 원칙이나 선의 같은 것들은 그간 주머니에 비축된 먼지의 양보다 적다. 그는 그저 상황과 위기에 맞게 신념과 가치라는 걸 조작해온 것이다. 한마디로 그는 자신을 착각했고 과신해왔다.

골목길은 양쪽으로 비슷한 모양의 연립주택들이 늘어서 있고 차들이 꽉 들어차 있었다. 주차할 자리를 찾지 못한 차들의 클랙슨 소리와 차주의 고성이 주기적으로 반복되었다. 한번도 와본 적 없는 동네지만 어쩐지 익숙하게 느껴졌다. 불이 꺼져 창문도 벽처럼 보이는 연립주택 반지하가 그애의 집이었다. 그는 오후부터 이 단조로운 골목을 몇번이나 왕복하며 아이를 기다렸다.

아이가 골목길에 서 있는 그를 먼저 보고 깜짝 놀라 멈춰서지 않았다면 그는 아이를 알아보지 못했을 것이다. 놀란 표정의 아이를 보는 순간 자신이 왜 아이를 찾아와 하루 종일 기다렸는지 알 수 없어 우물쭈물했다. 이미 고등학교를 졸업했을 아이는 차림새로만 보면 지금 대학에 다니는지 재수를 하는지 아르바이트를 하는지 그냥 놀며 지내는지 짐작하기 힘들었다.

"잘 지냈니?"

한참 만에 그가 입을 뗐다.

"네."

아이가 비교적 온순하게 대답했다.

"어쩐 일이세요?"

"지나가다 들렀다."

"그럴 만한 동네가 아닌데요."

"근방에 아는 사람이 있어."

그가 멍하니 아이를 보고 있는 사이 골목길에 차가 한대 들어섰다. 차가 지나갈 자리를 만들어주려고 벽 쪽으로 붙어 서느라 아이와 그의 거리가 뜻하지 않게 가까워졌다.

가까이에서 아이를 보자 그는 자신의 추측이 또 틀렸음을 인정할 수밖에 없었다. 아이는 그를 보며 울적하고 골치 아픈 표정을 짓기는 했으나 혐오나 증오 따위는 찾아볼 수 없는 얼굴이었다. 새삼스럽게 다시 분노를 터뜨리거나 자신의 기억에 뒤늦게 확신을 가질 만큼 단호한 얼굴이 아니었다.

아이는 하루 종일 뭘 하다 오는 길인지 지치고 피곤해 보였다. 바짝 자른 앞머리가 좁은 이마를 가리고 있어 얼굴이 넓적해 보였고 미간이 좁으면서 광대뼈가 튀어나와 인상이 강해 보였다. 웃으면 눈 밑에 살이 뭉치면서 귀여워 보이기도 하겠으나 웃지 않을 때는 처진 입꼬리 때문에 퉁명스럽고 화가 난 듯한 인상을 풍겼다. 전체적으로 둔하고 어리석은 느낌을 줬는데, 그새 살집이 더 붙기도 했고 초점 없이 멍하고 흐트러진 시선 탓인 듯했다.

그 때문인지 변기에 주저앉아 술에 절어 졸고 있던 아이의 얼굴이 겹쳐져 보였다. 화장실 문을 열었을 때 가장 먼저 눈에 띈 것은 아이의 무릎께에 걸린 분홍색 면팬티였다. 검은 바지와 살을 연결하는 것이 살색의 두툼한 허벅지가 아니라 분홍색 팬티처럼 느껴질 정도로 그것은 아슬아슬하면서 생기 있게, 지저분하면서 음탕하게 아이의 벌린 무릎에 걸려 있었다.

조사를 받는 과정에서 진술서를 쓰거나 삼자대면을 할 때에 그런 말은 하지 않았다. 거짓말을 하는 게 아니라 몇가지 사실을 필요에 따라 누락하는 것이므로 긴장할 필요는 없다고 되뇌었다. 진술할 때는 하지 않았다고 하는 대신 한 것 중에서 일부만 얘기했다. 한 말은 잘 기억해뒀고 다음번 진술 때 번복하지 않았다. 처음부터 체계적이고 계산된 논리로 거짓말을 만들어내려고 작정한 것은 아니었다. 자포자기의 심정이었으나 막상 형사 앞에 앉자 절박하고 별다른 대안이 없는 절실함이 그에게 거짓말을 시켰다.

나중에까지 그를 괴롭힌 것은 거짓말로 상황을 모면하고 그것을 자책하지 않는, 무감하고 부도덕한 자신에 대한 것이 아니었다. 그는 침착하게 거짓말을 수행한 게 두렵지 않았다. 오히려 순간적인 실수와 충동이 자신을 망치게 내버려두지 않았다는 데서 오는 괴이한 자부를 느낄 정도였다. 그는 난데없는 충동이 준 모멸감으로 괴로웠다. 아무런 매력도 없는 여자아이에게, 술에 절어 더러운 줄도 모르고 변기에 앉아 졸고 있는 아이에게, 더러운 면 팬티에, 왜 처음이자 유일한 충동을 느꼈던 것일까.

아이가 더 할 말이 남았느냐는 표정으로 그를 빤히 봤다. 그는 자신이 아이에게 무슨 말을 하게 될지 몰라 주저하고 있었다. 네가 그랬니,라고 할지, 왜 그랬니,라고 할지 생각했다. 이제 와서 드는 생각은 차라리 엽서를 보낸 사람이 아이였으면 좋겠다는 것이었다. 아이 말고 비밀을 폭로할 사람이 더 있다는 건 아무래도 두려운 노릇이었다. 그것은 자신과 아이의 묻힌 기억만이 아는 비밀이어야 했다.

그러나 아이에게 뭔가를 묻기 전에 사과를 해야 한다는 생각이 그를 간섭했다. 그렇게 하지 않았다. 절대로 그렇게 하지 않을 것이다. 어쩌면 내일은 사과를 하고 싶어질지도 모르고, 그다음 날 하게 될지도 모르고, 몇해가 지난 후 불쑥 사과할지도 모르지만 적어도 지금은 그럴 마음이 없었다.

"그럼 이만 가던 길 가세요."

아이가 퉁명스럽게 말했다.

"그래, 너도 들어가라."

"근데 왜 찾아오셨어요?"

아이가 느릿느릿 물었다. 대답을 안 들어도 그만이라는 투였다.

"지나가다 들렀다고 했잖니."

"꼭 그런다잖아요. 범인은 현장에 다시 온다고."

"영화를 너무 많이 봤구나."

"그럼 우리가 얼마나 거지꼴로 사나 보러 왔어요? 벌금이 좀 아깝긴 했지만, 걱정 마세요. 엄마가 몇년째 모아뒀던 제 대학 입학금 드린 거예요. 쓸데도 없는 돈이니까 상관없고요."

"전철역이 어디니?"

"쭉 가시면 돼요."

"그래, 들어가라."

"아저씨."

"왜 그러니?"

아이는 말없이 한동안 그를 보기만 했다. 아까의 멍한 눈빛과 달

리 분명한 눈빛으로 그를 쏘아봤다. 그는 시선을 돌리지 않으려고
노력했다.

"맞죠?"

"뭐가 말이니?"

"그거요."

아이가 손을 뻗어 그의 사타구니를 가리켰다.

"너무 작았어요. 발기해서 그 정도라니. 귀엽긴 하겠지만 쓸데는
없겠어요."

"네가 어떻게 아니?"

그가 웃으며 물었다. 아이가 그를 따라 씩 웃었다. 이제까지의 피
로하고 수줍어하는 표정은 온데간데없었다. 그는 내심 아이가 자
신을 지목해주길 바랐다. 좀더 자신을 기억해주기를, 불확실한 감
각으로서가 아니라 실증으로 떠올려주기를. 아이가 그를 살피며
천천히 입을 열었다.

"알긴요. 그냥 해본 소리예요."

그는 아이를 마주 보았다. 아이는 무표정한 얼굴로 빤히 쳐다보
다가 그와 눈이 마주치자 기분 나쁜 표정을 지었다.

"하지만 입에 넣어봤잖아요. 당연히 기억해요."

아이와 단둘이 이렇게 길게 얘기를 나눠본 적이 없었다. 그들 사
이에는 언제나 경찰이나 검사, 아이의 어머니가 있었다. 조사를 받
는 도중에 아이가 이런 얘기를 한 적도 없었다.

"왜 그런 얘기를 경찰에 안했니? 범인을 잡는 데 도움이 됐을 텐

데.”

“쪽팔리게…… 증명해보라면 뭐라고 해요? 또 넣어요?”

아이가 히히거리며 웃었다. 그가 조금 인상을 찌푸렸다.

“애당초 왜 날 지목했니?”

“그게 새삼 궁금하세요?”

“그래.”

“그 술집에 있는 사람들 중에요, 아저씨가 그나마 말끔했어요.”

“그게 무슨 소리니?”

“CCTV를 보는데요, 아저씨 양복에 대기업 배지가 붙어 있었어요. 술값도 아저씨가 냈고요.”

“돈 때문에 그랬다는 거니? 합의하려고?”

“네.”

“안됐구나.”

“세상일이 다 그렇죠, 뭐.”

“잘되는 일도 있다.”

“아저씨한텐 잘된 일이죠.”

“무고를 밝힌 거다. 잘되고 말고가 아니야.”

“그래도 좋잖아요.”

“뭐가?”

“무고해서요.”

“좋고 말고도 없다니까. 당연한 거야.”

그가 설득하듯 아이에게 말했다. 아이는 어깨를 으쓱하고는 제

집 쪽으로 걸어갔다. 그는 어떻게든 아이를 좀더 잡아두고 싶어 조바심이 났다. 어쨌거나 비밀을 아는 사람은 자신과 아이뿐이니까. 아이 말고는 비밀을 얘기할 사람이 없으니까. 하지만 마땅한 얘깃거리가 떠오르지 않아 걸어가는 아이의 뒷모습을 보고 서 있을 수밖에 없었다. 아이는 가다가 한번 뒤를 돌아보았다. 자신을 따라오는지 아닌지 확인하려는 것 같았다. 그가 가만히 서 있는 걸 보고는 몸을 돌려 좀더 빨리 걸어갔다.

그는 아이가 집으로 들어가는 걸 보고 뒤돌아섰다. 엽서는 누가 보낸 것일까. 아내가 보냈을까. 아내는 누구도 짐작 못할 그의 거짓말을 쉽게 간파했을 것이다. 아내만큼 그를 잘 아는 사람은 없으니까. 처음 얘기를 꺼냈을 때 애써 말을 돌리려던 것도 그 때문인지 몰랐다. 여직원이 보냈을 수도 있다. 여직원의 눈빛은 늘 아내와 뭔가를 공모한 듯 수상쩍었다. 아내와 상관없이, 돈이 필요했거나 단순히 그를 놀리려던 것인지도 몰랐다. 아니다. 역시 아이가 보낸 것일 터였다. 예사롭지 않은 말투로 짐작건대 아이는 두고두고 그에게 앙갚음을 할 작정 같았다. 그런 생각들을 품고 가로등이 비치는 좁은 골목길을, 여러 갈래로 나뉘어 그의 앞길을 가로막는 그림자를 밟아가며 서둘러 빠져나왔다.

골목 모퉁이에 편의점이 있었다. 그는 불빛이 새어나오는 편의점 유리창 앞에서 엽서를 꺼내 읽었다. 다시 천천히 읽어보니 엽서에 적힌 문장은 익명의 누군가가 비밀을 털어놓은 것에 지나지 않았다. 우연히 그와 비밀이 같았을 뿐이다. 자신을 지목해 보낸 것이라고 해도 모르는 사람들이 본다면 흔하디흔한 비난과 경고에 지나지 않았다. 행운의 편지처럼 쉽게 무시해도 좋은 것 말이다. 그 익명의 문장이 자신을 겨냥한다고 생각하다니 어리석었다. 짧은 순간 여직원이나 아내를 의심한 것이나 무엇보다 아이를 만나볼 생각을 하다니 어리석었다.

그는 결코 비밀을 엽서에 적어 모르는 사람에게 보내거나 술김에 친구에게 털어놓거나 종교에 기대어 고해성사를 하는 일 따위는 하지 않을 것이다. 비밀은 비밀인 채로 그만의 것으로 남았다. 다행이었다. 한편으로는 두려웠다. 자신의 비밀을 아는 사람이 결국 자신뿐이라는 사실이. 엽서를 보낸 사람도 아마 그런 두려움 때문에 비밀을 털어놓았을 것이다. 그는 엽서에 비밀을 적은 사람의 나약함에 화가 났다. 이 세상에 자신과 비밀이 같은 사람이 있고 그 사람이 뭔가 고백하고 싶어하는 게 화가 나 미칠 지경이었다. 이제껏 비밀을 담은 엽서가 그를 외롭지 않게 해줬다면 앞으로는 비밀의 동조자 때문에 두고두고 외로울 것 같았다.

그는 엽서를 찢어 편의점 쓰레기통에 버리고 천천히 전철역 쪽으로 걸었다. 자신은 진실과 관련된 모든 것을 유일하게 다 알고 있지만 어쩐지 아무것도 모르는 것 같았다. 그가 아는 것은 자신이 아무것도 모른다는 것뿐이었다. 어째서 그런 아이에게 충동을 느꼈는지, 아이는 어쩌자고 그를 끝내 기억하지 못하는지, 아이가 가진 유일한 증거가 하필이면 실증할 수 없는 감각인지, 아이는 왜 직감을 끝까지 몰아붙이지 않는지, 침착하고 단호한 거짓말의 내면이 무엇인지, 거짓말의 결과로 그에게 남은 것이 무엇인지, 비밀을 유지하면서 끝내 지키고 싶었던 게 과연 무엇이었는지, 그래서 그것들을 제대로 지켜냈는지.

깊은 지하의 전철역으로 들어가며 그는 다짐했다. 누구에게도 오늘 밤에 대해서 말하지 않으리라고. 그를 지목한 비밀의 문장에 대해, 그를 아이에게 내몬 양심의 충동에 대해서 말이다. 낯선 성기의 감각을 잊지 않고 있는 아이와 그 아이가 들어간 연립주택의 어둠, 그가 돌아나온 좁은 골목길에 대해서도 마찬가지다. 그런 것들을 내내 비밀로 품는다고 해서 무슨 일이 일어날까. 아무 일도 일어나지 않을 것이다. 오직 그만이 그리고 좁은 골목과 어두운 밤만이 노인이 될 때까지 비밀을 기억할 것이다.

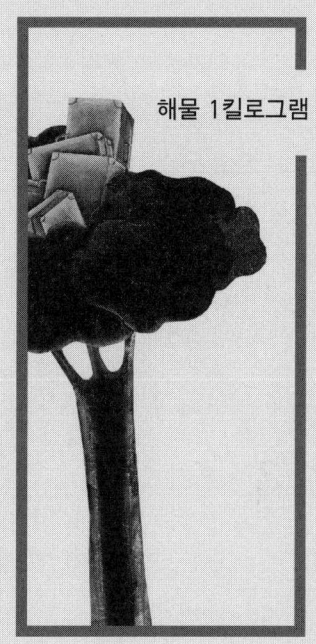

해물 1킬로그램

웃음소리였다. 모두들 소리가 나는 쪽을 봤다. 케이였다. 엠은 얼굴이 달아올랐다. 비웃음을 샀다는 생각이 들어 창피했다. 케이가 언제 웃음을 터뜨렸는지 생각하면서 자기가 한 말을 천천히 복기했다.

엠은 사람들이 그날을 더웠다고 기억한다는 얘기부터 시작했다. 주저하듯 더듬거리며 꺼낸 말이었지만 실은 오랫동안 생각해온 문장이었다. 사람들이 그날의 날씨 얘기를 할 때마다 어리둥절했으니까. 누군가는 그렇게 지독한 더위는 처음이었다고 했다. 전날에 이어 폭염특보가 내려졌고 정오 뉴스에 열사병 환자 발생 소식이 보도되었다는 것이다. 간밤에 하도 더워서 젖먹이 갓난아기처럼 두시간 걸러 잠이 깼다고 투덜대는 사람도 있었다.

모두 잘못된 기억이었다. 그날은 한기가 느껴질 정도로 서늘했다. 종일 몸이 덜덜 떨렸다. 원피스 위에 카디건을 걸쳐 입었는데도 이가 부딪칠 정도였다. 보다 못한 누군가 차 트렁크에서 굴러다니던 녹색 무릎담요를 덮어주었다. 담요에서는 담배 냄새와 군내가 심하게 났다. 누군가 엠에게 그렇게 있으면 탈진하니 차라리 들어가서 쉬라고 했다. 그렇게 말한 사람을 한참 노려보았다. 남편이었다.

아이와 함께 있던 오년 동안 많은 것이 바뀌었다. 외모와 성격, 말투, 인간관계나 관심사 같은 것이. 오년은 인간의 조직세포가 완전히 새롭게 바뀔 만한 시간은 아니었다. 그럼에도 그녀는 육체를 이루는 낱낱의 세포가 모두 바뀐 것 같다고 느꼈다. 심지어는 발뒤꿈치 뼈부터 두개골에 이르기까지 몸을 지탱하는 뼈도 바뀐 것 같았다. 바뀐 세포와 뼈가 생각과 감정을 달라지게 했다. 그게 아이 때문이라는 게 좋았다. 자신을 바꾼 것이 한낱 시간의 흐름에 따라 자연스럽게 생사를 같이하는 세포가 아니라 도대체 어디서 왔는지 알 수 없는 기원 불명의 생명체, 자신을 닮은 듯하지만 완전히 달라서 동질감과 이질감을 동시에 주는 이 사랑스러운 존재라고 생각하면 행복해서 미칠 것 같았다. 맹세코 그녀에게 그런 존재는 이제껏 한번도 없었고 앞으로도 없을 터였다.

아이가 실종되고 얼마 후 사체로 발견되었다는 소식을 듣고 나서는 달라졌다. 많은 것을 믿을 수 없었지만 가장 믿을 수 없는 것은 아이로 인해 달라진 오년이 몽땅 과거가 되었다는 점이었다. 그보다 더 믿을 수 없는 일이 이후에도 계속 일어나게 될 줄 그때는 몰랐다. 아이가 없는 채로 칠년이 조금 안되는 시간이 흘렀다. 이제 얼마 후면 조직세포를 포함한 모든 것이 다시 한번 모조리 바뀔 만한 시점이라는 걸 받아들여야만 했다.

엠은 웃음기가 남은 케이의 얼굴을 보면서 웃고 있을 때에도 왜 피로해 보일까 생각했다. 숱 적은 머리통을 감싼 부스스한 파마머리와 눈가를 뒤덮은 기미 때문인 듯했다. 빨갛게 충혈된 눈은 방금 전까지 운 사람처럼 보이게 했다. 웃는 척 운 것이라고 생각하자 당혹스럽던 기분이 조금 누그러졌다. 그럼에도 모멸감은 고스란히 남았다. 어떻게 그날에 대해 얘기하는데 소리 내어 웃을까. 케이는 모르겠지만 엠이 영 상관없는 사람들에게 그 얘기를 털어놓은 것은 이번이 처음이었다.

"뭐죠?"

큐였다. 얘기가 부자연스럽게 중단된 것에 화가 났음을 알리려는지 톤이 높았다. 큐는 모임의 리더 역할을 맡고 있었다. 회원들의 의견을 조율하고 모임을 순조롭게 운영하는 걸 자부로 여겼다. 그러다보니 회원들을 종종 부하직원 다루듯 했다. 편의적으로 리더 역할을 하는 것일 뿐, 같은 처지라는 걸 자주 잊었다. 사람들이 어렵게 꺼내는 얘기를 두고 진솔하다거나 다른 사람에게 용기가 되는 말이라면서 칭찬을 했고 좀더 솔직하게 말하라거나 구체적으로 얘기하라고 지적하기도 했다.

언제부터 큐가 그런 역할을 하게 되었는지는 모른다. 아마도 신입 회원이 꾸준히 들어오고 기존 회원이 나가는 가운데 사정과 성향이 다른 참가자들을 아우를 만한 역할이 필요했지 싶었다. 엠에게 모임에 결원이 생기면 알려주겠다는 내용의 메일을 보낸 것과 모임에 가입해도 좋다는 연락을 해온 것은 모두 큐였다.

엠이 모임에 나온 것은 이번이 네번째였다. 모임은 매주 목요일 저녁 일곱시였다. 요기라도 하고 가려면 서너시부터 준비해야만 했다. 남편은 뭐 그렇게 서두르느냐고 의아해했지만 행동이 굼뜬 엠에게는 그 정도의 시간이 필요했다.

준비 시간은 대부분 옷장을 뒤적이는 일로 허비했다. 엠은 지금까지 모임에 갈 때 입었던 옷, 들었던 가방, 신었던 구두, 착용한 액세서리를 모두 기억하고 있었다. 그렇다고 해서 매번 그 조합을 바꾸는 건 아니었다. 엠은 검약하지는 않으나 낭비하지도 않는 타입이었다. 계절마다 사치스럽고 화려해 보이지 않으면서 세련되게 차려입을 옷을 다섯벌 넘게 가지고 있을 리 없었다.

어떤 옷을 입을까 고민해도 기껏 공들여 차려입고 나면 전형적인 상복이 되었다. 적당했다. 그렇게 입는 게 가장 자연스러웠다. 거기에다 색이 화려하거나 패턴이 강한 스카프를 둘렀다. 작은 크리스털이 박힌 하이힐을 신고, 색은 같지만 질감과 소재가 다른 외투를 선택하기도 했다. 눈에 띄는 차림으로 주목받을 필요는 없지만 침울해 보이고 싶지도 않았다. 엠뿐만 아니라 모임에 오는 다른 여자들 모두 검은색 옷을 입었다. 검은색 옷은 무관심함을 가장하면서 계급과 취향 같은 것을 노골적으로 드러냈다.

옷과 액세서리를 공들여 매치해도 누구 하나 스카프 패턴이나 색상의 우아함, 송치 구두의 부드러움, 크리스털의 유난하지 않은 반짝거림, 잘 빠진 스커트 라인 같은 걸 칭찬하지 않았다. 애당초 그런 말을 하려고 모인 사람들이 아니었다. 그래도 주의해서 살펴보면 여자들이 서로를 낱낱이 보고 있다는 걸 알 수 있었다. 누군가 펜던트가 화려한 목걸이를 하고 나타나면 노골적으로 외면했는데, 그게 바로 주목한다는 증거였다. 조용한 수군거림 속에서 서로의 코디법을 배운 누군가는 다음번 모임에 반드시 색다른 장신구를 하고 나타나거나 밝은 색상의 스카프를 두르고 왔다. 몇번 모임이 진행되는 동안 여자들의 차림새가 일종의 돌림노래처럼 소재와 형태가 닮아가는 걸 지켜보는 게 흥미로웠다. 엠이 모임에 관심을 갖게 된 데에는 그런 이유도 있었다. 여자들이 아이에 대한 것 말고도 다른 생각을 한다는 점 말이다.

화제는 언제나 똑같았다. 여자들은 마치 방금 장례식을 치른 것처럼 울먹이거나 애도하는 투로 얘기했다. 아이가 얼마나 사랑스러웠는지, 아이 얘기를 과거형으로 말해야 하는 고통이 얼마나 큰 것인지. 아이의 행방을 모른 채 태연히 살아가는 자괴에 대해서도 말했다. 첫날 한 사람의 얘기만 듣고도 엠은 모임에 참여하면 늘 비슷한 사연을 듣게 되리라는 걸 알아차렸다. 애당초 한가지 얘기만 하려고 모인 사람들이니 다른 걸 기대해서는 안됐다.

웃음소리는 모임 중에 들을 수 있는 소리가 아니었다. 모임 후에 진행되는 빙고 게임이나 다과회에서라면 몰라도. 엠은 그 때문에 자신의 얘기가 그동안 지겨워해왔던 다른 사람들의 것과 조금도 다르지 않다는 걸 깨달았다. 당황스러웠다. 수사에 서툴고 이야기를 효과적으로 전달하는 데 영 재주가 없어 사람들의 흥미를 못 끌어서 실망한 것은 아니었다. 그날 이후 생겨버린 고통은 어떤 방식으로 얘기를 해도, 아무리 수사에 신경을 쓴다 하더라도 줄거나 없어지지 않는 종류의 것이었다. 그것은 수사와는 아무런 상관 없는 전적으로 순수한 고통이기에 그랬다. 이전 사람들의 얘기가 천편일률적으로 느껴진 것은 그들이 슬픔을 제대로 전달하지 못해서가 아니라 수사가 필요없을 정도로 슬프고 괴로웠기 때문이다.

"그래서 전단지는 주로 어디에서 돌렸나요?"

큐가 다시 얘기를 시작하라는 듯 질문을 던졌다. 엠은 그런 큐를 물끄러미 쳐다보았다. 큐는 아마도 엠이 그날을 떠올린다고 생각하는 것 같았다. 다 이해한다는 듯 미소 지으며 천천히 고개를 끄덕였다. 사람들을 배려하기 위해 하는 큐의 행동은 사정이나 기분에 상관없이 언제나 똑같았다.

"계속해요. 전단지 얘기요. 거기에 뭐라고 썼다고 했죠?"

큐가 다가와 엠의 어깨에 가볍게 손을 올렸다. 뜨겁고 기분 나쁜 열기가 전해졌다.

엠은 모임을 망치고 싶지 않았다. 소심하게 비치고 싶지 않다는 조바심도 있었다. 큐의 계속되는 재촉도 무시하기 힘들었다. 오늘은 그만 얘기하고 싶다고 말하는 게 좋았다는 생각은 나중에야 들었다. 다시 케이가 웃음을 터뜨린 후에야.

"아이 머리에요. 가마가 둘이에요. 그래서 쌍가마가 있다고 썼어요."

엠은 아까와 똑같이 대답했다. 케이가 슬쩍 웃는 게 보였다. 소리는 나지 않았지만 누구나 알아차릴 정도였다. 엠은 얼굴을 일그러뜨렸다. 곤경에 빠진 기분이었다. 슬픔을 복기하는 행위가 무산되고 슬픔을 전달하려던 시도가 엉망이 되었다. 케이가 어이없이 터뜨린 웃음 때문이었다. 케이는 무려 두번이나 그 짓을 저질렀다.

"오늘 무슨 일 있었어요?"

큐가 벌떡 일어나 케이에게로 다가갔다. 케이는 그제야 자기가 웃어서 얘기가 중단되었고 모두들 못마땅하게 쳐다보고 있다는 걸 알아챈 듯했다. 케이가 인상을 썼다. 민망해서가 아니라 웃음을 참으려고 그러는 것 같았다.

"아니에요. 아무것도 아니에요. 미안해요. 계속하세요."

"도대체 뭐가 웃기죠?"

큐가 케이 옆에 팔짱을 끼고 섰다. 모두들 케이를 힐끔거렸다. 케이는 사과하듯 깊이 고개를 수그렸다. 사람들이 케이에게서 고개를 돌려 애틋해하며 엠을 쳐다봤다. 엠도 고개를 수그렸다.

케이는 모임 후 빙고 게임에서 따돌림을 받을 것이다. 다섯번의 게임 중 세번째 게임에서 우승을 하고 보온병을 부상으로 받아도 아무도 박수 치지 않을 것이다. 이 일로 인해 케이는 확실히 배울 것이다. 유치해서 웃거나 어처구니없어 비웃는 것은 다른 모임에서 해야 한다는 걸. 케이는 누구도 말을 걸어주지 않는 가운데 혼자 집으로 돌아가고 다음번 모임에 나와야 할지 말아야 할지 고민할 것이다. 모임에 나오지 않게 되면서 아무도 들어주지 않는 고통 때문에 더욱 외로워질 것이다.

다른 여자들도 깨달을 것이다. 모임은 고통을 해소하기 위해서가 아니라 다른 사람의 얘기를 들으면서 고통을 잊지 않고 끝없이 되풀이하기 위해서 유지된다는 걸 말이다. 한눈을 팔고 있다가, 그다지 중요하지 않은 볼일을 보고 있다가 아이를 잃어버린 것에 대해서, 아이가 엄마를 잃고 두려움에 떨고 있을 동안 자신이 뭘 하고 있었는지에 대해서, 아이가 없어진 줄도 모르고 친구와 태연하게 전화 통화를 한다거나, 결국에는 사지도 않을 옷을 입어보느라 아이를 방치한 죄책감을 고백하러 모임에 나왔다. 그날 아이가 입은 옷과 신발, 아이와 마지막으로 나눈 말을 결코 잊지 않으려고 나왔다. 아이가 돌아오지 않았는데도 유지되는 환멸스러운 일상과 아이를 찾으려는 노력을 떠올리며 책임을 모면하려는 비겁함을 얘기하기 위해 모임에 참석했다.

여자들은 모임에서 불행이 자신에게만이 아니라 다른 사람에게도 일어난다는 점을 확인했다. 무엇보다 이제는 고통이 없으면 살수 없게 되었다. 자신의 고통은 물론이고 다른 사람의 고통을 확인하려면 계속 모임에 나와야만 했다.

"도대체 무슨 얘기가 웃긴 거죠?"

과장된 어투 때문에 큐의 말은 우스꽝스럽게 들렸다.

"미안해요. 잠깐 다른 생각을 했어요."

"무슨 생각이 그렇게 웃겼어요?"

큐는 케이의 대답을 듣기 전에는 절대로 물러서지 않을 기세였다.

"별거 아니에요. 미안해요."

케이가 얼버무렸다.

"그 얘긴 그만하죠."

누군가 짜증난다는 듯 말했다.

"왜요? 왜 웃었는지 듣고 싶은데."

다른 누군가 끼어들었다.

여자들이 한마디씩 거들 기세를 보이자 케이는 점점 고개를 깊이 수그렸다. 큐는 여자들이 그러는 게 자신이 정당해서라고 생각한 듯했다. 의기양양한 표정으로 케이에게 말했다.

"케이 씨는 우리 모임의 취지와 다른 생각을 하고 있는 것 같아요."

큐는 모임을 순조롭게 진행하려는 책임감에 도취된 나머지 자신이 회원들에게 '취지와 다른 생각'을 하지 말라고 명령할 권리가 없다는 걸 잊고 있었다.

"미안해요. 그저 저녁거리를 생각하고 있었어요."

"저녁거리요?"

"네. 해물 요리요."

케이가 입을 다물었다. 큐가 어이없다는 듯 케이를 쳐다봤다. 누구도 입을 열지 않았다. 어색한 침묵이 이어졌다. 더 설명을 요구하는 것이라고 생각했는지 케이가 붉어진 얼굴로 마지못해 입을 열었다.

"내일 가족하고 식사를 해야 하는데, 해물을 가지고 뭔가 만들어야 해요. 책을 보니까 찜을 하려면 일 킬로그램이 필요하대요. 근데 해물은 물기가 많잖아요. 그걸 어떻게 일 킬로그램에 맞추나. 맞출 수 있나. 그런 생각을 했어요. 쓸데없는 생각을 해서 미안해요."

케이는 고개를 푹 수그렸다. 큐는 못 말리겠다는 표정으로, 그러나 기어이 무슨 생각을 했는지 들었으므로 만족한다는 듯 고개를 끄덕였다. 엠은 큐와 케이를, 중간에 끼어든 두 명의 여자를 번갈아 쳐다보았다. 화가 났거나 당황했거나 번거로운 일에 휘말렸다고 생각하는지 모두들 무뚝뚝한 표정을 짓고 있었다. 엠은 그제야 모임이 부자연스럽고 과장된 느낌을 주는 게 무엇 때문인지 알 듯했다.

검은색 옷은 웃음을 참는 데 퍽 도움이 되었다. 모임 사람들이 장례식장에 오는 것처럼 검은색 차림인 것은 그걸 알아서가 아닐까 싶기도 했다. 모임에서 슬퍼 보이는 것은 언제나 이득이었다. 얘기를 하다 울음을 터뜨리면 다른 사람의 위로와 격려를 받았다. 눈물을 글썽이며 얘기를 들어주면 이해심 많다는 칭찬을 받았다. 다른 생각을 하는 걸 들키면 금세 배신감을 느껴 비난을 퍼부었다. 슬퍼 보이지 않으면 모임에 나올 자격이 없었다. 모임은 고통을 맘껏 과시하고 애도를 지속하는 자리여야 했다.

웃을 수 없는 게 불만은 아니었다. 웃음을 마음껏 비난하는 게 모임의 장점이기도 했다. 그것은 그 일로부터 멀어져서 안정을 되찾고 회복되고 있다는 것을 보여주려고 과장하거나 태연한 척 연기할 필요가 없다는 얘기였다.

　며칠 후 엠은 우연히 케이를 보았다. 남편과 만나기로 해서 나가는 길이었다. 엠과 케이는 4차선 도로를 사이에 둔 아파트 단지에 살았다. 모임에 간 첫날 큐가 그 얘기를 하며 엠과 케이를 함께 귀가하게 했다. 신입 회원을 기존 회원과 짝지어줘서 낯을 익히게 하려는 것 같았다. 큐가 하도 설레발을 치는 바람에 엠은 약속이 있다거나 다른 곳에 들러야 한다고 핑계 댈 기회를 놓쳤다. 케이도 내키지 않아하리라 생각했는데, 그녀 역시 주변의 권유나 시선을 쉽게 물리치는 성격이 아닌 듯했다.

　할 수 없이 엠은 기다리고 있던 남편에게 케이를 소개하고 함께 차에 탔다. 입을 다문 엠을 대신해 남편이 어색한 분위기를 깨려고 케이에게 이것저것 물었다. 모임에 언제부터 나왔는지, 어떻게 알고 나왔는지 하는 것이었다. 케이는 엠의 생각과 달리 비교적 편안한 태도로 남편의 질문에 답해나갔다. 화제는 자연스럽게 케이의 아파트 얘기로 바뀌었다. 케이는 그곳에 산 지 칠년쯤 되었는데, 얼마 전부터 다른 지역 아파트를 알아보고 있다고 했다. 케이의 말에 남편이 반색하며 자기 역시 그쪽을 알아보고 있다고 대꾸했다. 엠은 깜짝 놀랐다. 케이와 남편은 엠에게는 신경 쓰지 않고 이사 가려고 봐둔 아파트의 시세와 주변 입지 같은 것에 대해 한참 얘기를 나눴다. 남편은 엠에게 어떤 것도 상의한 적 없다는 사실을 의식하지 못했다.

모임을 소개한 것은 남편이었다. 남편은 가족의 신상정보를 적은 가입신청서를 제출했다. 사전에 어떤 상의도 없었다. 남편은 엠이 반대하거나 저항하거나 비난하리라고 짐작하고 그에 대비해 최대한 무뚝뚝하고 강압적으로 굴기로 작정한 듯했다. 회사 선배 중 누군가가——누구인지 끝내 말하지 않았다——참여해본 적 있는 모임이라고만 얘기해줬다.

엠은 모임에 가라는 남편에게 뭘 먼저 물어야 할지 생각했다. 왜 가라는 건지, 그 선배는 아이를 언제 잃은 것인지, 모르는 사람에게 왜 아이 얘기를 털어놓아야 하는지 같은 질문이 두서없이 떠올랐다. 머뭇거리는 동안 엠은 남편의 대답을 하나씩 추측해보았다. 언젠가부터 남편과 대화할 때면 말의 차례와 대답을 예측했다. 그러면 굳이 질문할 필요가 없었다. 이전의 엠이라면 못마땅한 기색을 숨기지 않고 남편이 자기 몫을 떠넘긴다고 매도했겠지만, 지금은 어떤 것도 묻지 않고 남편의 의중을 짐작해 스스로 대답을 찾았다. 그 과정을 통해 남편을 이해할 수는 없지만 자신이 남편에게 질릴 만큼 충분히 얘기해왔다는 것 정도는 이해했다.

남편은 그 일 이후 밤마다 서재에 틀어박혔다. 그녀는 잠이 오지 않아도 일찌감치 서재 문을 두드렸다. "아직 안 끝났어요?" 그녀가 물으면 남편은 미안한 표정으로 대답했다. "조금 더 걸릴 것 같아." 그녀는 "너무 무리하지 마요"라고 말했다. 남편이 "먼저 자"라고 하면 할 일이 다 끝난 듯 천천히 서재 문을 닫고 침실로 갔다. 남편과 그녀는 언제나 그렇게 묻고 대답했다. 차가운 침대에 누우면서 엠은 하루 중 남편의 얼굴을 마주 본 게 그때가 유일하다는 것을 불현듯 깨닫기도 했다. 다행이었다. 남편과 마주 보고 있으면 그날에 대한 기억이 떠오를 테니까. 남편은 더이상 아이 얘기를 듣고 싶지 않거나 아예 다른 얘기를 하고 싶어하는 게 분명했다.

이제 다른 사람에게 털어놓아야 할 때였다. 언제까지나 남편에게 똑같은 얘기를 해댈 수는 없었다. 그녀는 서재 문을 열고 남편에게 "아직 안 끝났어요?"라고 묻는 그 순간을 사실 조금 두려워했다. 남편이 완벽한 가장을 흉내 내듯 상냥하게 마주 웃으며 그녀를 따라 침실로 올까봐 그랬다. 남편이 서재에 남아 뭐라도 억지로 해주기를 바랐다. 일이 다 끝났다며 책을 덮고 노트북 전원을 끄고 그녀와 함께 침실로 가는 건 겁이 났다. 뭔가 얘기를 나눠야 하는 상황을 맞닥뜨리고 싶지 않았다.

남편은 그녀의 냉소적인 반응이 당연하다는 듯 "내키지 않겠지만 몇번 나가보면" 하고 말을 이었다. 그녀는 남편이 말을 끝내기도 전에 선뜻 그러겠다고 했다. 그녀와 남편은 많이 다퉜다. 셀 수 없을 만큼 자주 맹렬히 비난하는 말을 퍼부었다. 알아들을 수 없는 말로 고함을 지르기도 했다. 문을 세게 꽝 닫았다. 화가 나서 뭔가 집어던질 것을 찾다가 간신히 억누르고 기껏 베개를 집어던지고 울음을 터뜨렸다. 어느정도 시간이 지나자 더는 싸우지 않게 되었다. 싸울 이유가 없어졌거나 싸워봤자 소용없다는 자포자기의 심정 탓이 아니었다. 그녀와 남편이 조금씩 달라졌다. 뭐가 달라졌는지 알 수 없었다. 남편은 그대로고 그녀 역시 그대로였지만, 두 사람이 함께 있을 때는 무엇인가가 조금 달라졌다. 적어도 서로의 잘 못이 아니라는 걸 알게 되었다. 그녀와 남편은 충분히 겪을 만큼 겪었다.

확실히 그랬다. 엠이 모임에서 별달리 치유받은 게 없는 걸 보면. 치유받을 게 없다는 뜻이 아니라 이미 어느정도 치유됐다는 의미 일 수도 있었다. 남편은 모임에 나간 후 엠이 심리적 안정감을 되 찾고 있다고 했다. "정말 그런 것 같아요." 그녀가 대꾸하면 남편이 확신에 차 고개를 끄덕였다. 그녀는 잠자코 있었다. 남편이 계속 그 렇게 믿어주었으면 좋겠다고 생각했다. 그런 믿음은 남편의 염려 와 걱정으로부터 그녀를 자유롭게 했다. 무엇보다 남편 자신을 위 로했다.

케이가 먼저 차에서 내리고 나서도 엠은 남편에게 언제 이사를 가려고 다른 아파트 단지를 알아보고 다녔는지, 그러는 동안 왜 한 마디도 상의하지 않았는지 묻지 않았다. 대신 이렇게 물었다. "오 늘도 서재에서 할 일이 있죠?" 남편이 그녀를 보지 않고 고개를 끄 덕였다.

케이는 엠이 막 건너려는 횡단보도 근처를 지나고 있었다. 검은 색 원피스 차림이었는데 갑갑하고 더워 보였다. 앞쪽에 달린 커다 란 단추 때문에 케이의 납작한 가슴과 가냘픈 어깨가 두드러졌다. 엠은 케이를 부를 생각이 없었다. 케이가 자신을 보게 되면 그때 알은체해도 늦지 않으리라.

케이는 지하철역으로 들어가지 않았다. 버스 정류장도 지나쳤다. 택시를 잡으려고 하지도 않았다. 천천히 걷다가 잠시 멈추기를 반복했다. 딱히 갈 데가 없어 보였다. 엠은 약속 시간까지 얼마나 남았는지 계산했다. 삼십분 정도 여유가 있었다. 바로 전철을 타지 않아도 된다는 얘기였다.

처음에는 케이와 마주치지 않으려고 거리를 두었다. 나중에는 거리가 벌어질까봐 조바심이 났다. 왜 뒤따르는지 몰랐다. 엠은 케이에 대해 기본적인 것 외에 아는 게 거의 없었다. 모임 후 다과회에서도 단둘이 얘기를 나눠보지 못했다. 케이는 호의적인 표정으로 사람들과의 대화에 참여했으나 딴생각을 하는 듯 어울리지 않는 대답을 하거나 무턱대고 고개를 끄덕이는 경우가 많았다. 자기로 인해 분위기가 어색해지는 걸 못 견디는가 싶었는데 자기에게 화제가 맞춰지면 여지없이 불편한 기색을 드러내 상대를 무안하게 했다.

지난번 모임 이후 큐는 날마다 엠에게 전화를 걸어왔다. 엠이 케이의 일로 모임에 나오지 않을까봐 염려했다. 엠은 처음에는 당황했고 모멸감을 느꼈다. 하지만 이제 아니었다. 큐가 약 올라하던 걸 떠올리면 통쾌하기도 했다. 계속되는 큐의 전화와 문자는 케이에게 상처를 받은 건 큐라는 걸 알려줬다. 큐가 생각하기에 케이는 모임의 가치와 존엄을 훼손했다. 엠은 전화 통화를 끝내기 위해 부러 쾌활한 척 굴었다. 그래도 큐가 계속 전화를 걸어와 엠은 아예 그 말을 꺼내지 말라고 차갑게 굴어야 했다. 엠이 상처를 받았으리라는 생각에 동조해주고 싶었다. 그렇게 하고 나서야 큐의 관심에

서 벗어날 수 있었다.

케이와는 열 걸음 정도 차이가 났다. 통행인이 많아 자칫 한눈을 팔면 놓칠 수 있는 거리였다. 엠이 누군가를 뒤따르는 일은 처음이었다. 쉽지 않았다. 상대방의 행동을 짐작할 수 없다는 점에서 그랬다. 케이는 자주 멈춰서서 쇼윈도우의 물건을 들여다봤다. 체인 중국집 입구에서 메뉴를 들여다볼 때는 저녁을 먹을 참인가 싶었으나 그런 것도 아니었다. 대부분의 가게 앞에서 멈춰서서 둘러보거나 구경하는 일로 시간을 보냈다.

목적지를 짐작할 수 없던 케이의 발걸음은 재래시장이 가까워지자 조금씩 빨라졌다. 애초에 행선지가 명확했다기보다 불쑥 마음을 정한 것 같았다.

엠은 조금 더 거리를 뒀다. 케이는 시장 초입의 건어물 가게 앞에 한참 서 있었다. 비닐에 담긴 오징어채나 말린 새우, 문어다리 같은 것을 들어서 이리저리 살펴보고 다시 내려놓았다. 옆 과일 가게에서는 만져보지 않고 눈으로 꼼꼼하게 따져보았다. 역시 아무것도 사지 않고 시간을 끌다 옆으로 이동했다. 계속 그런 식으로 물건을 살펴보자 처음에는 손님인 줄 알고 관심을 보이던 주인들도 이내 무심해져서 다른 손님을 상대하거나 텔레비전 쪽으로 시선을 돌렸다.

지금쯤은 남편을 만나러 가야 했다. 더 지체하면 약속에 늦을 것이다. 남편은 어젯밤 그녀가 서재 문을 열었을 때 하고 싶은 말이 있으니 밖에서 만나자고 했다. 침실로 돌아온 엠은 남편이 하려는 말을 생각하느라 거의 잠을 자지 못했다.

엠은 피로한 눈을 비벼가며 케이를 지켜봤다. 무료했지만 케이가 할 일 없이 가게 이곳저곳을 들여다보는 게 이상한 안도감을 줬다. 아무것도 사지 않고 그저 시간을 보내는 것이 유일하게 할 일인 케이에 비하면 자신의 처지는 나은 게 아닌가 싶었다. 그 생각으로 당분간 기분 좋게 지낼 것 같았다. 케이에게는 남편과 먹을 요리를 준비하고 단란하게 하루의 일과를 얘기하며 음식을 삼키는 시간 같은 건 과거에 속해야 했다. 케이는 밤낮으로 한가한 시간을 보내느라 프로그램이 끝날 때까지 텔레비전을 보는 습관에 빠져 있어야 했다. 케이의 남편은 서재에 틀어박혀 있다가 간간이 화장실을 가려고 거실을 지나가며 미련하고 한심한 여자를 보듯 케이를 말없이 쳐다보고 눈이 마주치면 얼른 시선을 피해야 했다. 아직 애도 기간이 끝나지 않았다고 생각해야만 했고, 일생 계속될 것이 분명한 애도와 자책에 지치지 말아야 했다. 엠은 이 심술맞은 생각이 어디서 기인하는 줄 정확히 알았다. 엠은 케이가 미웠다. 얘기를 듣다 웃어서가 아니라 케이에게 무엇인가를 들켜서였다.

엠에게 가장 중요한 일은 고통이 언제까지 계속될 것인가 하는 게 아니었다. 처음 겪어본 일이지만 이 고통은 일생 지속될 것 같았다. 아무리 삶 전체를 잠식한 고통도 시간이 지나면 조금씩 잦아들고 어떤 날은 아예 잊을 수도 있을 것이다. 무뎌지는 것과 상관없이 그녀는 그 고통을 자신만의 것으로 삼았다. 누구도 완전히 이해할 수 없고 누구에게도 정확히 말해질 수 없었다.

처음 모임에 갔을 때 엠이 자신의 일부가 훼손되었다고 생각한 것은 그 때문이었다. 엠은 모임에서 만난 여자들이 유사한 고통을 저마다 개별적으로 겪고 있다는 걸 받아들이기 힘들었다. 엠은 그동안 자신의 고통을 유일한 것으로 치켜세움으로써 고통을 견뎌왔다. 여자들은 고통의 내막을 설명하려 했고 어떻게 잠식되는지 얘기했는데, 그것은 놀랍도록 엠과 유사했다. 엠은 하루 종일 할 일 없이 시간을 보내다가 집 안 여기저기에서 조금씩 망가진 것들을 고치는 일로 시간을 보냈다. 다른 여자들도 마찬가지였다. 모임 여자들은 누구나 어느 시기엔가 비누 찌꺼기가 잔뜩 달라붙은 받침대를 새것으로 바꾸려고, 페달이 있는 쓰레기통을 사려고 하루 온종일 돌아다닌 적이 있었다. 지나치게 곁가지가 자란 화초를 어린아이 머리카락 자르듯 조심스럽게 다듬고 물받침대에 낀 물때를 세제로 깨끗이 닦아내고 소독약을 뿌렸다 다음 날 씻어내는 일로 시간을 보냈다. 나중에는 옅은 수치심이 느껴질 정도였다. 자신이 그저 고통이 주는 매혹과 분위기에 사로잡혀 있었던 것은 아닐까 싶어서였다. 그 고통은 평범하고 무기력하던 그녀의 삶을 어느 순간 갑자기 특별히 불행한 것으로 바꾸었다. 그녀는 충분히 고통스러웠고 지금도 그렇지만, 이제는 실제의 고통을 넘어 어느정도 상상의 고통을 겪고 있음을 인정해야만 했다.

그런 생각에 빠져 있다가 고개를 들었을 때 케이가 보이지 않았다. 길을 따라 죽 걸었으나 케이는 어디에도 없었다. 엠은 터덜터덜 다시 걸음을 옮겼다. 서둘러도 약속 시간 안에 닿기는 어려웠다. 조금 후련하기도 했다. 아예 나가지 않으면 남편이 하려는 말을 듣지 않을 수도 있으니까. 엠은 집에서 기다리겠다고 말할 요량으로 전화를 걸었다. 남편은 받지 않았다. 문득 남편과의 약속을 지키지 않으려고 느릿느릿 케이를 뒤따라 다녔는지도 모른다는 생각이 들었다. 남편이 하려는 말을 가급적 늦게 듣고 싶었다.

집 쪽으로 걸음을 옮기는데 누군가 어깨를 툭 쳤다.

"여기는 웬일이에요?"

엠은 깜짝 놀라서 뒤를 돌아봤다. 케이였다.

"장 보러 왔어요?"

엠이 고개를 끄덕였다. 빈손이기는 해도 이 시간에 시장에 있는 게 이상할 리 없으니까. 케이가 웃음기 없는 얼굴로 물끄러미 엠을 쳐다봤다. 뭔가 짐작하는 건가 싶었으나 피곤해 보이면서 무심한 평소의 모습 그대로였다.

"그럼 전 먼저 갈게요."

별다를 것 없는 인사로는 케이가 어디서 언제쯤 엠을 보았는지 판단하기 힘들었다. 딱히 잡아둬야 할 핑계도 없고 나눠야 할 얘기도 떠오르지 않아 할 수 없이 마주 인사를 건넸다. 그러다가 좋은 생각이 떠올랐다.

"그날이요." 엠이 다급하게 말하자 케이가 쳐다봤다. "해물 요리는 했어요?"

케이의 표정이 조금 굳었다.

"그날 일은 미안해요."

"아니에요. 사과받으려는 게 아니고요."

"해물 요리는 못했어요. 가족 모임이 취소됐어요."

"아, 네. 아쉽네요."

"늘 그런 걸요."

케이가 머뭇거리며 말을 이었다.

"그날은 정말 미안했어요. 실은 전단지 때문에 웃었어요."

"전단지요? 제가 만든 거요?"

"거기에 아이 특징을 뭐라고 썼다고 했죠?"

"쌍가마라고 쓴 거요?"

엠은 전단지를 작성하던 순간이나 그것을 들고 거리에 나가 절실함에 사로잡혀 마구 배포한 순간 같은 것을 이미 잊었다. 워낙에 제정신이 아닌 상태로 한 일이어서 그 무렵의 일은 정확히 기억나지 않았다.

"쌍가마인 게 웃기다고요?"

엠이 의아해서 되물었다.

"전단지요. 나도 만들었어요. 거기 제가 뭐라고 썼는지 알아요?" 케이가 키득거렸다. "앞니가 빠졌다고 썼어요. 앞니야 곧 다시 날 텐데 어쩌자고 그렇게 썼을까요? 그때는 왜 그런 것만 생각났을까요? 지금은 사년이 흘렀으니 앞니도 다 났을 텐데."

엠은 하나도 우습지 않았다. 이유를 알고 나니 허탈해졌거나 단박에 케이를 이해하게 된 것도 아니었다. 케이가 왜 웃었는지는 알 듯싶었다. 케이는 엠을 비웃은 게 아니라 자신이 어리석다 생각해

웃은 것이었다.

엠은 한때 아이가 돌아오지 못하는 게 잘못 적은 전단지 문구 때문이 아닐까 생각했다. 집을 잃어 울고 있는 아이를 두고 누가 머리 속을 헤집어 가마 수를 세어본다고 그렇게 적었을까 하고.

케이는 다시 눈인사를 하고 뒤돌아서 걸어갔다. 엠은 그대로 서 있다가 케이가 멀어지자 남편에게 전화를 걸었다. 남편은 여전히 전화를 받지 않았다. 약속 시간이 얼마 남지 않았다. 남편 역시 하려는 말을 미루는 중인지도 몰랐다. 조금 고마웠다. 결단을 주저하는 데에는 이유가 있게 마련이니까. 엠은 망설이다가, 사정이 생겨 못 나갔으니 집에서 같이 저녁을 먹자고 음성 메모를 남겼다.

다시 시장으로 들어갔다. 저녁을 준비하려면 뭐라도 사야 할 것 같았다. 함께 저녁을 먹는 게 얼마 만인지 기억도 나지 않았다. 뭘 할까 생각하며 죽 걷다보니 해산물 가게가 눈에 띄었다. 무심히 그곳을 지나치려다 케이의 말이 떠올라 멍하니 물에 담긴 생물을 들여다봤다.

"뭐 드려요?"

주인이 당장 뭔가 담을 것처럼 비닐봉지를 벌렸다.

"그냥 해물요."

"이게 다 해물이지. 뭘 할 건데요?"

"네?"

"뭐 해서 먹을 거냐고요. 찜을 할 건지 볶음을 할 건지 탕을 할 건지 알아야 맞춰서 주죠."

"그게……"

"이것저것 섞어요?"

"네."

오래전 남편은 해물찜을 좋아했지만 지금도 그런지 자신할 수 없었다.

"얼마나요?"

"일 킬로그램이요."

"일 킬로요?"

"네, 딱 일 킬로그램이요."

주인이 의아한 듯 엠을 쳐다보고는 손에 닿는 대로 소쿠리에 올려 물을 빼고 저울에 올렸다. 1킬로그램이 조금 안됐다. 주인이 슬쩍 엠을 봤다. 엠이 고개를 젓자 주인이 미더덕 몇개를 집어 봉지에 넣었다. 이번에는 조금 넘었다. 주인이 비닐봉지를 엠에게 건넸다. 엠은 봉지에서 미더덕을 조금 꺼내고 봉지를 저울에 올렸다. 조금 모자랐다. 주인이 그걸 어떻게 딱 맞추느냐며 까다롭게 군다고 투덜댔다.

걸을 때마다 비닐봉지에서는 물이 뚝뚝 떨어졌다. 엠은 해물 약 1킬로그램을 들고 집 쪽으로 걸었다. 남편에게서는 전화가 오지 않았다. 그녀도 걸지 않았다. 그녀는 그저 약간의 해물로 무슨 요리를 할지에 대해서만 생각했다.

비밀의 호의

택시는 떠날 것이다. 기사가 재촉하듯 창문을 내렸다가 올렸다. 경술은 꿈쩍 않고 보도에 서 있었다. 이내 택시가 거리를 향해 육중하게 움직였다. 그는 난처한 표정으로 경술을 보았다. 경술은 딴청을 피웠다. 그는 경술을 역에 보내려 했다. 막차 시간이 임박했다. 서둘러도 늦을 거라는 경술의 말은 맞았다. 뭐라도 해보고 싶었다. 경술을 방에서 재우는 일은 무척 불편할 테니까. 실제로 그런 일이 벌어지자 불편하기보다 몹시 화가 났다. 화를 내지는 않았다. 지금은 잊었지만 화를 내기도 피로한 일을 그날 낮에 겪었다. 서울에서 지내게 되면서 경술과는 명절이나 경조사가 있을 때 얼굴이나 한번 보는 정도로 지냈다.

그는 하나뿐인 이불과 베개를 경술에게 내주고 찬 바닥에 누웠다. 딱딱하고 냉기 어린 바닥에 누워 있자니 다분히 보호자가 된 기분이었다. 고작 이부자리를 내준 건데 뭔가 희생한 것 같았다. 그만큼 해준 게 없다는 뜻이어서 미안하기도 했다.

경술은 금세 서운함을 잊고 생애 첫 서울 나들이의 감회로 잠을 못 이루고 뒤척였다. 그 역시 딱딱한 바닥잠에 익숙지 않아 뒤척였다. 그들은 천장을 보고 누워 얼마간 얘기를 나눴다. 식구들이 나눌 법한 얘기였다. 어린아이가 있는 집에서 아이를 화제 삼듯이 그들은 치매 걸린 할머니 얘기를 나눴다. 할머니는 대학생인 그를 남편으로 착각해서 교태를 부리거나 버럭 소리를 지르며 화를 냈는데, 그와 경술은 그러는 할머니를 떠올리며 흉내 냈다. 부모가 보았다면 할머니를 돌보는 일에 지쳐 있었어도 지나치다며 야단쳤을 것이다. 그와 경술은 할머니를 죽지 않는 늙은이 취급하며 웃음거리로 만들었다는 자책에 묘한 공모의식을 느꼈다.

나중에 할머니가 죽었을 때 그는 전혀 슬프지 않았다. 할머니는 죽어가면서 그의 손을 잡고 "여보, 혼자만 먹지 말아"라고 말했다. 할머니가 남긴 대사가 좀더 희극적이거나 비극적이면 좋았을 거였다. 늘 하는 말이었기 때문에 죽었다기보다 잠시 잠이 든 것 같았다. 조만간 벌떡 일어나서 음식을 떠먹여달라고 앙탈을 부릴 것 같았다. 입관 때는 모두 울음을 터뜨렸다. 그는 조금 울었지만 할머니 앞에서 연극을 하고 있다는 죄책감을 느꼈다. 그와 달리 경술은 탈진할 정도로 울었다. 그 밤의 공모를 기억하고 있던 그는 괜히 머쓱해졌다.

화제가 끊기자 이번에는 경술이 서울과 대학 생활에 대해 물었다. 그는 무뚝뚝하게 대꾸하다가 미안한 마음에 하지 않아도 좋을 말을 길게 덧붙였다. 그러기를 몇차례 되풀이하다보니 불쑥 피로해져서 "그만 자라" 하고 말했다. 경술이 시무룩해져 입을 다물었다가 "여긴 정말 정신이 없는 곳 같아요"라고 했다. 그는 대꾸하지 않았다. 실로 정신없는 일이 그의 주위에서 끊임없이 벌어지고 있었다. 늘 뭔가 선택해야 했고 선택이 잘못되었으리라는 불안에 시달렸고 아무것도 하지 않았다가 더 큰 자괴감에 빠지기를 반복했다.

"그래서 뭐든 잘될 것 같아요."

경술이 뜸을 들이다 말했다. 경술은 아직 고등학생이었고 집안 형편상 서울에 머물 수 없었다. 그는 짐짓 애틋해져서 면박을 줬다.

"그게 뭐니. 정신이 없는데 잘될 리가 있니."

"나는 그런 게 좋아요. 말이 안되게 비약하는 거요. 그런 건 나만 하니까요."

그때의 일을 회상하면 경술의 그 말이 가장 먼저 떠올랐다. 경술이 그에게 배가 고프다거나 날이 춥다고 하는 것 말고도 의견을 말하는 게 있구나 싶어서였다. 당시의 그에게 경술은 얘기를 나누거나 뭔가 의논할 상대가 되지 않는 어린아이였다. 경술과는 아홉살 차이가 났다. 부모가 아이를 낳던 시절에는 흔치 않은 터울이었다. 어머니는 지독한 난산으로 그를 낳은 후 오랫동안 임신을 두려워했다. 나이 차 때문인지, 경술은 그의 말은 무엇이든 당연히 받아들이는 태도가 배어 있었고 그에게 크게 통박이라도 당한 것처럼 어려워하고 주눅 들어 보이기도 했다. 당시에는 경술이 그가 매번 논리적으로 생각하려다가 천편일률적인 결론에 도달하는 걸 비아냥거리는가 싶었는데, 그럴 리 없었다. 경술은 그의 삶에 대해 아무것도 몰랐다. 그도 마찬가지로 경술을 모른다는 것을 나중에야 깨달았다.

아침에 깼을 때 경술은 없었다. 첫차로 내려갔겠거니 했다. 한참 시간이 지나서야 부모에게 경술이 그날 이후 나흘간 집에 내려오지 않았다는 얘기를 들었다. 부모는 이웃에 소문이 돌까 겁이 나 그 사실을 아무에게도 말하지 않았다. 경술은 어디서 뭘 했느냐는 호된 다그침에도 입을 꽉 다물었다고 했다.

그가 나중에 경술을 보았을 때는 이미 부모에게 충분히 야단을 맞아서인지 얌전하고 묵묵한 아이로 돌아가 있었다. 나흘 동안 어디서 무엇을 했건, 경술에게 그 나흘은 영영 지나가버린 것 같았다. 그런 순간일수록 금세 지나가고, 지나가고 나면 그뿐이라는 걸 배운 듯했다. 그 나흘에 비하면 고향 집의, 오래 밟아 삐걱대는 마룻바닥이나 집을 떠받치는 밤색 나무기둥, 치매 걸린 할머니의 끝없는 어리광, 한적한 흙길과 야트막한 지붕들이 얼마나 견고한가를 깨달았을 것이다.

그래도 경술을 야단치려고 마음먹었다. 그에게 왔다가 생긴 일이어서 책임을 느꼈다. 쉽게 기회가 생기지 않았다. 명절이라 친척들이 계속 드나들었다. 짬을 내 경술의 방으로 갔다. "경술아." 책상에 앉아 있던 경술이 순한 표정으로 뒤돌아봤다. 그는 조금 주저하다 "그때 말이다" 하고 굳은 표정으로 말문을 텄다. 경술은 바로 알아차렸다. 그때를 생각하듯 조금씩 표정이 변하더니 칭찬이라도 받을 것처럼 의기양양한 얼굴이 되었다. 혼날까봐 두려워하거나 잘못을 저질러 주눅 든 얼굴이 아니었다. 나중에는 허공을 향해 살짝 웃기까지 했다.

경술의 그런 표정은 낯설었다. 누구도 말해주지 않은 것에 스스로 다가갔다는 자부가 엿보였다. 비밀을 갖는 것으로 성장한다는 것을 통감한 긍지 같은 것도 느껴졌다. 생각해보면 부모와 함께 있을 때 경술에게서 보았던 멍한 표정이나 딴생각에 빠진 듯한 말투는 그 또래 아이라면 누구나 가지는 것이었다. 그 나이에 세상이 이물스럽지 않고 순조롭게 느껴진다면 오히려 이상했다.

낯선 표정에도 불구하고 그는 오빠로서의 책무를 잃지 않고 경술을 다그치려 했다. 한 떼의 친척 아이들이 경술의 방으로 몰려들어 눕거나 뛰어다니며 놀기 시작했다. 그는 하릴없이 경술의 방에서 나왔다. 그와 부모가 모르는 나흘을, 경술을 당당하게 만든 나흘을 홀로 궁리했으나, 다음 날 일찍 서울로 돌아가야 할 일이 생기면서 다시는 그에 대해 묻지 못했다.

그 나흘을 모르는 채로 오십년 가까운 시간이 지나갔다. 지금에 와서 생각해보면 그가 모르는 것은 비단 나흘만이 아니었다. 경술과 그는 식구들끼리 일상적으로 나누는 익살, 치매 걸린 할머니 흉내 내기나 조금만 술에 취하면 나오는 아버지의 주정, 어머니의 반복되는 잔소리 같은 것을 함께 기억했지만 그밖에 사소하고도 일상적이며 소소한 삶은 내내 각자의 것이었다. 어린 시절, 경술이 따라다니며 그와 친구들의 놀이에 끼려고 칭얼대면 그가 떼어놓으려 애쓰던 때도 있었을 테지만 잘 기억나지 않았다. 그가 아이에서 남자로 자라고 경술이 꼬마에서 여자로 자라면서부터 경술과 그는 서로 남 보듯 대하는 게 익숙해졌다. 자라면서 경술이 맨다리를 내놓고 낮잠을 자거나 살이 희미하게 비치는 스타킹을 신고 스커트를 입거나 어머니의 축 처진 젖가슴과는 비교할 수 없을 정도로 커진 젖가슴이 얇은 티셔츠 위로 도드라진 걸 알고 짐짓 놀라기도 했으나 자신과는 다른 생리적, 신체적 질서를 가졌음을 깨닫는 게 다였다.

그들은 일생 이해할 필요도 없고 딱히 이해 못할 것도 없는 가족으로 존재해왔고 앞으로도 그럴 것이었다. 서로 울음을 터뜨려본 적 없고 뭔가를 털어놓으려고 작은 소리로 속삭인 적도 없었다. 다툰 적이 없어 말 한마디만으로 화해가 되는 신기를 경험해보지 못했다. 사소한 농담을 주고받지 않아서 크게 웃을 거리도 가져본 적 없었다. 부모의 생일이나 집안 행사가 있을 때면 서로 상의했지만 예년 수준에서 비용을 갹출하고 일을 분담하는 것으로 쉽게 합의했다.

그는 종종 궁금했다. 경술이 다니던 대학을 그만두고 그가 보기에는 난봉꾼이 틀림없는 사내와 결혼한다고 했을 때, 그 사내가 다른 여자 때문에 집을 나갔을 때, 하나뿐인 아들이 미국 유학을 가서 돌아오지 않겠다고 통보했을 때 경술에게 사정을 묻고 위로를 하는 대신, 그 나흘간 뭘 했느냐고 묻고 싶었다. 나흘을 알면 경술의 일생을 알 것 같았다. 경술이 가까운 사람에게 버림을 받는 것으로 생의 이력을 쌓아가는 것이 오래전의 나흘 때문인 것 같았다. 경술이 시력을 잃어간다는 걸 알았을 때도 그랬다. 언제부터 그런 것인지, 진단을 받아본 적 있는지, 그걸 알고 미국에서 돌아온 것인지 하는 것보다 그 나흘간 뭘 했는지가 궁금했다. 인생은 잠들어 있는 사나운 개와 같아서 일단 건드려놓으면 계속 으르렁대며 노려보고 경계하려 들게 마련인데, 그 나흘 동안 경술이 개의 꼬리라도 밟은 건 아닌가 싶었다.

그러나 묻지 않았다. 경술이 곤란할까봐 그런 것은 아니었다. 알고 싶은 동시에 절대로 알고 싶지 않았다. 그것은 전적으로 경술 인생의 일부였고 결코 그의 인생으로 스며들어서는 안되었다. 알고 나면 그의 인생이 조금 달라질 것 같아 겁이 났다. 경술은 느닷없이 미국에서 돌아와 이미 그의 집으로 들어왔고, 그것만으로도 많은 부분이 달라졌다.

경술이 다시 나타났을 때 그는 깜짝 놀랐다. 경술이 미국으로 떠난 뒤 죽을 때까지 다시 보는 일은 없으리라 생각해왔다. 전화로나 소식을 듣게 될 텐데, 그건 틀림없이 부고일 것이었다. 그가 요즘 전화로 듣는 소식이 죄다 그렇듯이. 그에게 무슨 일인가 생긴다면 경술도 마찬가지일 터였다.

둘은 오랫동안 왕래가 없었다. 경술이 미국에 있는 아들 집으로 떠나기 전에도 짧게 통화를 한 게 다였다. 함께 식사라도 할 법했지만 그렇게 하지 않았다. 그의 아내와 경술은 사이가 좋지 않았다. 경술은 매사 트집을 잡았고 부러 친절하지 않은 말투를 썼다. 아내는 호락호락하지 않았고 그는 두 사람의 적의에 무관심했다.

커다란 트렁크를 현관 안으로 먼저 밀어넣고 나서 경술이 들어왔다. 경술이 놀란 표정의 그에게 말했다.

"세상에나, 우리가 다시 같이 살게 되다니요. 태어날 때도 그랬는데 죽을 때도 함께 있겠네요."

해후의 순간에 그를 붙든 것은 당혹감과 불쾌감이었다. 연극적으로 과장하는 말투는 확실히 감회를 누그러뜨리는 데 효과가 있었다. 그는 왜 네가 여기서 사느냐고 묻지 못했다. 묻지도 않았는데 오빠를 돌봐주러 왔다는 경술의 능청스런 대답을 들은 것 같았다. 그가 우물쭈물하는 사이 경술은 집을 둘러보더니 방 하나를 제가 쓰겠다며 짐을 옮겼다. 그러고는 부엌으로 나와 일거리를 찾았다는 듯 냉장고를 청소하기 시작했다. 그는 경술을 만류할 기회를 놓쳤다.

경술의 눈은 점점 나빠졌다. 얼마 전까지는 빛과 어둠을 구분했고 빛이 들어오는 방향을 알았고 눈앞에서 손을 흔들면 알아봤다. 최근에 급격히 나빠진 것 같았다. 아예 외출을 하지 않으려 들었다. 집 안에서 소파나 식탁 모서리, 벽에 자주 부딪혔다. 시계를 보지 못했고 텔레비전 드라마를 소리로만 들어 상황을 이해하지 못했다. 손으로 더듬거려 물건을 파악했다. 그가 있는 쪽을 보았지만 시선을 마주치지는 못했다.

아무도 그에게 눈이 먼 사람과 함께 지내는 일에 대해 말해주지 않았다. 경술의 증상을 알아채고 그가 겨우 떠올린 사람은 교사 시절의 동료였다. 동료는 갑자기 시력을 잃었다. 신경외과에서 찍은 뇌 영상을 판독해보니 거대한 종양이 양쪽 전두엽으로 번져나가 있었다고 했다. 신경세포를 따라 뇌 구석구석 뻗어나간 종양은 영상으로 보면 검은 혈관처럼 보였다. 우려와 달리 종양은 양성이었으나 워낙 크기가 커서 수술로 완벽하게 제거하지 못했다. 그러는 과정에서 신경에 상당한 손상을 입었다. 교사들은 한동안 모일 때마다 눈이 먼 동료를 화제에 올렸다. 눈이 침침해지기 시작했을 때 상식적으로 서둘러야 했다고 안타까워했다. 그는 '상식적'이라는 말을 오랫동안 기억했다. 무슨 일인가 결정해야 할 때면 최악을 면할 방편으로 그 말을 떠올려봤다.

경술을 볼 때면 상식적으로 늦어버린 건 아닌가 싶었다. 단순히 노안으로 시력 저하를 겪는 게 아니라 질병을 앓는 것인지도 몰랐다. 뇌손상까지는 아니더라도 흔한 안과 질환, 이를테면 녹내장이나 황반변성, 색소성망막염 같은 것들 말이다. 그는 그간 경술이 해온 말들을 무심히 넘긴 걸 후회했다. 눈이 침침하다거나 시야가 뿌옇다거나 사물이 찌그러져 보인다는 말들을. 눈이 안 보이는 척해서 관심을 끌려는 거라고 생각했다. 경술은 참을성이 없고 워낙에 말이 많고 전조 없이 질병을 앓을까봐 작은 증상도 참지 않고 모조리 말하는 편이었다. 경술은 나이가 들면 주름이 늘거나 검버섯이 피거나 관절 사이가 헐렁해져 시큰거리는 것처럼 육체의 노쇠는 자연스러운 일이라는 걸 고려하지 않았다. 그가 보기에는 지나치게 예민했다. 좀더 일찍 예민하게 굴어서 치료를 받으면 좋았겠지만, 이미 나빠질 대로 나빠진 후에야 예민해졌다. 그것은 가까이 있는 사람을 무척이나 피곤하게 만든다는 의미였다. 나중에 경술은 자신이 맹인이 되는 것에 그가 당황하지 않도록 배려한다는 투로 말했다. 그 때문에 오히려 불행이 멀지 않았다는 걸, 경술의 방에 항시 깔려 있는 이부자리처럼 가까운 곳에서 늘 불길한 냄새를 풍기며 자리 잡고 있다는 걸 상기했다.

경술이 한사코 병원에 가지 않으려 해서 병명을 묻는 요양원 상담자에게 정확하게 대답하지 못했다. 상담자는 병원에서 진단을 받아본 적 없다는 말에 조금 당황했지만 요양원 담당 의사의 도움을 받을 수 있을 거라고 덧붙였다.

"왜 그런 걸까요?"

그가 우둔하게 묻자 상담자는 전화상으로 단정할 수 없다고만 대답했다. 그는 상담자가 경술이 시각을 잃어가고 있다는 명백한 대답을 유보하는 게 못마땅했으나, 오후의 약속을 다시 확인하고 전화를 끊었다.

"이제야 개나리가 피네요."

경술이 베란다에 서서 밖을 내다보고 있었다. 개나리는 며칠 전부터 노랗게 질린 얼굴을 아파트 담벼락 아래로 축 늘어뜨리고 있었다.

"목련도 피려나봐요. 그렇지요?"

정확하지는 않지만 경술이 손을 뻗어 가리킨 부근에는 꽃망울을 터뜨린 목련이 서 있기는 할 것이다. 경술은 나무를 보고 있는 게 아니라 뉴스를 떠올리고 있었다. 어젯밤 그들은 서울에 이제 막 봄꽃 개화가 시작되었다는 뉴스를 보았다.

"그래, 곧 활짝 피겠구나."

그는 건성으로 대구하고는 경술에게 물었다.

"오늘은 뭘 할 거니?"

시선을 맞추지 못하는 경술의 눈동자가 불안하게 움직였다. 경술은 햇살이 마루 깊숙이 들어오는 시간과 희미하게 어둠이 살포된 저물녘을 공기 변화 없이는 알아채지 못했다. 짐작이나 추측, 기억에 의지하지 않고는 사물의 위치를 파악할 수 없는 지경에 이르렀다. 목소리를 듣지 않으면 상대를 알아보지 못하고 냄새로 기후 변화를 알아챘다. 변한 듯 그대로인 창밖 풍경이나 집 안에 쌓여가는 먼지, 손자국이 많이 나서 반사 기능이 떨어진 거울 같은 게 경술에게는 더이상 존재하지 않는 것이나 다름없었다. 경술은 이제 예순이 조금 넘었다. 청춘이라고 과장할 수는 없지만 삶의 영역을 최소한 한정하기에는 이른 나이인 게 분명했다.

"오빠는 서재에서 책을 보실 거죠? 저는 청소를 할까봐요. 오후에 친구가 찾아올지도 몰라서요."

그에게는 서재가 없었다. 지은 지 이십오년이 넘은 아파트에 방은 두개뿐이고 그와 경술이 각각 하나씩 쓰고 있었다. 경술은 매번 그런 식으로 대구했다. 그는 경술의 허세에 불쑥 짜증이 났다.

"누가 온다는 거니?"

아파트 이웃을 끌어들여 한바탕 수다를 떨려는 것인지도 몰랐다.

"오빠가 모르는 친구예요."

되묻는 법 없던 그가 캐묻자 경술은 조금 당황한 듯했다.

"오늘은 산책을 좀 가자."

"어디로요?"

"좀 멀어. 좋은 숲이 있다."

"날이 따뜻해지면 가요."

"오늘만 해도 따뜻한 거지. 포근해진다 싶으면 금세 더워질 거
다."

"이맘때는 황사도 자주 와요. 밖에 나가기 좋은 날이 아니에요."

"집에만 있기에도 좋은 날은 아니다."

그는 품위 있고 다정한 연장자의 대화에 흥미를 잃고 무뚝뚝하
게 대꾸했다. 경술이 정말 나갈 거냐는 듯 그가 있는 쪽으로 고개
를 돌렸다. 좀처럼 외출하는 법 없는 그는 의지를 보여주려고 딱히
들를 곳도 없으면서 현관문을 나섰다. 잠깐 나갔다 올 테니 준비하
라고 이르는 걸 잊지 않았다. 그는 오늘의 외출을 오랫동안 준비해
왔다.

1층에서 엘리베이터 문이 열리자 푹 꺼진 밋밋한 둔부가 먼저
눈에 띄었다. 계단을 청소하는 노파였다. 노파는 엉덩이를 높이 들
고 계단에 세제를 뿌려 일일이 솔질을 하고 있었다. 약간 굽고 살
집이 붙긴 했지만 여전히 묵직하고 튼튼한 그의 허리에 비해 노파

의 허리는 구부정하고 뭉툭했다.

엘리베이터 소리에 노파가 뒤를 돌아봤다. 눈이 마주쳐 할 수 없이 인사를 건넸다. 노파는 제 성량보다 큰 목소리로 인사를 했는데 그녀가 귀가 멀었거나 그가 듣지 못한다고 생각하는 것 같았다.

"영감님, 무슨 일로 나오셨어요?"

그는 대꾸하지 않고 현관 쪽으로 갔다. 노파가 재빨리 그를 따라와 셔츠 자락을 움켜쥐었다.

"어딜 혼자 나가시려고 그래요. 동생분이 걱정하니까 얼른 들어가세요."

그는 길을 막아서는 노파 때문에 잠시 당황했으나 실랑이를 벌이지는 않았다. 노파가 왜 그러는 줄 알 것 같았다.

"동생분이 걱정하신다고요. 아셨죠?"

노파가 어린아이 달래듯 했다. 그는 우는 것도 웃는 것도 아닌 노파의 얼굴이 가까이 다가오는 게 부담스러워 도망치듯 멈춰 있던 엘리베이터에 올라탔다.

"몇 층인 줄은 아시죠?"

노파가 엘리베이터 안쪽까지 바짝 얼굴을 디밀었다. 그는 갈 데도 없는데 뒤로 물러섰다. 일그러진 그의 얼굴이 닫힌 엘리베이터 문에 비쳤다. 놀란 듯하면서 근심에 싸인 얼굴이었다.

노파의 태도가 바뀐 것은 경술 탓이었다. 그는 자신을 선생님이라 부르던 사람들이 경술이 온 다음부터 할아버지나 영감님이라고 호칭을 바꾸는 것을 귀담아 들었다. 이웃들은 그가 퇴임한 교장인 줄 알고 있었다. 예전에 교사였다고만 말했지 평교사로 퇴직했다는 말을 생략해서 생긴 일이었다. 그동안 그가 해온 교양 있고 점잖고 의젓한 퇴임 교사 행세는 경술이 오면서 끝났다. 그는 까탈스럽고 인색한 노인네가 되었다. 경술은 그런 육친을 돌보는 일로 이웃에게 동정을 샀다.

이웃들은 그에게 암으로 투병하다 세상을 떠난 아내가 있는 줄 알고 있었다. 언젠가 엘리베이터 앞에서 경비원과 주민 몇명이 암에 걸린 이웃을 걱정하며 얘기를 나눌 때, 그가 무심코 대꾸하며 끼어들었다가 그렇게 알려졌다. 하도 알은체를 하자 누군가 암에 걸린 가족이 있느냐고 물었고 그는 대꾸하지 않았다. 주위들은 얘기를 떠벌린 게 머쓱해서였다. 그 침묵 때문에 사람들은 아마도 가까운 가족인 아내를 암으로 잃었다고 여긴 듯했다. 비약이 지나치다 싶었지만 한번 알려지자 그걸로 끝이었다. 그는 사람들의 오해를 방관했다. 모두 경술이 오기 전의 일이었다. 지금은 간혹 아파트에서 만나는 사람들, 청소부 노파나 경비원, 이웃들의 눈빛을 통해서 그들이 자신을 어떻게 생각하는지 자연스럽게 알게 되었다. 방금 노파를 통해 알게 된 것처럼. 이제는 숫제 치매 환자 취급을 받았다. 그가 아무리 고요히 잘 지내는 것처럼 보이고 싶어도 소용없었다. 평판을 만드는 건 말 많은 경술이었다.

그도 이웃들을 알게 되었다. 청소부 노파는 종합검진에서 위암 판정을 받았는데, 암의 치료보다 이혼한 아들과 중학생 손녀 걱정이 앞섰다. 경비원은 그 자리에 들어오려고 관리사무소에 얼마간의 돈을 냈다. 옆집 여자는 남편과 사이가 좋지 않은 알코올중독자가 분명한데, 매일 바깥에서 페트병에 든 맥주를 마시고 술을 안 마신 척 엘리베이터나 계단참에 빈 병을 버려두고 집으로 들어갔다. 모두 경술에게 들었다. 믿을 수 없으므로 이웃과 화제로 삼지는 않았다. 경술의 얘기는 건성으로 대꾸하는 게 상책이었다. 곧이듣는다면 어떤 경우에는 이웃을 제대로 볼 수 없었다. 경술의 말에 따르면 이웃은 모두 조울증을 앓고 있으며 비밀로 삼을 만한 가족사를 술이나 담배 같은 것에 의지했고 치료가 시급하나 완치가 어려운 질병을 앓고 있었다.

현관에 서서 조금 기다리니 경술이 옷을 갈아입고 단출한 가방을 꾸려 나왔다. 준비를 끝낸 후에도 말없이 그가 있는 쪽을 보기만 했다. 잠자코 입을 다문 얼굴에서 언뜻 어린 시절의 경술이 보였다. 경술을 보면 늙어가는 건 말이 많아지는 걸까 싶기도 했다. 확실히 그랬다. 사람들에게 자기에 대한 것뿐 아니라 그에 대해서도 거리낌 없이 얘기하는 걸 보면 자제력을 잃은 게 틀림없었다. 말이 많고 눈이 먼 사람과 함께 지내는 일이 어떤지 왜 아무도 말해주지 않은 걸까. 생각할 것도 없이 답은 간단했다. 그런 말을 포함해서 그에게 뭔가 얘기를 해줄 사람은 경술 외에는 아무도 남지 않았다.

밖에 나오자 경술은 침침하다거나 피로하다면서 아예 눈을 감아버렸다. 함께 외출하는 건 처음인데도 그가 경술을 부축하고 버스 의자에 앉히고 길을 인도하는 일이 비교적 자연스럽고 순조로웠다. 경술은 버스 안에서 계속 떠들어댔다. 눈을 게슴츠레 뜬 채로 옆 좌석에 앉은 사람과 얘기했고, 그 사람이 내리면 몸을 돌려 뒤에 앉은 그에게 말을 걸었고 그도 아니면 혼잣말을 했다. 신통할 것 없는 얘기들이었다. 처음에는 한탄으로 시작했다가 나중에는 자랑으로 끝나는, 실망만 안겨준 미국 생활과 아들 얘기였다. 누군가에게 전해들은 질병 치료법도 얘기했다. 적당히 말을 쉬는 법 없이 누군가 들어주지 않을까봐, 말할 기회를 잃게 될까봐 걱정된다는 듯 떠들었다. 자기가 늘어놓는 무미건조한 이야기에 도취된 것 같았지만 무한정 계속하지는 못했다. 이야기에는 끝이 있게 마련이고 이야기를 듣는 사람이 산만해지는 건 금세 알게 되니까.

그는 스스로 남의 말을 잘 경청한다고 자처했다. 입을 꾹 다물고 사려 깊게 몸을 끄덕이면서. 성급하게 숨을 몰아쉬는 법이 없고 의견이 다를지라도 일단은 수긍하면서. 사교적인 성격이거나 면밀한 계산으로 그러는 것은 아니었다. 별로 말이 없는 편인데다가 누가 무슨 얘기를 하더라도 들어줄 만한 구석이 있다고 생각해서였다. 경술의 얘기에도 분명 그런 점이 있었다. 그는 경술이 아파트 복도에서 혹은 제 방에서 이웃과 하는 말을 들으며 경술이 사람들에게 말하고 싶어하는 것과 말하고 싶어하지 않는 게 무엇인지 짐작했다. 그 구분을 통해 경술이 남들에게 어떻게 보이고 싶어하는지, 자신을 어떻게 생각하는지도 알았다. 경술은 거의 모든 것을 다 얘기하는 듯해도 절대로 오래전의 나흘은 화제에 올리지 않았다. 그러면서도 그에게도 말하고 싶지 않은 게 있고 알려지지 않았으면 하는 게 있다는 건 고려하지 않았다. 그는 처음에는 부드럽고 다정한 말투로 그러나 단호하게 잘못을 지적하려고 했지만 얘기를 시작할 때마다 앓는 소리를 내거나 시선을 맞추지 못하고 불안해하는 경술 때문에 이내 의지가 꺾였다.

아내가 남자 문제로 집을 나간 후 그는 빠르게 달라졌다. 동료 교사들에게 자주 술주정을 했다. 아침 조회를 빼먹고 술 냄새를 풍기는 채로 간신히 1교시 수업에 들어갔다. 그가 십오년간 담당했던 타자 과목이 교과과정 개편으로 없어진 지 채 일년도 지나지 않은 시점이었다. 그는 일정 기간 까다로운 연수를 받고 국어 과목을 가르치게 되었다. 타자에 비하면 국어는 해야 할 말이 많았다. 그는 거의 매시간마다 아이들에게 교과서만 읽게 했고 시를 외우게 했고 자습서에 쓰인 해제를 그대로 불러주거나 필기시켰다. 성실함을 잃게 되자 사소한 거짓말을 하게 되었고 술값을 지출하는 일이 늘면서 동료들에게 푼돈을 빌려 썼다. 빌린 사실을 까맣게 잊어버리거나 모른 척하면서 갚지 않았고 지각과 조퇴를 예사로 하면서 스스로 생각해도 말이 안되는 변명을 늘어놓았다.

동료들은 얼마간 그를 너그럽게 봐주었다. 그는 담당하던 교과를 잃었고 기존 국어교사들의 텃세에 시달렸으며 무엇보다 아내가 갑자기 떠났으니까. 동료들은 그를 안쓰럽고 애처롭게 여겼으나 그는 자신과 같은 처지가 될까봐 두려워한다고 생각했다. 그는 잔뜩 꼬여 있었다. 거칠게 말하고 거짓말로 변명하고 심술궂게 대하고 비아냥거리는 말투를 계속 쓰자 아무도 그를 상대하지 않게 되었다.

그가 간신히 의지를 추슬러 다른 일을 해보기로 결심했을 때는 몇년간의 칩거와 고립이 이미 어떤 일에도 맞지 않는 인물로 만들어놓은 후였다. 전업할 수 있는 시기도 오래전에 놓쳤다. 그는 할 수 없이 가지고 있는 돈의 일부를 주식에 투자하는 식으로 생계를 꾸리고자 했다. 얼마 지나지 않아 많은 돈을 탕진했다. 누군가 그에게 주식 거래의 핵심은 신속함이라고 충고했으나 아무리 빨리 움직여도 매번 한발 늦었다. 짧은 기간의 주식 투자는 그에게 많은 것을 가르쳤다. 정당한 노동이 가장 손쉬운 돈벌이라는 당연한 교훈 말고, 신중하게 판단하고 생각해서 결정하면 항상 늦는다는 것을. 그는 행동하기 전에 많이 생각하고 오래 망설이는 성격이었다. 그러다가도 결국 행동을 취해야 할 때가 오면 가장 좋지 않다고 생각한 것을 선택했다. 그는 뭔가를 선택하는 일을 늘 두려워했는데 주식은 날마다 뭔가를 선택하고 결정하게 했고, 언제나 그것이 틀렸다는 자괴감을 남겨주었다.

나이가 들자 뜻밖에 괜찮다 여겨지는 것이 많아졌는데 그중 하나가 선택해야 할 일이 줄었다는 거였다. 새로울 게 없어졌다는 뜻이기도 했다. 원하지 않는 노동을 견디며 돈을 벌어야 할 이유가 없고 불확실한 미래를 걱정하거나 애써 긍정하고 희망을 품을 필요도 없었다. 시간을 다투지 않아도 되고 뭔가를 이루기 위해 애쓰지 않아도 되었다. 책임져야 할 일도 없고 사이가 틀어질까봐 조심해야 할 사람도 없었다. 과거에 알던 사람들과 연락이 끊기면서 근황이나 아내의 소식을 묻는 사람도 없어졌다. 그 덕에 고요해진 탓인지 그럴 만한 시간이 지나서인지 아내에게 화도 나지 않았고 그럭저럭 이해하는 마음도 생겼다. 마음만 먹으면 영 다른 사람 행세를 할 수도 있을 만큼 오며 가며 마주치는 아파트 주민들 외에는 만나는 사람도 없어졌다.

이상하리만큼 평온했다. 일생 이렇게 평안하고 행복해본 적이 있을까 싶을 정도였다. 앞으로는 그저 육체적 허기에 답하고 쇠약에 적응하는 일로 간소하고 소박한 일상을 채워가면 될 것 같았다. 남들은 그가 이미 늙었다고 생각하겠지만 정작 자신은 이제서야 늙는다는 게 뭔지 막연히 알 것 같았다. 점차 사그라들다 한순간 훅 꺼져버리는 불꽃처럼 노쇠한 숨이 이어지다 돌연 끊어지리라는 건 의심의 여지가 없었다. 그는 노년이란 모든 운명이 종결되는 시기이므로 우연의 신비를 더이상 두려워할 필요가 없고 지난 세월을 돌아보며 체념하고 원망하는 것이 아니라 혼란과 불확실성을 확실하고 결정적으로 잠재우는 시간이 아닐까 하고 어렴풋이 생각해왔다. 경술이 다시 나타나기 전까지만 해도 그랬다. 경술은 끊임없는 수다와 특유의 솔직함으로 그가 인생에서 숨기고 싶었던 것, 비밀로 삼아온 것들을 거리낌 없이 폭로해버렸다. 그럼으로써 혼란을 야기했고 거짓말의 충돌로 인한 오해를 만들었다.

이웃에게 그런 사실이 알려졌다고 해서 그가 비난을 받거나 입방아에 오르는 일은 생기지 않았다. 그를 힐끔거리거나 뒤에서 작게 수군거리는 사람도 없었다. 아무 일도 없었다. 오래전에 아내가 집을 나간 것은 자신에게나 특별한 일이지 다른 사람에게도 그런 것은 아니었다. 절친한 사람을 예기치 못한 일로 떠나보내는 것은 누구에게나 일어나고, 믿었던 사람의 변심은 흔하디흔한 것이어서 위로나 격려를 받을 사건도 못되었다. 교장 행세도 유별난 것은 아니었다. 사람들은 풍파를 경험한 늙은이라면 누구나 과거의 일부를 과장하고 허세를 떤다고 생각했다. 아무 일도 없다는 것. 그 일은 그에게만 충격을 주었다. 그는 그럴듯한 노인이라는 명분으로 인생을 포장해온 자신과 직면했다. 겸연쩍었고 참을 수 없이 슬퍼졌다. 그의 슬픔은 자신이 대단치 않음을 깨달아서였고, 사람들이 이미 그것을 알고 있어서였다. 무엇보다 그가 어떤 노인이건 적막과 고독 속에서 지내야 한다는 게 자명해서였다.

버스에서 내린 후에는 간이이정표를 따라 좁은 숲길을 걸었다. 그는 경술의 손을 잡았다. 아주 오래전 경술에게 이부자리를 내주고 찬 바닥에 누웠던 밤이 떠올랐다. 딱딱하고 차가운 밤이 그에게 보호자로서 위신을 세워줬다면 축축하고 눅눅한 손바닥은 그에게 부양자로서의 부담과 경술에게 성급하게 수의를 입히는 것은 아닐까 하는 자책을 불러왔다. 그 때문에 금세 피로해졌는데 그렇다고 손을 놓을 수는 없었다.

점차 땀이 차오르는 두개의 손바닥을 견디는 일은 힘들었다. 기억할 수 없는 어린 시절을 제외하면 그가 경술과 손을 잡은 것은 거의 처음이었다. 그만큼이나 경술도 어색하고 불편해하는 게 느껴졌으나 의지할 데라고는 이 손밖에 없다는 체념도 느껴졌다. 먼저 손을 빼지 못하는 걸 보면 확실히 그랬다.

경술은 느릿느릿 걸으면서 자주 주위를 둘러보았다. 소리를 듣거나 냄새를 맡는 식으로 장소를 익혔다. 이 산책의 끝에 무엇이 있는지 묻지 않았다. 버스에서 내리고 나서 부쩍 말수가 줄었다. 그의 손을 잡고 걷는 일에 집중했다. 그저 산책 삼아 나온 게 아니라는 것은 진작 알았을 것이다. 이미 목적지를 알고 있는지도 몰랐다. 문을 닫고 통화하기는 했으나 제법 자주 요양원에 전화를 걸어 상담을 받았다. 경술은 아무것도 묻지 않았다. 만약 물었다면 치료를 위해서라고 안심시키겠지만 사실이 아님을 금방 알아챌 것이다. 치료 때문이라면 도시의 병원으로 데리고 갔을 테니까.

먼 데서 새소리가 들리자 경술이 돌연 걸음을 멈췄다. 땀이 찬 손바닥을 떼어내고 가방에서 무늬 없는 손수건을 꺼내 그에게 내밀었다. 손바닥을 닦으려다 냄새를 맡아보았다. 식초가 섞인 듯한 땀 냄새가 났다. 손수건을 건네주자 경술이 자기 손과 얼굴을 조심조심 닦고는 그의 점퍼 주머니에 손수건을 넣어주었다.

뭔가 얘기해야 한다면 지금이었다. 처음에는 간단한 일 같았다. 그런데 눈이 완전히 멀지도 않은 경술을 곧 눈이 멀 거라는 이유로 병원도 아닌 요양원에 방치하는 일을 어떻게 얘기할지 생각하자 매우 곤란하고 어려운 문제로 여겨졌다. 계속 함께 지낼 수도 있었다. 거동이 불편한 경술이 활달하고 말 많은 과부로 적응해가는 걸 지켜보면서.

하지만 그럴 수 없었다. 혼자 지내고 싶었다. 일시적인 생각이 아니었다. 경술에게 화가 나고 귀찮을 때 그런 생각이 들었고 그 순간이 지난 뒤에도 변하지 않았다. 뭔가를 바란 지 하도 오래되어서 자신에게 욕망이 생겼다는 데 놀랐다. 그것이 깊고 간절해서 또 한번 놀랐다.

다시 손을 마주 잡고 얼마간 걸은 후에 철문을 밀어 여는 소리가 나자 경술이 도착했느냐고 물었다. 그는 잠자코 고개를 끄덕였다. 경술이 작게 소리 내어 철문부터 현관까지 몇 걸음인지 세기 시작했다. 열한 걸음이었다. 경술이 잊지 않으려는 듯 여러번 되뇌었다. 열한 걸음이면 밖으로 나갈 수 있다고 생각했을까. 그러나 혼자 걷는 것은 누군가의 손을 잡고 걸을 때와 폭과 속도와 방향이 완전히 다르다는 걸 모르지 않을 터였다. 방금 자신이 지나온 열한 걸음은 과거에 속하고 더이상은 존재하지 않는다는 것도.

상담실에서는 나란히 앉아 설명을 들었다. 상담자는 수술로 시력을 회복할 수 없는 경우라면 점자와 지팡이 사용법을 배우게 될 거라고 했다. 경술은 말없이 고개를 끄덕였다. 그 태연한 태도 때문에 그는 경술이 모든 것을, 치료가 실명 시기를 늦추기는 하겠지만 시력을 완전히 잃는 걸 막지 못하리라는 것과 외출의 목적지가 요양원임을 알고 있었다는 생각이 들었다. 그런 의심 속에서도 경술이 손을 더듬어 문장을 읽고 지팡이로 길을 익히는 모습을 떠올리니 불쾌해졌다. 상담자가 펼쳐놓은 수첩을 덮었다. 끝났다는 신호였다. 이제는 경술에게 뭔가 물어볼 시간도 없고 이별에 예의를 차릴 만한 시간도 없었다.

상담자가 일어서는 소리에 경술이 손으로 허공을 더듬으며 따라 일어섰다. 손짓에 대꾸하듯 상담자가 팔을 잡아주었다. 경술이 상담자에게 의지해 천천히 몸을 돌렸다. 그는 경술이 자기에게 무슨 말인가 하려 한다고 생각했다. 경술은 아무 말도 하지 않고 문 쪽으로 갔다. 경술은 그를 상대하지 않았다. 그는 경술을 잃었다. 경술이 눈이 멀고 진심 섞인 거짓말을 해서가 아니라 눈이 멀지 않은 그가 계속 변변찮은 거짓말을 하고 싶어서였다. 상담자의 손을 잡고 가는 경술을 보니 요양원을 나서자마자 경술의 쉴 새 없는 재잘거림이, 거짓말과 진실이 뒤범벅되어 전부를 거짓말로 만드는 기묘한 언술이 그리워질 것 같았다. 지금 당장 모든 일을 물릴 수도 있었다. 그러나 지금은 너무 일렀다. 내일이면 늦을 게 분명하지만.

그가 자책과 절망이 섞인 열한 걸음을 떼려고 할 때 "오빠" 하고 부르는 소리가 들렸다. 상담자는 어디에 간 것인지 없고 경술이 복도에 혼자 서서 그를 빤히 보고 있었다. 한때 경술에게는 자신이 어떻게 보일까 생각한 적이 있었다. 빛과 그림자가 뒤섞여 있거나 희미하게 빛이 흩어진 분자로 보일 것이었다. 지금 경술은 옅은 미소를 띠고 그의 얼굴을 보고 있었다. 눈을 반쯤 덮을 정도로 처진 눈꺼풀과 아마도 흰 코털이 비어져나와 있을 콧구멍, 가느다랗게 숨이 새어나오는 벌린 입, 얼굴을 뒤덮은 검버섯, 깊게 파인 주름 같은 것을 잊지 않으려는 듯이.

경술이 천천히 그러나 똑바로 걸어와서는 말없이 그의 손을 잡왔다. 물기라고는 하나도 없는, 손금이 느껴질 정도로 메마르고 차가운 손이었다. 경술이 그를 마주 보았다. 잠깐이지만 그는 자신이 경술에게 뭔가를 물었나 하고 생각했다. 그때 뭘 했느냐거나 어디서 지냈느냐는 등의 질문. 경술이 그 대답으로 웃고 있는 것 같았다. 경술은 아무 말 없이 잡고 있던 손을 내려놓았고 이내 돌아서 복도 끝으로 걸어갔다.

숲길을 걸어내려오는 동안 차츰 빛의 잔광이 사라졌다. 언덕 위에 있는 요양원은 나무숲에 가려 보이지 않았다. 점퍼 주머니를 뒤져 손수건을 찾았다. 손수건을 그에게 넣어준 걸 보니 경술은 다시 그 혼자 걸어내려간다는 걸 알고 있던 듯했다. 땀을 닦고 나서는 손수건을 길가에 버렸다. 어떤 물건이든 한 사람의 인생을 구성한 물건은 언젠가는 버려지는 법이다. 게다가 자신은 뭔가를 잃는 게 당연한 나이였다.

정류장에 도착해서는 등받이 없는 의자에 주저앉아 신발을 벗었다. 신발 안에 작은 돌멩이가 들어갔는지 걸음이 내내 편치 않았다. 탁탁, 소리 나게 신발을 털고 돌멩이를 찾아 안쪽으로 손을 넣었다. 끈적거리는 게 묻었을 뿐 아무것도 잡히지 않았다. 다시 신을 신고 의자에 앉아 적막한 도로를 한참 바라보았다. 도로는 구멍처럼 어둡고 깊어서 버스가 나타날 거라는 생각이 들지 않았다.

간간이 새가 울었다. 사위는 어둡고 고요했다. 그는 드디어 홀로 남았다. 마음이 가벼워지지는 않았지만, 괜찮았다. 셀 수 없는 주름과 거칠고 메마른 살갗, 아침이면 마른 몸에서 떨어지는 살비듬과

숱 적은 흰머리, 제 기능을 잃어가는 내장들이 차차 그를 따뜻하게 감싸고 호의를 베풀고 안정감을 줄 테니까. 앞으로의 삶은 비밀을 주지 않을 것이다. 비밀이 없어 허허롭지 않아도 될 것이고 폭로될까 전전긍긍하지 않아도 될 것이다. 그에게 언젠가 겪었음직한 일만 겪게 할 것이고 모든 것이 불분명하지만 다 알 것 같은 착각을 불러일으킬 것이다. 이토록 늙어가도록 아무것도 모른다는 자괴를 줄 것이고 그럼으로써 어떤 것도 기대하지 않게 할 것이다. 그렇다고는 해도 그는 그게 늙음 탓이 아니라는 것쯤은 알았다.

개들의 예감

* 제목은 연왕모 시집 『개들의 예감』에서 빌려옴.

남자는 바지 주머니에 두 손을 찔러넣고 이쪽을 보고 있었다. 오종현은 비닐 커버를 씌운 와이셔츠를 손님에게 건네려다 가게 밖의 남자를 보았다. 남자는 우연히 그곳에 서 있는 게 아니었다. 얼마간 거리를 두고 있었으나 오종현이 알아차릴 만큼 뚫어지게 쳐다보았다. 계속 살필 수는 없었다. 손님이 와이셔츠를 담아갈 봉지를 달라고 했다. 카운터 아래로 허리를 숙여 비닐봉지를 꺼냈다. 남자를 보지 않으려고 봉지에 와이셔츠 담는 일에 집중했다. 손님이 문을 밀어 가게를 나가면서 남자가 잠시 가려졌는데 문에 매달아놓은 종이 촐랑맞게 울리며 닫히자 다시 보였다.

남자는 좀더 노골적으로 오종현을 노려보았다. 아까는 그저 사물에 시선을 둔 것처럼 무심해 보이는 눈빛이었다면 이제는 확실히 적대와 경멸을 담고 있었다. 추위 때문인지 두 손을 코트 주머니에 찔러넣고 있었는데 그런 차림새는 남자를 위축되고 초라해 보이게 했다. 그럼에도 눈빛만은 사냥을 앞둔 날짐승의 것처럼 생생했다.

오종현이 조금 비켜서자 가게 전면 유리에 쓰인 '와이셔츠 990원'이라는 글자 사이사이로 남자의 얼굴이 보였다. 남자는 세탁소 맞은편 정자 아래 서 있었다. 정자의 팔각지붕이 어둠 속에 차츰 윤곽을 잃어가는 데 반해 남자의 모습은 선명하게 도드라졌다.

아파트 공용시설인 정자 주위에는 간이 벤치와 서너개의 운동기구가 있어 드나드는 사람이 많았다. 남자가 서 있는 뒤쪽에도 머리가 희끗희끗한 노인 하나가 원반에 두 발을 올려놓고 몸을 이리저리 돌려대고 있었다. 무겁게 굳은 남자 얼굴 뒤로 실룩거리는 노인의 큼직한 엉덩이가 일정한 속도로 나타났다 사라졌다. 남자가 주는 긴장감과 상관없이 웃음이 터져나오려고 해서 오종현은 카운터에 놓인 전화 수화기를 들었다. 전화기를 들고 잠시 참았다가 웃음을 터뜨렸다. 통화 중에 웃은 것이지 남자 때문에 웃은 건 아니라는 듯이.

남자의 기분을 상하지 않게 하려고 딴청을 피우는 정도의 수고는 아무것도 아니었다. 시종 눈을 부릅뜨고 노려보는 남자가 더 힘들 게 분명했다. 입동이 지난 후 부쩍 바람이 차가워졌다. 새벽녘 비가 온 후 기온은 더욱 내려갔다. 적의를 단단하게 하는 데 제격이지만 적의로만 버티기에는 어려운 날씨였다. 게다가 월요일이라 세탁물을 맡기려는 사람이나 찾으려는 사람이 많았다. 끊임없이 손님이 들락거려 오종현은 세탁물을 찾으러 자주 뒤쪽 보관실로 가거나 카운터 밑으로 허리를 구부렸다. 세탁소 앞 도로를 오가는 주민들이 정자 아래 서 있는 남자의 시야를 수시로 가로막았다.

한꺼번에 손님이 몰려들면서 어둠 속에 가려진 남자를 힐끔거릴 틈도 없이 바빠졌다. 세탁물을 받고 내역을 입력하여 인수증을 주고 돈을 받고 거스름돈을 내줬다. 천장에 걸린 봉에서 커버 씌운 세탁물을 찾아 갯수와 품목을 확인하고 건네주었다. 비닐 커버를 쓰고 천장에 매달린 세탁물을 뒤적이고 있노라면 자신의 인생은 고작 세탁해야 할 옷과 세탁한 옷 사이를 그저 무한히 왕복하다 끝날 것이라는 생각이 들기도 했다. 그런 생각도 순식간에 지나갔다.

어둠 속에서 남자가 여전히 노려보고 있을 테지만 모든 일이 수월했다. 한가하게 자신을 지켜보는 남자와 달리 분주히 할 일이 있다는 게 뿌듯하기도 했다. 여덟시 이십분이 조금 지나 109동 여자 손님이 오지 않았다면 남자가 자신을 부러워한다고 착각할 뻔했다. 여자는 세탁물 중 하나가 도착하지 않았다고 우겼다. 털목도리가 부착된 갈색 가죽 재킷을 맡겼는데, 목도리 없이 재킷만 도착했다는 것이다. 세탁물을 찾아가고 며칠이 지나 입으려다가 그 사실을 알았다고 했다. 오종현은 여자가 볼 수 있도록 모니터를 돌려 가죽 재킷이라고 된 부분을 손가락으로 가리켰다. 모자나 목도리 같은 부속물은 반드시 비고란에 표기한다는 설명과 함께. 여자는 그의 말을 들으려고 하지 않았다. 세탁소의 당연한 수법에 속아넘어

가지 않겠다는 듯 단호한 태도로 당장 목도리를 찾아내라고 했다.

그는 세탁소의 실수인 것처럼 목소리를 높이는 여자에게 화를 내지도 사과하지도 않았다. 인수증에 적히지 않은 의류 부속물의 경우에는 분실 시 책임이 없다는 사실을 몇번에 걸쳐 차분한 어조로 상기시켰다. 그러고 나서 자신이 노력한다는 것을 보여주려고 본사에 전화를 걸었다. 담당자는 급한 용무가 있을 때면 언제나 그런 것처럼 자리에 없었다. 오종현은 여자를 의식해 중요한 일이니 전화를 부탁한다는 내용의 메모를 남겼다.

전화를 끊고 여자에게 사과했다. 아파트 단지에만 세 곳의 세탁소가 있었다. 여자는 매주 한번씩 세탁물을 맡기는 흔치 않은 단골이었다. 오종현은 여자가 입는 옷, 덮고 자는 이불, 신고 다니는 운동화와 집 거실에 깔린 러그까지 알았다. 자신이 생각하기에도 지나칠 정도로 고개를 조아렸다. 나중에야 그것이 잘못을 인정하고 보상한다는 의미로 비쳤을지도 모른다는 생각이 들었다. 그때는 가게 밖에 서 있는 남자가 떠올라 적의를 가진 상대가 인생을 얼마나 피로하게 만드는지 생각했고 그러자 우선 여자의 화부터 누그러뜨리고 싶어졌다.

그가 인생을 수월하게 살기 위해 지키려는 것이 있다면 친절과 무관심이었다. 친절은 평판을 좋게 하고 일을 수월하게 성사시켰다. 무관심은 인생을 한가하고 태평하게 만들었다. 그는 대체로 사람들에게 친절하게 굴었고 자주 근황을 물었고 그것을 기억했으며 시종 정중함을 유지했다. 사람들의 속내에 무관심해서 가능했다.

여자는 오늘 내로 목도리를 가져다주지 않으면 내일 당장 내용 증명을 보내겠다고 했다. 오종현은 여자가 피해보상 절차를 자세히 아는 것으로 보아 전에도 이런 일을 겪은 것은 아닌지, 최근 들어 그의 세탁소에만 오는 이유가 있는 건 아닌지 의심스러워졌다. 그런 생각을 하느라 여자가 격앙된 목소리로 재킷 가격을 말하는 것을 듣지 못했다.

"뭐라고요?"

그가 되묻자 여자는 그럴 줄 알았다는 듯 입술 끝을 올렸다. 재킷 가격을 듣고 놀랐다고 생각한 게 틀림없었다. 실제로 여자가 다시 말해주는 옷값을 듣고 오종현은 깜짝 놀랐다. 지난 이십여년간 비교적 고액의 고정수입이 있던 그가 듣기에도 놀랄 정도의 가격이었다. 당황한 그를 두고 여자가 신경질적으로 가게 문을 열고 나갔다. 문에 달린 종이 오랫동안 울었다.

종소리가 멎고 나서 오종현은 마침내 다시 정자 아래 선 남자와 대면했다. 그를 응시하는 남자의 눈빛은 아까보다 확실히 무뎌져 있었다. 어두워서 잘 보이지 않았으나 분명 그런 느낌이었다. 오종현은 남자가 세탁소로 들어와 난동을 부리는 걸 상상했다. 보관실에 걸려 있는 세탁물을 걸레처럼 바닥으로 내동댕이치고 본사에 보낼, 커다란 자루에 넣어둔 세탁물을 가게 여기저기 내던지거나 분에 못 이겨 아예 찢어버리는 모습을. 혹은 큰 돌멩이를 던져 전면 유리창을 박살내고 날카로운 유리 파편을 얼굴 가까이 들이대고 그를 위협하는 장면을. 멱살을 잡거나 얼굴에 주먹질을 하고 카운터 위에 있는 전화기나 메모지, 신용카드 단말기 같은 것을 닥치는 대로 집어던지는 일을.

그가 상상한 일은 하나도 일어나지 않았다. 적어도 지금까지는. 남자는 정중한 손님처럼 일정한 거리를 유지하며 그를 지켜볼 뿐이었다. 오종현은 남자가 감정이나 기질에 좌우되어 경솔한 행동을 하지 않고 차분한 태도를 유지할 줄 아는 것에 조금 끌리는 동시에 반감이 생겼다. 남자의 태도에 그와 세탁소에 대한 무시와 경멸이 담겨 있는 것 같아서였다.

창업을 결심하고 대뜸 떠올린 것이 세탁전문점이었다. 지금에 와서는 왜 그랬는지 마땅한 대답이 떠오르지 않았다. 가장 큰 이유는 와이셔츠를 직접 다리지 않아도 된다는 것이었다. 은행을 다닐 때는 물론이고 퇴직 후에도 거의 매일 와이셔츠를 입었다. 좋아서는 아니었다. 그에게 가장 많은 옷이 와이셔츠였다. 또 하나의 이유를 들자면 날마다 출근해야 할 곳이 있어야 한다는 것이었다. 퇴직 후 단 하루도 집에서 늦잠을 자거나 동네를 산책하거나 쓸데없이 도서관에서 신문을 보며 어슬렁거리고 싶지 않았다.

그렇다고 해서 아편굴처럼 담배연기로 꽉 찬 피시방은 싫었다. 라면과 과자를 팔고 종일 게임하는 소리를 듣고 재떨이를 바꿔주고 교대할 아르바이트생을 기다리며 시간을 보내고 싶지 않았다. 늦은 밤까지 전화로 치킨과 생맥주를 주문받는 일도 꺼려졌다. 바쁠 때면 아르바이트생이나 주방 아주머니가 있는데도 쟁반을 들고 튀긴 닭이나 절임무 같은 것을 날라야 했다. 불황에 비용을 줄이려면 직접 기름에 통닭을 튀겨야 할지도 몰랐다. 무엇보다 누군가 음식 먹는 것을 쳐다봐야 한다는 게 내키지 않았다. 오종현은 어느날 조용하고 말이 없는 아내와 치킨을 먹으며 텔레비전을 보다가 자신이 보기에는 별 우습지도 않은 장면에서 아내가 기름이 묻은 손가락을 쫙 벌리고 번들거리는 입가로 웃는 것을 보았다. 그 모습이 무척 불결하고 추접해 보였다. 오종현은 누군가 음식 먹는 장면을 쳐다보기 힘들어지는 것으로 그 사람을 싫어한다는 걸 깨닫곤 했다. 은행에서 함께 여신 업무를 담당하던 김 대리도 커피를 마실 때 입을 헹구듯 가글하는 걸 본 후 싫어졌다. 점심시간에 부대찌개 냄비에 외환부 여직원의 침 묻은 숟가락이 들어오는 순간 밥맛을 잃고 나서야 그녀에 대한 감정을 인정했다.

아내가 이혼하자고 했을 때 그는 닭발처럼 벌어진 기름 묻은 손가락과 번들거리는 입술을 떠올리며 비교적 순순히 합의했다. 아내가 등을 돌리고 싶었던 것이 금전적 시간적 감정적으로 인색한 은행원이었는지 곧 세탁전문점 사장이 될 사람인지 알 수 없었다. 이유가 무엇이든, 분명 여러가지 이유가 겹친 것이겠지만, 일을 시작하고 나자 혼자인 게 다행이다 싶었다. 만약 이혼하지 않았다면 하루 종일 라디오를 틀어놓고 세탁소 카운터에 아내와 나란히 앉아 지나다니는 사람을 쳐다보며, 간간이 찾아오는 손님을 응대하며, 구겨지고 냄새 풍기는 세탁물을 받고 비닐 씌운 세탁물을 건네주며 지내게 됐을 터였다. 카운터 앞에 나란히 앉아 있노라면 서로가 이제 겨우 사십대 후반임에도 어느새 빨랫감처럼 축 처지고 시큼한 땀 냄새를 풍기게 되었다는 걸, 이제는 연민과 의리로만 묶여 있다는 걸 알게 될 것이었다.

요란하게 전화벨이 울렸다. 오종현은 먼저 가게 밖을 내다보았다. 정자 아래 서 있던 남자가 보이지 않았다. 전화벨이 울리도록 두었다. 간판에 적힌 번호를 보고 남자가 전화를 걸어오는 것인지도 몰랐다. 수화기를 들지 않았는데도 위협하듯 낮게 갈라진, 분을 숨기지 못해 씩씩거리는 목소리가 들려오는 것만 같았다. 전화는 끈질기게 울렸다. 마지못해 수화기를 들어올리는 동안 성급한 여자 목소리가 새어나왔다. 109동 여자였다. 아까보다 더 화가 난 목소리였다. 그제야 본사 담당자에게 전화가 걸려오지 않은 게 생각났지만 창밖을 살피느라 여자에게 사정을 설명하지 못했다.

남자는 여전히 보이지 않았다. 정자 근처에 누군가 서성이고 있었으나 지나가는 길이었던 듯 이내 사라졌다. 추위에 지친 것일까. 그에 대한 분노가 일시적 반응이었는지도 모르고, 계속된 증오가 자신에게만 수모를 준다는 걸 불현듯 깨달았는지도 몰랐다. 사정이야 어찌 되었든 남자가 보이지 않는다는 것, 그것이 가장 중요했다.

오종현은 불쑥 수화기를 내려놓았다. 여자 목소리가 뚝 끊기고 정적이 찾아왔다. 다시 전화가 울렸다. 받지 않았다. 손을 길게 뻗어 콘센트를 뽑고 실내등을 껐다.

가게 문을 잠그는 동안에도 계속 벨 소리가 들리는 듯했다. 실제로 울렸다. 이번에는 휴대전화였다. 액정에 낯선 번호가 찍혔다. 받지 않았다. 전원을 껐다. 세탁소 전화를 받지 못할 때 휴대전화로 연결되도록 해두었다. 여자가 전화를 걸어오는 것일 터였다. 그는 눈살을 찌푸렸다. 불운한 일은 왜 혼자 오는 법이 없을까. 불운은 늘 동반자를 필요로 했다. 게다가 경사가 급한 리듬을 가지고 있었다. 그는 단숨에 정상에 닿으려는 참이었다. 리듬의 원리상 정상에 도달했으니 더 나쁠 일이 없다는 것은 위로가 되지 않았다. 109동 여자는 그가 본 적 없는 털목도리를 찾아내라고 할 것이다. 본사에서는 피해보상 규정을 들먹일 것이다. 누구의 착오든 운이 좋아 찾으면 다행이지만 한번 잃은 것은 되돌아오는 법이 없으므로 곧 여자에게 내용증명이 도착할 것이고, 앞으로 얼마간 여자와 본사로부터 끊임없이 추궁을 당할 것이다. 그런 일을 겪는 동안에도 남자는 계속 나타나 그를 위협할 것이다.

셔터를 내리는 동안 오종현은 자신을 향해 다가오는 발걸음 소리에 여러번 깜짝 놀랐다. 남자가 다가와 목덜미를 잡을 것 같았으나 매번 상상으로 그쳤다. 셔터에 열쇠를 채운 후 용기를 내 정자 쪽을 돌아보았다. 어둠 속에 남자가 서 있는 듯했으나 철봉이었다.

남자가 어딘가에서 지켜보고 있을 거라고 생각하자 평소의 보폭을 잊고 우스꽝스럽게 빨리 걸었다. 이 시간에는 운동 삼아 아파트 단지 안을 빠르게 걷거나 뛰는 사람이 많았다. 불규칙한 소리 가운데 남자의 발걸음 소리를 가려내기는 힘들었다. 그는 발소리가 다가오면 놀라고 멀어지면 안도하면서도 뛰어 도망가는 것처럼 보이지 않으려고 다리에 힘을 주어 애써 속도를 늦췄다.

출입구 경비실 앞을 지날 때 불쑥 멈춰서서 제복 차림의 경비원에게 인사를 건넸다. 두명의 경비원이 교대근무를 했는데 다행히 말 많은 경비원이 자리를 지키고 있었다. 경비원이 멀뚱한 눈빛으로 쳐다보다가 그의 기대대로 시계를 흘깃 보았다. 경비원은 오늘따라 왜 일찍 문을 닫았느냐고 물었으나 대답을 기다리지 않고 자기 얘기를 시작했다. 그는 경비원의 얘기를 들으며 주변을 서성이거나 멈춰선 발걸음 소리가 있는지 살폈다. 그러나 그런 걸 분간하기에는 자신의 감각이 무디다는 것만 확인했다. 경비원은 관리규약 변경 건으로 주민 동의를 받으러 다니는 일이 얼마나 고된지 털어놓았다. 그가 시계를 들여다봐도 눈치 없이 계속 말을 이었다. 그는 경비원에게 불쑥 인사를 건네고 재빨리 그 자리를 떠났다.

아파트를 벗어나 버스 정류장으로 가는 길 양편에 상가 건물이 늘어서 있었다. 그는 입간판을 세워놓은 휴대전화 판매점 앞에 서서 쇼윈도우를 뚫어져라 바라보았다. 들여다보기만 해서는 차이를 구별할 수 없을 만큼 많은 휴대전화가 융단 케이스 위에 놓여 있었다.

"들어와서 보시죠."

점원이 가게 문을 열고 말했다. 그는 점원의 말에 어떤 대꾸도 하지 않았다. 퍼뜩 몸을 일으켜 주머니에 넣어둔 휴대전화의 전원을 켰다. 여러통의 전화가 같은 번호로 걸려와 있었다. 남자는 보이지 않았다. 숨어 있는 것 같았다. 대낮같이 환한 쇼윈도우를 통해 뒤를 살피고 휴대전화를 만지며 시간을 끌었지만 나타나지 않았다. 쇼윈도우에 비치지 않을 정도의 거리를 두고 그를 지켜보는 것인지도 몰랐다.

그 생각에 이번에는 길을 건너 안경전문점으로 들어갔다. 텔레비전을 보고 있던 안경사가 반색했다. 오종현은 눈이 시리고 침침해 시력검사를 받아보고 싶다고 했다. 안경사가 그를 컴퓨터 시력검사기 앞에 앉혔다. 턱을 올려놓고 기구 앞에 눈을 댔다. 안경사가 몇개의 렌즈를 바꿔 끼워가며 시력을 쟀다.

"글쎄요, 별로 달라지지 않았네요."

안경사가 차트를 들여다보고 고개를 갸웃했다. 불과 한달 반 전에 그는 새로 안경을 맞췄다. 이번에는 벽면의 시력검사판을 가리켰다. 흐릿하게 보이는 경우에는 안 보인다고 대답했다. 정확히 보이는 글자는 거의 없었다.

"컴퓨터 측정 결과랑 좀 다르네요. 하긴 노안이라는 게 그래요. 심리적으로 영향을 받기도 하거든요."

안경사가 말했다. 그는 순전히 시간을 끌기 위해 증상을 물었는데, 안경사의 설명을 듣자니 자신에게는 노안의 거의 모든 증상이 나타나고 있었다.

그는 다시 안경을 끼고 가게를 한바퀴 둘러보았다. 그를 주시하고 있을 남자가 봐도 안경점에서 하는 이런 행동은 지극히 자연스러울 거라고 생각하면서. 그때 휴대전화가 울렸다. 번호를 확인한 그는 벨이 울리도록 두었다. 안경사가 전화를 받지 않는 그를 의아하게 바라보았다. 휴대전화를 진동으로 바꾸고 안경점을 나왔을 때도 남자는 보이지 않았다.

버스 정류장으로 가는 동안 오종현은 주변을 오가는 여러 발걸음 소리를 들었다. 그중에서 남자의 소리를 구별할 수 없다는 게 그를 괴롭혔다. 발걸음 소리는 몰랐지만 그는 남자가 내는 많은 소리를 알고 있었다. 천둥 같은 트림 소리나 시도 때도 없이 깊게 가래를 끌어올리는 소리, 톤이 높고 끝이 짧아 촐싹맞게 들리는 재채기 소리, 유난한 코 고는 소리 같은 것을. 인터폰을 통해 들려오는 묵직하고 쌀쌀맞은 목소리와 실성한 듯 아내를 비난하는 소리, 아내와 다툰 후 목청껏 욕하는 소리도 알았다. 마루를 쿵쾅거리며 걷는 부주의한 발걸음 소리, 요란하게 닫히는 방문 소리, 거실 바닥에 둔 휴대전화의 진동 소리, 전등 스위치를 켜거나 끄는 소리, 화장실에서 샤워를 하며 부르는 콧노래 소리를 알았다. 그 많은 소리를 알았으나 자신을 뒤따를 때 나는 발걸음 소리는 구분할 수 없었다.

남자가 내는 소리는 그의 집 어디에서나 생생하게 들렸다. 귀만 닫지 않는다면 늘 들을 수 있었다. 남자가 이사 온 후 오종현은 자신이 고래가 된 것은 아닌가 싶기도 했다. 인간이 들을 수 있는 소리는 물론이고 고래나 들을 수 있다고 생각한 것까지 모두 들렸다.

소리 외에도 남자에 대해 많은 걸 알게 되었다. 남자는 휴일 아침이면 반드시 말러 교향곡을 크게 들었다. 정오에는 말러를 끄고 텔레비전 뉴스를 봤다. 정규 프로그램이 끝난 후에는 케이블 뉴스 프로그램을 틀어놓았다. 채널을 돌리지 않고 진득하게 한 채널만 봤다.

남자는 개를 키웠다. 개와 고무공을 가지고 거실에서 놀았다. 양식 있는 사람이라면 공원에서나 할 법한 놀이였다. 이름은 정이식. Y대학 출신이고, 시청에 있는 S물산에 다니며 주로 K은행 신용카드로 G백화점에서 쇼핑했다. 외국계 보험회사에 생명보험을 가입했거나 가입한 적이 있었다. 아파트관리비, 가스요금 같은 공과금을 K은행 계좌로 자동납부했다. 세계 유수 기업의 경영인을 표지 모델로 하는 영문잡지를 정기구독하고 주로 A항공사를 이용했다. 경기도에 있는 골프장 회원이고 2500cc급 검은색 승용차를 탔다. 남자의 집 현관에는 이전에 살던 사람들이 다니던 교회 십자가 스티커를 떼어낸 자국이 남아 있었다. 그의 집과 같은 상호의 디지털 키가 설치되어 있고 보통의 아파트가 그렇듯 우유 투입구가 잠겨 있었다.

그런 것들을 알기 위해 법에 저촉되거나 양심을 거스르는 일을 한 적은 없었다. 신상에 관한 것은 남자의 집 우편함을 얼마간 주의해서 살펴보면 알 수 있었다. Y대학 총동문회보, S물산 소식지, 각종 카드명세서와 광고 우편물, 고지서, 골프장 회보 등이 정기적으로 우편함에 꽂혔다. 우편물을 훔치거나 버리거나 몰래 뜯어보는 짓은 하지 않았다. 아무리 화가 난 상황이라고 해도 도덕과 예의를 지키려고 절제력을 발휘했다. 공동주택임을 감안하지 않고 무례를 일삼는 남자에 비하면 도덕적 우월감마저 느껴질 정도였다.

오종현은 사람들을 밀치고 막 도착한 버스에 올라탔다. 그의 뒤로 몇 명이 더 탔으나 남자는 없었다. 버스에서 대면하는 것은 시시하다고 생각해 좀더 극적인 장소를 찾고 있는지도 몰랐다. 버스가 정류장을 출발하고 나서 뒤를 돌아보았다. 정류장에 있는 사람들은 일제히 버스가 들어오는 방향으로 고개를 돌리고 있었다. 그가 탄 버스를 의식적으로 노려보는 사람 따위는 없었다.

의자 깊이 몸을 묻었다. 긴장이 풀리는 것 같았으나 그렇게 느끼는 순간 초조해졌다. 고요하고 태평하다 싶으면 오히려 긴장이 되었다. 어떤 정적은 폭력의 전조이기도 하다는 걸 남자에게서 배웠다. 남자가 내는 소리에는 일정한 순서가 있었다. 쿵, 하고 공이 떨어지면 개가 촐랑맞게 뛰고 남자가 개를 쫓아 쿵쾅거리며 거실을 걸었다. 잠시 아무 소리도 들리지 않다가 남자가 욕을 하면서 개를 걷어차는 소리, 개가 낑낑대는 소리가 이어졌다. 자정이 지나 남자가 귀가할 때면 현관문 닫히는 소리에 이어 음악 소리가 크게 났고 음악이 꺼지면 화가 난 남자와 여자의 목소리가 뒤섞여 들렸다. 여자가 울기 시작하고 얼마 지나지 않아 무엇인가 바닥에 떨어지거나 깨졌다.

소리만으로 상황을 짐작하는 일은 가능하지만 오해가 생기기 쉬웠다. 신입사원 시절 신용장 개설 문제로 매일 통화하던 본사 여직원이 있었다. 얼굴도 본 적 없지만 유선상으로 업무의 고충을 털어놓을 정도로 친해졌다. 여직원은 전화를 할 때면 걱정이 있는 듯 자주 한숨을 쉬었다. 소심하고 침울한 성격인 듯했다. 그는 자주 무슨 일이 있는지 물었고, 여직원의 마음이 편해지도록 자신의 처지를 낮추고 비관해서 들려줬다. 본사로 연수를 가서 만나게 되었을 때 여직원이 한숨을 쉰 게 아니라 축농증 때문에 쿵쿵거리는 것임을 알게 되었다. 본사 직원들 사이에 그가 불평이 많은 성격이라는 얘기가 돈다는 것도 알게 되었다.

남자가 먼저 와 있지 않은지 살피려고 내려야 할 버스 정류장을 지나쳤다. 조심성 있는 행동에 감탄했으나 그런 것에 자부를 느끼기에는 적지 않은 나이였다. 버스에서 내려 한 정거장을 되짚어 걸어가는 동안 길은 외지고 인적이 드물어 오종현은 더 불안해졌다. 계속되는 휴대전화의 진동이 그를 더욱 압박했다. 여자는 끈질기게 전화를 걸어왔다. 보지도 못한 털목도리가 목을 죄는 기분이었다. 그나저나 남자는 어디로 사라져버린 것일까. 왜 여자처럼 자신을 좀더 괴롭히지 않는 걸까. 오종현은 쉽게 분노를 포기해버린 남자에게 안도감을 갖기보다 실망하고 있었고, 그런 마음이 드는 것에 당황하여 진동이 계속되는 휴대전화를 의지하듯 움켜쥐었다.

이사를 선택할 수도 있었다. 그렇게 하지 않았다. 이미 실직과 이혼으로 많은 것이 바뀌었다. 달라지지 않은 것은 주거지뿐이었다. 아파트를 지키려고 많은 빚을 져야 했지만—이혼할 때 그는 혹독한 재산분할을 겪었다—변화를 감당하느니 부채를 감수하는 편이 나았다. 아내가 떠난 후에도 아파트는 별로 달라진 것이 없었다. 아내는 옷과 화장품, 그동안 공들여 모은 수십개의 앤티크 찻잔 외에 아무것도 가져가지 않았다. 그가 집에 있을 때면 늘 커피를 마시던 덴마크산 잔을 아내가 가져가버린 걸 알고 곧 백화점으로 가서 최대한 비슷한 것을 사왔다. 그에게 익숙한 소파와 침대, 붙박이장과 가전제품이 그대로 남았다. 아내와 함께 살 때 살림을 도와준

분이 계속 드나들었기 때문에 먹는 것이나 청소, 정리 상태도 달라지지 않았다. 성대를 수술해 바람 빠지는 소리를 내며 공허하게 짖는 강아지와 낡은 고무공도 남았다. 아내가 애지중지 키우던 강아지를 데려가지 않겠다고 했을 때 이혼하자는 말을 들었을 때보다 더 큰 배신감이 느껴졌으나 내색하지 않았다. 쉰 듯이 가느다랗게 새어나오는 소리가 영 익숙해지지 않아 그는 강아지에게 종종 고무공을 던져주기는 해도 한번도 쓰다듬어주지 않았는데, 아내는 그걸 모르는 것 같았다.

많은 사람이 살던 집을 팔고 세탁소가 있는 아파트 단지로 이사할 것을 권했다. 그럴 마음이 조금도 없었다. 그에게 필요한 것은 가까운 통근 거리가 아니었다. 주거공간과 분리된 노동 장소와 출퇴근 시 적당히 피로가 느껴지는 거리가 있으면 됐다. 세탁소는 아파트에서 버스로 아홉 정거장 떨어진 도심지 아파트 단지에 있었다. 출퇴근 시간이면 심한 정체를 보이는 교차로 두 곳을 통과했다. 교차로에 꽉 막힌 차들을 삶이 정체된 것인 양 피로한 얼굴로 바라보며 행여 지각하지 않을까 버스 안에서 동동거리는 사람들은 그에게도 필사적으로 유지해야 할 일상이 있다는 안도감을 주었다.

후문을 통해 아파트 단지로 들어설 때에도 남자는 보이지 않았다. 이쯤 되면 남자를 만나지 않고 집까지 갈 가능성이 높아진 셈이었다. 후문에서 그와 남자가 사는 동까지는 여러 갈래 길이 있었다. 가급적 멀리 돌아갈 생각이었다.

다행히 남자를 만나지 않고 동 앞에 다다랐다. 1층 현관과 지하

출입구 중 하나를 선택하면 되었다. 선택에 영 운이 따르질 않아 엘리베이터에서 남자를 만날지도 모르지만, 지금까지와 마찬가지로 좋은 운에 의지할 수 있을 듯싶었다.

그날 남자네 집에서 나는 소리를 듣지 않았다면 어땠을까. 그럴 가능성은 거의 없었다. 집에 있는 한 윗집 소리를 듣지 않을 수 없었다. 퇴직한 후 그는 은행에 관한 화제를 꺼내는 게 싫었고 그러다보니 자연스럽게 직장을 다니면서 연을 맺었던 사람들과 멀어졌다. 그간 바쁜 직장 생활로 소원했던 친구들과 새삼스럽게 만날 일은 생기지 않았다. 세탁소 영업이 끝나면 대개 곧장 집으로 돌아왔다. 아주머니가 준비해둔 밥으로 늦은 저녁을 먹고 뉴스 채널을 보거나 음악을 듣고 짖지 않는 강아지와 공을 가지고 놀다가 반신욕을 하고 잠드는 게 일과였다.

소리는 자정 무렵부터 들렸다. 오종현은 마감 뉴스를 보고 있었다. 윗집에서 쿵쿵거리기 시작했다. 한숨이 나왔다. 쿵. 공이 떨어지고 탁탁탁탁, 개가 뛰었다. 몇초간 짧은 정적이 이어졌다. 다시 컹컹거리며 개가 짖었다. 그런 조합이 밤늦게까지 계속 반복되었다. 공동주택에서 어느정도의 생활 소음과 진동은 감수해야 했다. 은행 동료 중에도 윗집에 사는 아마추어 피아니스트 솜씨에 대해, 꼭 한밤중에 진공청소기를 사용하는 윗집 여자에 대해, 거실에서 농구를 하며 거침없이 뛰어노는 아이들과 야단칠 줄 모르는 지각 없는 부모에 대해 투덜거리는 사람이 많았다.

남자가 잠들지 않는 한 오종현도 잠들 수 없었다. 쉽게 잠들지 못하는 피곤한 밤을 보내기에는 반신욕만큼 효과적인 게 없었다. 욕실에 있으면 소리가 비교적 명확히 들려 그 내용을 상상할 필요가 없다는 것도 좋았다.

하반신이 생고기처럼 붉게 익어갈 무렵, 개의 신음 소리가 점점 커졌다. 둔탁한 소리. 개의 신음 소리, 여자와 다투는 소리가 뒤섞였다. 겁먹은 개가 낑낑댔다. 저절로 인상이 찌푸려지는 소리였다. 오종현은 남자나 그의 아내, 개를 본 적이 없었다. 다행이었다. 얼굴을 아는 사람에게 적대감을 갖는 일은 사회적 양심이 방해할 테니까.

욕조에서 몸을 일으켰다. 거울에 배꼽까지 붉어진 몸이 비쳤다. 은행을 그만둔 후 한층 더 비대해진 복부와 거뭇하게 이어진 털, 기력을 잃고 축 늘어진 검은 성기가 보였다. 남의 몸인 듯 별 애처로움이 느껴지지 않았다. 윗집에서 뭔가가 깨졌다. 개가 신음했다. 여자가 울먹이며 말렸다. 오종현은 반사적으로 몸을 움츠렸다. 늘어진 성기가 좀더 작아졌다. 다시 뭔가 깨졌다. 여자가 비명을 질렀다. 지금까지보다 겁먹은 소리였다. 몸에 오스스 소름이 돋았다. 욕조에서 나오니 금세 체온이 떨어졌다. 두툼한 가운을 걸쳤다. 쿵. 천장이 흔들리고 후닥닥 다급한 발걸음 소리가 이어졌다.

그러고는 조용했다. 내내 최대 음량으로 틀어져 있던 스테레오 스피커 전원이 갑자기 꺼진 것 같았다. 귀가 멍멍해 소리가 안 들리는가 싶어 욕조의 고무마개를 뺐다. 물이 빠지는 소리가 선명했다. 그외에 아무 소리도 들려오지 않았다. 비명에 이어진 둔탁한 마찰음은 무엇이었을까. 상상하기 싫지만 여자가 남자에게 얻어맞아 쓰러진 것이라면. 어쩌면 그는 누군가 죽어가는 소리를 들은 것인지도 몰랐다. 누군가 살인을 저지른 걸 소리로 알게 된 것일 수도 있었다.

오종현은 환풍기 버튼을 눌렀다. 일정한 속도로 팬이 돌아갔다. 천천히 물기를 닦았다. 살인과 학대는 윗집의 일이었다. 자신은 이대로 욕조를 걸어나가 푹 잠들면 그만이었다.

그렇게 생각하면서도 오종현은 욕실에서 오도 가도 못하고 서 있었다. 김 서린 거울을 닦고 우연히 눈길이 가닿은 욕조 배수구에 손가락을 집어넣어 머리카락 뭉치를 끄집어냈다. 아주머니가 청소하는 모양새는 나날이 마음에 들지 않았다. 그는 배수구에서 꺼낸 머리카락을 한 올 한 올 집어 욕조에 일렬로 붙였다. 어깨 길이쯤 되는 갈색 직모, 짧고 검은 직모, 곱슬거리는 흰 털, 구불거리는 뻣뻣한 사타구니 털이 섞여 있었다. 곱슬거리는 털은 강아지의 것이었다. 목에 뭔가 걸린 듯 소리 없이 켁켁거리는 게 못마땅해서 한동안 창고에 가둬뒀다. 하도 긁어대서 문을 열어주니 강아지가 사납게 달려들었다. 놀란 그는 강아지를 힘껏 밀쳐냈다. 그때 몸에 털이 묻었는지도 몰랐다. 어깨 길이의 직모는 아내의 머리 길이와 얼추 비슷했다. 그렇다고는 해도 아내가 집을 떠난 것은 벌써 이년 전이었다. 머리카락이 여태 남아 있기에는 긴 시간이었다. 그는 아주머니에게 단단히 주의를 주리라 마음먹었다. 손을 씻고 욕실을 나가려는데 그를 붙잡아두려는 듯 다시 쿵 소리가 들려왔다. 잘못 들은 걸까. 이내 조용해졌다. 어느 때보다도 조용했다. 오종현은 천천히 새 속옷을 꺼내 입고 이불이 정돈된 침대에 누워 뒤척이다 잠들었다.

다음 날 밤에는 아무런 소리가 들려오지 않았다. 유난스러운 침묵이 그후로도 계속 이어졌다. 고요했다. 모두 빠져나간 수영장 물속에 드러누워 있는 것 같았다. 천장은 더이상 윗집의 근황을 전해주지 않았다. 두려웠다. 언제 다시 소리가 시작될지 몰랐다. 마지막으로 들린 비명과 갑작스럽게 낙하해 부서지는 소리가 의미하는 걸 상상하면 겁이 났다.

윗집에서 아무런 소리가 들리지 않게 된 일주일쯤 후 현관 유리문에 전단지가 여러장 붙었다. 아파트 화단에서 발견된 개의 사체와 관련한 제보자를 찾는다는 내용이었다.

"별일 다 있죠? 아주 짓이겨났더라고요."

경비가 좁은 창문으로 머리를 내밀었다.

"아무도 모른대요. 그렇게 잔인하게 죽였는데 어떻게 아무도 못 들었나 몰라요."

그는 경비에게 요새 윗집 남자를 본 적 있느냐고 물었다. 경비는 또 층간소음을 항의하려는 줄 알고 짐짓 무표정하게, 그러나 진력난 표정을 숨기지 않고 그 사람들이야 맨날 차 타고 지하주차장으로 드나드는데 얼굴 볼 일이 있겠느냐고 발뺌했다. 그는 고개를 돌려버린 경비원을 쳐다보다가 아파트 안으로 들어왔고 뭔가 가득

들어 있는 남자네 집 우편함을 열어보려다가 마침 도착한 엘리베이터에 올라탔다.

어두컴컴한 집 안으로 들어서자 며칠 전의 비명이 환청처럼 들려왔다. 그는 한번도 윗집 남자를 증오해본 적이 없었다. 소음으로 인해 분노한 적도 없고 항의의 표시로 서툰 행동을 한 적도 없었다. 고작 경비에게 투덜대는 게 전부였다. 그러니 무엇이 그를 충동질했는지 확실치 않았다. 신고한다고 해도 남자는 절대 동요하지 않으리라는 난데없는 확신이 그를 부추겼다.

경찰 소속 동물보호감시관이 출동하는 데는 다소 시간이 걸렸다. 싸이렌 소리에 감시관이 도착한 것을 알았는데, 잠시 후에는 남색 점퍼 차림의 두 사내가 그의 집 현관문 앞에 서 있었다. 오종현은 신고할 때 신원을 밝히지 말라고 거듭 요청했음에도 불구하고 감시관이 버젓이 집을 방문한 데 충격을 받았다. 두 사내는 이웃의 이목을 끌고 싶지 않은 오종현이 집 안으로 들어오라고 하는데도 굳이 사양하며 복도에 선 채로 신고 내용을 다시 캐물었다. 오종현은 작은 목소리로 개가 죽은 날의 상황을 설명했다. 감시관이 수첩에 적다 말고 물었다.

"그러니까 비명을 지른 게 개예요, 사람이에요?"

오종현이 머뭇거리자 감시관이 다시 물었다.

"소리를 들으신 거죠? 본 건 없고요?"

그가 고개를 끄덕이자 감시관이 딱 소리가 나게 수첩을 덮었다. 의심을 피하려고 오종현은 그동안 남자가 얼마나 지독히 개를 괴롭혀왔는지 설명했는데, 말이 채 끝나기도 전에 뒤늦게 도착한 경비가 끼어들었다.

"그 집에는 개가 없는 걸로 아는데요."

당황한 오종현이 무슨 말인가 하려는데 위층에 엘리베이터가 섰다. 감시관이 경비와 함께 위층으로 올라갔다.

오종현은 계단참으로 위층을 올려다봤다. 남자를 보는 순간 실수를 깨달았다. 밑에서 보는 것이어서 남자의 몸은 위압적일 만큼 커 보였음에도 개를 학대하고 머리통을 짓이겨 죽일 것 같은 인상은 아니었다. 두명의 감시관이 남자와 함께 집으로 들어갔고 삼십분도 되지 않아 밖으로 나와서는 그대로 돌아가버렸다. 심문은 간단히 끝났다. 그는 부주의한 의심과 불필요한 상상력 때문에 경비에게 때때로 훈계를 들을 것이다. 아파트는 구조상 벽을 타고 전해지는 소음의 정확한 위치를 파악하기 어렵다는 평이한 설명을 반복해 들을 것이다. 그가 들은 소리들은 아랫집이나 옆집, 몇층 아래나 위쪽의 어느 집에서 내는 소리였을 것이다. 그는 층간소음에 앙심을 품고 경솔하게 이웃을 매도한 일로 두고두고 비웃음을 살 것이다.

그날 이후로 오종현은 벽을 통해 소리가 들리기 시작하면 시간이나 횟수를 가리지 않고 욕실로 가서 천장을 두드렸다. 아무 반응이 없는 데 화가 나서 양심껏 행동한다는 자부를 버리고 몰래 윗집의 고지서를 뜯어 전화번호를 알아냈다. 깊은 밤 위층에서 울리는 전화벨 소리가 그에게도 들렸다. 시도 때도 없이 전화를 거느라 오종현은 제대로 잠을 자지 못했지만, 남자도 제대로 잠들 리 없으니 그것으로 충분했다.

　오종현은 지상 현관을 택했다. 경솔한 선택을 한 게 아닌지 걱정했는데 경비만 그를 멀뚱히 쳐다보고 있었다. 그날 이후로 경비는 인사를 하지 않았다. 그는 다소 풀 죽은 표정으로 계단 발치에 있는 남자네 우편함을 보았다. L백화점에서 온 광고물 한통이 덜렁 들어 있었다. 지하로 내려가는 불 꺼진 계단참은 뭔가 숨어 있어도 모를 정도로 어두웠지만 그게 다였다. 남자가 몸을 웅크리고 어둠 속에 숨어 있으리라 생각한 것은 지나친 기대였다. 남자는 그를 쫓는 일을 포기했거나 아예 가치 없는 일로 여겼다. 그 사실이 오종현을 외롭게 했다. 누구도, 심지어 자신 때문에 고통을 받은 당사자조차도, 가해자인 자신의 고통을 모른 척한다는 것 때문이었다.
　그는 누군가를 기다리듯 엘리베이터 앞에 서 있다가 또다시 전화가 울릴 때에야 상승 버튼을 눌렀다. 덜덜 떨리는 휴대전화를 손에 꼭 쥐고 지하에서 올라와 막 문이 열린 엘리베이터로 들어갔다. 엘리베이터에 타고 있던 한 남자가 오종현을 힐끔 바라보았다. 오종현은 새로운 기대감으로 들떴다. 실은 이쪽에서 남자를 만났으면 싶었다. 남자에게 항의하고 싶은 건지 사과하고 싶은 건지는 불확실했다. 드디어 남자를 만났다는 생각에 도취된 나머지 남자가 아까 세탁소 앞에 서 있을 때와는 영 다른 차림이라는 건 미처 알아차리지 못했다. 엘리베이터가 올라가는 동안 남자는 멍하니 앞

쪽을 보고 있다가 오종현이 휴대전화를 받지 않자 힐끔 쳐다보았다. 남자의 눈은 잠에 취한 짐승의 눈처럼 만사에 무심했다.

7층 문이 열리자 남자가 내리려고 했다. 오종현이 힘주어 남자의 팔을 움켜잡았다. 남자가 깜짝 놀라서 오종현을 쳐다봤다. 아는 사람인지 확인하는 눈빛이었다. 오종현은 남자가 모른 척하는 것에 당황했다. 순전히 고통을 줄 생각으로 남자의 팔을 있는 힘껏 비틀었다.

"아, 뭡니까? 왜 이러는 겁니까? 누구예요?"

남자는 아파서가 아니라 당황해서 되는 대로 질문을 하고 오종현에게 잡힌 손을 빼내려고 힘을 줬다. 오종현은 남자의 생소한 목소리를 되씹었다. 엘리베이터 문이 닫히려다가 남자의 몸에 부딪혀 다시 열렸다. 남자가 고통스럽게 신음을 내뱉었다. 그에게 팔을 붙들려서가 아니라 문에 몸을 부딪혀서 그러는 것 같았다. 남자는 난데없이 폭행을 당하고 있다는 걸 깨달은 듯 온몸에 힘을 주었다. 목에 선 푸른 핏줄이 도드라질 정도였다.

"놔요, 놓으라고요. 왜 이래요?"

잡힌 팔을 빼낸 남자가 씩씩거리며 오종현을 노려보았다. 오종현이 다시 다가오자 참을 수 없다는 듯 힘을 주어 그의 멱살을 잡았다.

"당신 왜 그래? 응? 미쳤어?"

오종현은 몸이 바닥에서 조금 들린 채로 남자를 마주 보았다. 남자의 눈에는 얻어맞은 것에 대한 당혹함과 순수한 분노가 담겨 있었다. 비로소 오종현의 마음이 편안해졌다. 받을 걸 받은 기분이었다. 이제야 실수를 만회한 것 같았다. 이 순간을 위해 내내 실수를 하며 버텨온 기분이었다.

남자에게 멱살을 잡힌 채로 엘리베이터는 1층에 도착했다. 문이 열리자 엘리베이터를 기다리던 사람들이 깜짝 놀라 그들을 보았다. 남자가 오종현의 멱살을 잡은 손에 힘을 풀었다. 사람들이 올라타고 문이 다시 닫히려고 할 때 남자가 오종현의 몸을 잡아 바깥으로 내던졌다. 엘리베이터 문이 닫혔다. 소리를 듣고 달려온 경비가 놀란 표정으로 그를 보았다.

입안에서 피비린내가 느껴졌다. 내내 이를 악물고 있어 그런가 보았다. 오종현은 피 맛이 나는 침을 모아 바닥에 뱉고 천천히 어두운 계단으로 발을 내디뎠다. 3층까지는 계단에 불이 켜졌지만 이후로는 켜지지 않았다. 어림짐작으로 층수를 헤아려 올라가서는 현관문의 비밀번호를 눌렀다. 문이 열리지 않는 데 당황하여 호수를 보니 한 층 더 올라온 것이었다.

오종현은 차가운 현관문에 귀를 댔다. 조심성 없는 남자의 쿵쾅거리는 발걸음 소리와 개가 뛰어오는 소리를 기다렸으나 아무런 소리도 들을 수 없었다. 한기를 견디지 못해 문에서 볼을 뗐을 때 어디에선가 소리를 내지 못하는 개가 짖어댔다.

서쪽으로
4센티미터

전방 차로 중간지점에서 시작된 타이어 흔적은 완만한 곡선을 그리며 가드레일 부근까지 이어져 있었다. 바깥쪽으로 심하게 휘어진 가드레일에는 검은색 타이어 흔적이 짙게 묻어 있었다. 가로등이 파손되고 가드레일 밖의 갈매기 표지판이 종이처럼 구겨졌으며 일부에 충돌 흔적이 보였다. 곡선구간을 지나던 사고 차량이 원심력에 의해 미끄러지면서 경사면을 타고 넘어가다 멈췄을 것이다. 사고 차량은 우측면이 가드레일, 가로등 지주와 차례로 충돌하면서 찌그러졌을 것이고 차량 곳곳에 쓸린 흔적이 남았을 것이다.

고속도로 시설물 훼손 상태를 점검하고 보수 여부를 확인하는 게 조의 일이었다. 그러다보니 훼손 상태로 사고 유형을 짐작해보는 버릇이 생겼다. 훼손 지점이 포착되면 사진을 찍어 휴대용 단말기로 위치 정보와 필요한 보수 내역을 송출했다. 추후에 보수 상태를 확인하고 대물수리비 청구가 가능한 경우에는 여러장의 서류를 작성하는 것도 업무의 일부였다. 조는 단말기로 내역을 전송하면서 센터에 접속하여 이 부근에 사고가 있었는지 살펴보았다. 어제 오후부터 오늘 아침 사이에 접수된 사고는 없었다.

간단한 스트레칭으로 뻐근해진 몸을 풀어준 뒤 다시 차에 올랐다. 하루에 C시에서 D시를 잇는 고속도로 약 500킬로미터를 달렸다. 그러는 동안 두번 갓길에 차를 세우고 오줌을 눴다. 톨게이트 화장실을 가도 됐지만 거기까지 가느라 직원용 지하통로를 이용하는 게 번거로웠다. 갓길에 오줌을 눌 때를 생각하면 시설물 관리 차량으로 무쏘 승용차를 선택한 이유를 확실히 알 것 같았다. 대낮에 다른 운전자들의 눈을 피해 갓길에서 오줌을 누는 데 적당한 높이의 차임에 틀림없었다.

생리적 반응과 상관없이 한번은 꼭 S인터체인지 부근에 차를 세워놓고 스트레칭을 했다. 그곳의 갓길은 다른 곳에 비해 비교적 넓었다. 그래도 반드시 삼각대를 세워뒀다. 고속도로에서 가장 주의해야 할 것은 덩치 큰 트레일러나 화물차의 폭주가 아니라 갓길에서 방심하는 것이라는 선배들의 말을 귀담아들었다.

주행 중에는 전방을 보지 않고 오분 방향에 시선을 두고 달렸다. 달리 이렇다 할 만한 것이 없는 자신에게 시선을 옆으로 하고도 사물을 응시할 수 있는 것이 유일한 재능이라고 생각한 적도 있었다. 시선을 옆쪽에 두는 게 익숙해져 종종 사시냐는 말을 들었다. 이

일의 단점이라면 그것뿐이라고 할 만큼 그는 이 일을 좋아했다. 가드레일과 방호벽, 연석 등 시설물을 살펴보려면 자주 좁은 갓길을 걸어야 하고 어떤 때는 가드레일을 넘어가야 할 때도 있지만, 모든 직종에는, 하다못해 책상에 줄곧 앉아서 업무를 보는 사무직에도 재해 가능성이 있는 걸 감안하면 유별날 정도로 위험한 일은 아니었다.

간혹은 자신의 일이 그저 왕복 500킬로미터에 달하는 고속도로를 달리기만 하면 되는 것이 아닐까 싶기도 했다. 일단 달리면 대부분의 일이 알아서 처리된다는 점에서 그랬다. 조에게 고속도로는 거대한 컨베이어 벨트와 다를 바 없었다. 문제가 생기지 않는다면 계속 흘러가고, 설혹 문제가 발생하더라도 잠깐 멈추었다가 이내 흘러가게 마련이고, 그렇게 일정 시간 흘러가는 것만으로 자동적으로 업무가 진행되니 말이다.

그렇기는 해도 감식안과 기술이 필요한 일이라고 자부해왔으나, 언젠가 업무 설명회에서 신입사원에게 자신의 업무를 설명하고 이해시키는 데 단 오분도 걸리지 않는다는 걸 알고 당황한 적이 있었다. 설명이 끝난 후 신입사원들은 조에게 어떤 질문도 하지 않았다. 할 수 없이 조는 자발적으로 몇가지 정보를 더 주었는데 그후에도 질문은 나오지 않았다. 조는 누구도 흥미로워하지 않고 설명하고 이해하는 데 오분이면 충분한 일을 지치지도 않고 오년째 해온 자신에게 조금 실망했다.

신입사원들이 안긴 뜻밖의 실망감 때문에 그는 지난 오년간 반쯤은 잠든 상태에서, 업무적인 야망이나 진지함도 없이 반복적으로 일을 해왔다는 걸 새삼 깨달았다. 일하는 동안 그가 축적해온 경험과 지혜는 모두 하찮고 진부한 것으로 여겨졌다. 그는 오년 전과 마찬가지로 작은 임대 주택에 살고 있었다. 매월 일정한 급여가 입금되었음에도 예금과 적금은 거의 늘어나지 않았다. 매년 가을에 시행한 건강검진은 그가 지난 오년간 체중과 체지방 분포에 변화가 거의 없었으며 매번 위궤양 때문에 천공 가능성을 지적받았다는 사실을 알려주었다.

그나마 성취한 게 있다면 주유 시 누적되는 카드 포인트였다. 그는 그것으로 연말에 호텔 패키지를 이용하여 한껏 사치를 부려볼 생각이었지만 그럴 때마다 매번 사야 할 물건이 생겼다. 어느 해는 청소기가 망가져서 바꾸어야 했다. 난방비를 줄이기 위해 전기담요를 사는 게 좋겠다는 충고를 들었다. 날개가 다섯장인 선풍기와 홍삼 제조기도 카드 포인트로 구매했다.

원하기만 하면 내근 신청이 받아들여질 시점이었다. 사무실 근무는 단조롭지만 무료하지 않고 잡무가 많지만 안전할 것이다. 조는 팀장의 내근직 권유에도 불구하고 다시 고속도로 근무를 신청했다. 팀장이 집요하게 이유를 물었다. 평소에 그를 탐탁지 않게 생각해 그가 어떤 결정을 하더라도 어깃장을 놓으려 했다는 소리를 나중에야 동료에게 들었는데, 면담 당시에는 호의를 베푸는 것인 줄 알고 고마워했다.

조는 고속도로 근무가 좋아서라고 대답했다. 팀장이 어이없다는 듯 그를 봤다. 팀장은 고속도로 근무 석달 만에 이명으로 고막이 상한 사람을 알고 있었다. 근무 육개월 만에 공황장애를 호소하며 근무지 변경 신청을 했다가 받아들여지지 않자 이직한 사람을 알고 있었다. 일년 만에 스스로 가드레일을 들이받아 전치 사주 진단을 얻어 병가를 내는 식으로 근무지 변경 신청을 한 사람을 알고 있었다. 모두 조의 동료였다.

고속도로가 좋은 것은 긴 구간을 달리는 동안 내내 혼자 있을 수 있어서였다. 조는 입사 후 얼마간 내근을 하면서 두명의 동료와 팀을 이뤄 일했다. 조가 생각하기에는 더할 나위 없이 잘 지내고 있음에도 팀장에게 항상 가족 같은 팀워크를 유지하라는 충고를 들었다. 지시에 따라 내키지 않는 회식과 리더십 워크숍에 참석했다. 여러명의 나이 지긋한 임시직 현장 인부를 관리했는데 인부들의 불만 섞인 노동 상황을 팀장에게 전달하다 거시적 안목이 부족하고 상황 파악을 못한다는 욕을 먹었다. 시찰 직원과 현장 인부, 내근 사원 간의 의사를 전달하고 조율해야 했으며 시설물 보수작업이 원활치 못하게 된 원인을 따져 날마다 비슷한 양식의 보고서를 작성했다. 누군가의 말을 그대로 전하고 그것의 실행 여부를 관리하고 관찰하고 의례적인 보고서를 작성하는 일은 그에게 극심한 피로를 느끼게 했다. 처음으로 고속도로 업무를 맡게 되었을 때 그는 하루에 약 600킬로미터에 달하는 거리를 달렸음에도 거의 피로를 느끼지 않았다.

고속도로에서는 풍경을 세밀하게 구분하여 기억할 필요가 없다는 것도 좋았다. 업무상의 이유로 주목해야 하는 설비조차 차이를 알아보기 힘들 만큼 고속도로 주변은 단조로웠다. 현대식 가구단지, 창고와 공장들, 거기서 나온 물건을 유통시키려고 주차장에 서 있는 화물트럭, 얕은 산의 리기다소나무와 소규모 유실수 농원, 황량한 농경지와 그 뒤로 보이는 아파트 단지 혹은 조립가구 같은 전원주택 단지. 그 조합은 고속도로가 뻗어 있는 한 조금씩 패를 바꿔가며 계속되었다. 지루하지는 않았다. 얼마나 시간이 흘렀는지 어디를 가고 있는지 생각하지 않아도 되고 문득 돌아보았을 때 조금도 낯설지 않다는 건 좋은 일이었다.

달리다보면 모든 일이 이미 다 일어난 일처럼 느껴졌다. 고속도로에서 그는 어제 달린 길을 달렸고 어제 본 풍경을 보았고 어제와 같은 지점에서 오줌을 눴으며 어제 먹었던 것을 먹는 것으로 날마다 익숙한 자신을 만났다. 그럼으로써 미래의 자신에게도 조금씩 익숙해져갔다. 인생은 그런 식으로 그와 낯을 익혔다.

단조로운 도로에서 몰두할 것이라고는 오로지 전방밖에 없었다. 앞쪽에 놓인 것들은 모든 것이 그렇듯 이내 흘러가버렸다. 일단 지나치면 다시 돌아가기 어려웠다. 그러다보니 귓가에 늘 매달려 있는 바람 소리가 무서워지거나 허공에 홀로 둥둥 떠 있는 것 같은 고립감이 생겨도 고속도로를 벗어나기 위해서는 달리는 수밖에 없었다.

고속도로를 벗어나고 싶어졌을 때 그렇게 하지 않도록 도와준 것도 고속도로였다. 일단 들어서면 함부로 길을 돌릴 수 없었다. 돌아가려면 원치 않아도 반드시 정해진 거리만큼 주행해야만 했다. 그러니 누군가에게 달려가고 싶은 마음이 들어도 번거롭고 귀찮아서 포기하고 싶어졌다. 조는 여자와의 관계를 정리하는 데 있어서 자신을 도왔던 것이 결단력 있는 제 마음이 아니라 고속도로라는 걸 잘 알았다.

팀장은 설득과 충고에도 그가 끝내 마음을 돌리지 않자 기분이 상한 듯했다. "그렇게 좋다면 할 수 없지." 팀장이 비아냥거리며 말했다. "듣던 대로 냉담하군. 고집도 세고 말이야. 남의 충고도 좀 들을 줄 알아야지." 팀장 덕분에 그는 직원들 사이에 떠도는 자신의 평판을 알게 되었다.

*

조는 천천히 휴게소 진입로로 들어섰다. 차에서 내리기 전 주행계를 보고 310킬로미터쯤 달린 것을 확인했다. 점심을 먹고 190킬로미터쯤 더 달리면 될 것이다. 국밥을 먹고 있던 송이 손을 드는 것으로 인사를 대신했다. 송과는 종종 같은 휴게소에서 만나 점심을 먹거나 간식을 먹었다. 미리 약속을 하는 경우는 없고 지나가다가 서로의 차가 눈에 띄면 손을 흔들어 알은체해 가장 가까운 휴게소에서 만나는 식이었다. 사고가 나면 순찰대원인 송이 달려가고, 수습이 끝나면 조가 달려가 시설물 손상 정도를 확인했다. 시차를 두고 현장을 거친다는 점이 달랐지만 근무지가 같은 셈이었다.

조가 국밥을 들고 자리에 앉자 송이 기다렸다는 듯 얘기를 꺼냈다. 송은 늘 최근에 있었던 사고 얘기를 해주었다. 조는 흥미롭게 그 얘기를 들었다. 조가 시설물 손상 정도를 가지고 보지 못한 교통사고를 결과 중심으로 재구성한다면, 송은 사고 직후의 현장을 보고 사고가 발생한 경위를 인과 중심으로 재구성했다.

사고는 S고속도로 상행선의 Y대교 북단 1킬로미터 못 미친 지점에서 일어났다. 송은 업무적인 보고가 아니라 그저 담소를 나누는 것일 때에도 사고 지점을 정확하게 말했다. Y대교는 길이가 총 7킬로미터에 달했다. 조 역시 날마다 통행하는 대교였다. 직선으로 설계되어 가시거리가 좋아 과속 차량이 많고 바다 위에 건설되었기 때문에 해무가 자주 발생해 사고 위험이 높았다. 사고 당일에도 오전 다섯시를 기해 안개주의보가 발령되어 있었고 사고가 난 오전 열시 오십분까지 해제되지 않은 상태였다. 사고 당시 시정은 500미터 안팎이었다.

최초의 추돌은 1톤 활어차가 앞서가던 승용차를 들이받은 것이었다. 추돌 후 활어차는 충격으로 곧 멈춰섰다. 활어차가 들이받은 승용차는 2차선으로 튕겨나갔고 2차선에서 오던 1톤 트럭과 우측면으로 충돌했다. 이어 뒤따르던 승용차와 버스, 화물트럭 등 열두대가 자석에 달라붙는 것처럼 연쇄적으로 충돌했다.

"이번 건 일곱명짜리더라고."

송이 말했다. 사고 지점이나 사고 발생 시각, 교통 상태로 보아 적어도 일곱명 이상의 사상자가 나왔으리라는 얘기였다. 송에게 특별한 예감이나 능력이 있는 건 아니었다. 일을 오래 하다보니 그냥 알게 된 것이었다.

최초로 추돌을 일으킨 활어차 운전자는 주행 중 계속해서 횟집 사장의 독촉 전화를 받았고 그때마다 속력을 높였다. 운전자는 추돌 시의 충격으로 잠깐 정신을 잃었다 깨어났다. 특별한 외상은 보이지 않았다. 송은 신원조사를 위해 그에게 다가갔다. 운전자가 송을 아랑곳하지 않고 바닥에 떨어진 생선을 주우려 안간힘을 썼다. 승용차를 들이받으면서 수조가 기울어졌고 물이 쏟아져 생선이 도로 위로 떨어졌다. 수조에서 쏟아진 물과 팔딱이며 몸을 치는 생선들이 가뜩이나 어수선한 사고 현장을 더 경악스럽게 만들었다. 송은 활어차 운전자가 사고를 일으키고도 기껏 몇시간 후면 횟감이 될 생선에 정신이 팔린 데 불쑥 화가 났다.

"지금 그딴 거 잡을 정신이 있어요? 당신 때문에 몇 사람이 죽게 생겼는데."

활어차가 들이받은 승용차에 동승자가 있다면 즉사했을 것이다. 측면 충돌 여파로 동승자가 차량에서 이탈하여 도로에 쓰러져 있는 경우라면, 혈흔이 도로 곳곳에 무늬처럼 흩뿌려져 있는 경우라면 대체로 그랬다.

활어차 운전자가 놀란 듯 눈을 동그랗게 떴다. 그제야 자기가 전력으로 추돌한 것이 동력장치를 갖춘 무기물이 아니라 그럭저럭 평온하게 유지되던 삶의 질서였다는 걸 깨달은 얼굴이었다. 송은 이번 사건에 대해 아직 아무것도 쓰이지 않은 검은 수첩을 펼쳐서

운전자와 나눈 얘기를 적기 시작했다.

"여느 연쇄추돌사고와 똑같았어. 최초에 누군가 잘못을 저질렀고 거기에 우연히 엮여든 차량들이 자석에 달라붙듯 와서 박은 거야, 이렇게."

송은 숟가락을 쥔 오른손 주먹을 왼손 주먹에 붙였다. 자력이 셀수록, 그러니까 사고가 복잡할수록 흥미로워했다. 송은 사고 차량의 최종 정지 상태와 각종 노면 흔적, 차량의 파손 상태를 보고 사고를 분석해서 보지 못한 사고를 구성해냈다. 사고에 얽혀든 것은 우연이지만 사고 발생에는 분명한 인과가 작동했다. 아무리 복잡해 보이는 것이라도 모든 사고에는 원인이 있게 마련이었다. 그걸 찾아내면 목격하지 않은 사고를 눈앞에서 벌어진 사고처럼 해부할 수 있다고 했다.

연쇄추돌사고도 마찬가지였다. 사고로 누군가 죽는다, 누군가 심하게 다치고 누군가는 경미한 부상을 입는다, 누군가는 무사하다. 그렇게 되기까지는 반드시 이유가 있다. 누군가 과속으로 도로를 이탈하고 누군가는 내리막길 운전이 미숙하여 추돌을 일으킨다. 앞차와의 안전거리를 충분히 확보하지 않고 전방을 제대로 주시하지 않는다. 운전자가 부주의한 판단을 내리고 과음한 채 핸들을 잡는다. 벨이 울리는 전화를 받으려다 휴대전화를 바닥에 떨어뜨리고 그걸 집으려 허리를 숙이는 바람에 전방을 확인하지 못한다. 누군가는 도로의 낙하물을 보지 못하고 누군가는 낙하물을 보고 핸들을 과대조작해 사고가 발생한다.

이번 사고가 송을 당황케 한 것은 연쇄된 고리 중 하나가 툭 끊어지면서 사라졌다는 점이었다. 실종자는 꽁무니를 붙인 추돌 차량 중 네번째 차량의 운전자였다. 사고 당시 별다른 외상은 없었다. 세번째 차량 운전자가 사고 후 삼일이 지나 사망하고 다섯번째 차량 운전자가 중상으로 입원 중인 걸 생각하면 운이 좋은 편이었다. 나중에 가족들이 사진을 보여주었을 때 송은 단번에 그를 알아봤다. 그는 외상 하나 입지 않은 행운에도 그다지 기뻐하는 기색이 없었다. 큰 사고를 겪은 탓에 황망하고 당황해서가 아니라 사고의 여파에서 소외된 것이 서운하다는 표정이었다. 굳이 이상한 점을 생각해보니 그것이었다. 사고 차량에서 빠져나와 침울하게 서 있던 그는 송의 요구에 따라 침착하게 지갑을 열어 면허증을 내밀었고 순순히 음주 측정에 응했다. 송은 사내의 신원 확인을 마치고 구급대원을 불렀다. 구급대원 두명이 들것을 가지고 왔을 때 사내는 자리에 없었다.

"이유가 있겠죠."

조가 침착하게 말했다.

"다들 그렇게 말해." 송이 한숨을 내쉬고 말을 이었다. "대교 위였어. 거기서 어디로 가겠어? 아무리 사고를 수습하느라 정신이 없고 워낙 사람과 차량이 많기는 했지만 대교를 걸어서 건넜다면 눈에 띄지 않을 리 없잖아."

"히치하이킹 같은 것도 있잖아요."

조는 그렇게 말하고 피식 웃었다. 실제로 고속도로에서 히치하이킹을 시도하는 사람이 있었다. 그것이 성공으로 이어지는 경우는 거의 없었다.

"그건 아니야. 근처 병원 응급실에 나타났거든."

"에이, 그게 뭐예요."

"그래, 나도 그게 뭔가 싶어서 하는 말이야. 병원으로 이송된 기록이 없는데 병원에 나타났어. 뭐, 사실 그것도 간단해. 보나마나 구급대원들 실수겠지. 우왕좌왕하다가 우선 실어가고 봤을 테니까. 그런 일은 비일비재하잖아. 안 그래?"

조가 고개를 끄덕였다.

"그 남자가 나타난 병원은 사고 지점에서 가장 가까운 곳이야. 당연히 부상자들이 제일 많았지. 나중에 병원 CCTV로 보니까 버젓이 응급실 침대에 누워 있더라고."

송이 잠깐 말을 멈췄다.

"계속 왼손을 들어 뭔가를 보더라고. 시계를 보는 것 같았어. 그렇게 한 삼십분쯤 있었나? 갑자기 벌떡 일어나더니 그대로 걸어나갔어."

"말짱했나보네요."

"그게 끝이야."

"네?"

"사라졌어. 그다음에는 어디에도 나타나지 않았어."

"응급실에서 사라졌다고요?"

"응, 병원 현관으로 나간 장면까지는 찍혔는데, 그후로는 어디에도 없어. 일주일이 지났는데 병원으로도 집으로도 회사로도 돌아가지 않았어. 가족들이 어제 나를 찾아왔더라고. 내가 목격자라나 뭐라나."

"교통사고 가해자도 아니고요?"

"그렇지."

"뭔가 사정이 있겠죠."

"가족들이 이해를 못해. 그렇게 도망치듯 사라져버릴 이유가 없다는 거야. 그런 사람이라면 흔히 받을 만한 의심스러운 짓은 하지도 않았대. 듣기로는 가족과 불화도 없고 직장을 잃은 것도 아니고 잃을 위기에 처한 것도 아니래. 지은 죄도 없고, 아직 밝혀지지 않은 건지도 모르지만 말이야, 사채업자에게 쫓기지도 않는다는 거야. 보험사 영업사원인데, 계약하기로 된 보험도 여러건 있었다더군. 그날도 계약자를 만나러 가던 길이었대. 예금이 많지는 않지만 그것도 그대로래. 한푼도 안 찾아갔다는 거야. 신용카드를 쓴 흔적도 없고."

"애인은요?"

"기혼인데 뜻밖에 그것도 없대."

국밥은 완전히 식어 있었다. 송은 말없이 밥을 먹었다. 양미간을 찌푸리고, 사라진 사내가 그 연쇄추돌사고의 발화점과 무슨 연관이 있는지 헤아렸다. 송은 이번 사고와 사내 사이에 뭔가 있다는 것을 막연히 느끼고 있었지만 아무리 생각해도 그 연결고리를 찾을 수 없었다.

사내 얘기를 듣자니 끔찍한 일을 무기력하게 지켜보는 심정이 되었다. 만난 적 없는 자신의 미래에 대해 듣는 것 같았다. 사내는 해무 낀 대로 위에서 우연히 교통사고에 휘말려 죽음 직전까지 갔으나 무사했고 무사를 안도한 순간 사라져버렸다. 그 당시의 사내는 알 리 없었겠지만, 사내와 아무런 상관도 없는 성질 급한 횟집 주인의 재촉 전화가 사고를 야기했다. 그 때문에 적나라하게 틈이 벌어졌다. 그 틈으로 이제껏 사내가 삶에서 최선을 다해 획득한 것들이, 다정한 가족과 직장에서의 순탄한 경력, 얼마간의 예금과 연금, 가능성 높은 계약들이 한순간 빠져나갈 수도 있었다.

조는 언제고 그런 순간이, 우연히 교통사고에 휘말려 그가 없이도 태연히 계속될 이 세계로부터 사라져버리거나 사라지고 싶어지는 순간이 닥쳐올지 모른다고 막연히 생각해왔다. 그는 한번도 삶을 가차 없이 버리고 떠나려는 충동을 느껴본 적이 없었다. 그런 충동을 부채질할 만한 기막힌 우연을 만난 적도 없었다. 지금의 삶이 그다지 지속할 가치가 없다는 것을 깨달을 기회도 없었다. 그는 인생이라는 게 공평하고 정연하고 이성적인 게 아니라는 걸 어렴풋이 느끼고 있었고 은근히 그걸 알아차리는 순간을 기다리기도 했으나 막상 그럴 기회가 없었다는 것에는 안도했다.

그런 순간은 언제고 닥칠 수 있었다. 조는 가능성 높은 위험에 둔감해졌을 뿐이고 가장 많은 죽음이 길이나 차 안에서가 아니라 침대 위에서 일어난다는 너스레로 두려움을 위장해온 것이다.

"애인 얘기가 나와서 말인데." 송이 찌푸린 미간을 펴고 조를 빤히 바라보았다. "이런 걸 물어도 되려나?" 머뭇거리는 태도 때문에 조는 송이 하려는 얘기가 무엇인지 알아챘다. 몇주 전 동료들이 외근을 마치고 돌아온 조에게 해준 얘기였다. 여자가 사무실로 그를 찾아왔고 외근 중이라 없다고 하는데도 돌아올 때까지 기다리겠다며 복도 끝 휴게실로 갔고, 거기에서 의자처럼 딱딱한 표정으로 앉아 있다가 갑자기 울음을 터뜨려서는 몇시간 동안 그치지 않았는데, 퇴근 무렵에 한 건장한 체격의 남자가 나타나 울고 있는 여자의 팔목을 잡아끌어 건물 밖으로 데리고 나갔다는 얘기. 전하는 사람마다 여자의 옷차림이나 울음소리, 남자의 외모 같은 세부가 조금씩 달라졌지만 여자가 내내 울었다는 얘기는 공통적이었다.

조는 별로 동요하지 않고 송에게 어떻게 알았느냐고 물었다. 송은 여전히 부드럽고 느긋한 태도로 그를 보았다. 일이 잘 안될 때, 누군가 대들어서 호통을 칠 때가 아니라면 송은 대체로 다정함과 신중함을 잃지 않았다.

"한달 전에 순찰대에 배치된 사람 중에 정일수라고 있어."

조가 모른다는 의미로 고개를 저었다.

"아마 정일수는 널 알 거야. 아침마다 순찰대에 요구르트 돌리는 아줌마 있지? 자식이 서울대 갔다고 맨날 자랑하는…… 그 아줌마도 널 알 거고. 넌 모르겠지만 지난주에 들어온 청소 용역 아주머니도 널 알걸."

조는 웃음을 터뜨렸다. 송이 그의 곤란을 이해한다는 듯 살짝 웃고는 소문으로 들은 여자의 외양, 눈물이 번진 얼굴, 제정신이 아닌 것처럼 보이는 울음소리 같은 것을 전해줬다. 여자를 다시 만나지 않았기 때문에 조는 여자에게 이런 얘기를 해줄 수 없는 게 안타까웠다. 소문 속에서 진심이라는 게 얼마나 쉽게 생각과는 다른 것이 되는지, 간절한 마음이 다른 사람에게는 얼마나 우스꽝스러워 보이는지, 일단 말이 퍼지면 진실과 거짓을 구별하기가 얼마나 어려운지를 얘기할 기회도 없을 것이었다.

여자의 울음을 상상해보려 했으나 잘되지 않았다. 여자는 그즈음 조를 자주 찾아왔지만 울지는 않았다. 문득 그동안 울지 않은 게 아니라 울음을 참아온 건 아닐까 하는 생각이 들었다. 언젠가 여자가 크게 울음을 터뜨렸을 때 조가 심하게 화를 내며 자리에서 먼저 일어나버린 적이 있었다. 조는 한번도 여자의 눈물에 선동당해본 적이 없었다. 여자가 울면 울수록 냉담하고 무심하고 차갑게 굴었다. 여자가 조를 기다리다 눈물을 터뜨린 것은 그 때문인지 몰랐다. 조가 나타나면 울 기회를 아예 박탈당해버리니까.

"시간이 지나면 괜찮아질 거야. 나도 비슷한 일을 겪은 적이 있어. 그런 얘기는 원래 소문만 무성한 법이야."

송은 소문의 진위와 상관없이 조를 위로하려 했다. 조는 그런 송이 고마웠다. 송은 조에게 충고하고 합리적이고 객관적이라고 생각하는 의견을 제시하기 좋아했다. 조는 송이 대단한 윗사람인 척하는 것에 놀라면서도 송의 의견에 이의를 제기한 적이 없었다. 그것은 애초부터 송에게 가장 어울리는 역할 중 하나였다. 이상하게 송에게는 어떤 거부감이 들지 않았다. 송이 너무도 상식적이고 일반적인 태도를 취해서 그러는지도 몰랐다. 송의 생각을 참고하면 온건하고 보수적인 사고방식을 유추할 수도 있었다.

"아무리 그런 소문이 나봤자 네가 입을 손해는 하나밖에 없어."

송이 '손해'라는 말 때문에 조가 당황하는 걸 무시하고 말을 이었다.

"사내 결혼이 힘들 거야."

조는 잇몸이 보이도록 크게 웃었으나 농담이 아니었던 듯 송의 표정에는 변화가 없었다. 조는 사내에 마음에 둔 여직원이 없다고 대꾸하며 남은 국밥을 떠넣었다.

*

바람이 세진 것인지 방향이 바뀐 것인지 차창을 스치는 바람 소리가 유난히 크게 들려왔다. 조는 그 소리를 좋아하는 편이었다. 때에 따라서는 사나운 짐승처럼 귓가로 달려오는 바람과 경쟁하듯 속력을 높이기도 했으나 오늘은 점점 더 시무룩해졌다.

얘기를 들을 때는 아무렇지도 않았는데 송과 헤어진 후에는 내내 여자가 떠올랐다. 여자가 사무실로 찾아오는 일은 막을 수도 있었다. 충분히 설명하거나 단호하게 거절할 수 있었다. 그렇게 하지 않았다. 자신의 불확실한 태도가 여자의 심장에 오래도록 박혀 있을 걸 알았지만 상황을 바꾸기 위해 어떤 노력도 하지 않았다. 그러면서도 자주 여자를 떠올렸다. 당장 여자에게 달려가고 싶었다.

자신이 왜 우는 여자를 달래지 않았는지 의아하기도 했다. 여자를 만나러 갈 수도 있었다. 그러나 당시에는 분명 진심이었을 어떠한 이유로 그렇게 하지 않았다. 그렇게 하지 않은 것을 후회한 적은 없었다. 잘못된 판단이라 생각하고 연민을 느낀 적도 없었다.

얼마 시간이 흐르지도 않았는데 그 당시에 무엇 때문에 그렇게 단호했는지 알 수 없어졌다. 붉은 불꽃이 푸른 불꽃을 품고 있는 것처럼, 따뜻한 온기 속에는 분명 냉기도 함께 있으리라는 생각이 그를 단호하게 했을 것이다. 그 일로 조는 자신의 생각에는 분명한 답이나 명백한 인과가 없고 최선이라고 생각해 내린 결론조차 확신할 수 없는 것이 대부분이며 결정한 후에는 금세 생각을 바꿔버려서 어떤 선택 후에도 착잡함을 극복할 수 없다는 걸 깨달았다.

여자를 떠올린 것은 오랜만이었는데 조는 이전과 비슷한 충동을 느꼈다. 여러차례 인터체인지를 빠져나가 여자에게로 가고 싶은 것을 참아야 했다. 시간이 많이 지나기는 했지만 이대로 가기만 하면 이번에도 자신을 받아줄 것 같았다. 아니다. 조의 변덕과 때늦은 방문을 비웃으며 매몰차게 거절할 것이다. 그래도 용기를 내볼 수 있었다. 근무 중이지만 객기를 부려 달려갈 수도 있었다. 그러나 결코 용기를 내지 않았다. 객기를 부리지도 않았다. 여자와 자신이 현재 몇 킬로미터나 떨어져 있는지 계산하고 이대로 달려가면 몇시간 후에 조우할지 생각해보았으나 그게 전부였다.

여자는 조에게 너무도 많은 계획을 얘기했다. 내년에 하려는 일부터 아득히 먼 미래의 계획까지. 어떤 것은 신중하게 생각한 후에 얘기했고 어떤 것은 다분히 충동적으로 결정했다. 나이 들어서 아무런 노동을 할 수 없게 될 때 어디에서 살지, 조는 나이를 먹어감에 따라 외모가 어떻게 변해갈지, 그들 사이에 얼마나 많은 추억이 쌓이고 그 추억들을 얘기하며 보내는 시간이 쌓일지를 얘기했다. 여자는 날마다 계획을 세웠으나 막상 조를 만나면 어느 것 하나 할 수 없다는 걸 깨닫고 실망했다. 조는 여자에게 미래에 대한 계획을 전해들음으로써 그들이 그 계획과 얼마나 무관한지 실감했다. 그 대신 오늘은 누구를 만났고 뭘 먹고 무엇을 했는지 사소하게 얘기할 수 있다면 좋았겠지만 그들에게는 그럴 기회가 없었다. 여자는 남편과 그런 얘기를 하는 것으로도 벅차 보였다.

시간이 흐르면서 여자에 대한 사랑은 연민과 우정으로, 질투와 분노로, 분노가 잦아들면 밀려오는 슬픔으로, 미움과 동정과 원망이 뒤섞인 감정으로 바뀌었다. 그 감정들은 순차적으로 혹은 동시에 찾아와 그를 괴롭히고 신랄하게 만들었다. 변덕스러운 감정들을 고스란히 느끼면서 그는 이상한 의문에 사로잡혔다. 여자가 전적으로 자신에게 속한 적이 없는데도 불구하고 자신이 그것을 잃었다고 생각하는 데서 오는 모순이었다. 그런 생각도 냉담하게 침묵하는 것으로 묵살했다. 더 숙고하지 않은 것은 감정을 정확히 아는 게 두려웠기 때문이다. 여자에 대해 묻고 자신에 대해 생각하면 답을 찾지 못해 자주 우울해졌지만 아무것도 묻지 않으면 어렴풋이 알 것 같은 기분이 들면서 마음이 편해졌다.

여자에 관한 소문이 사내를 휩쓸었을 때에도 조는 육중한 평정심을 잃지 않았다. 여자가 조와의 관계가 가족에게 알려져 큰 고통을 겪고 삶의 위치에서 3미터쯤 이탈했을 텐데도 그는 침식과 융기를 겪지 않는 대지처럼 굳건히 제자리를 지켰다. 조는 얼마 전 먼 나라에서 발생한 지진이 진앙을 원래 위치로부터 서쪽으로 약 3미터 옮겨놓았고 지진의 영향을 받지 않은 인접국의 수도를 4센티미터가량 옮겨놓았다는 뉴스를 들었다. 그는 대륙의 이동에 대해서는 지진이나 해일 등의 자연현상을 제외한다면, 그것이 아주 오랜 시간을 거쳐 서서히 일어난다는 것밖에는 아는 바가 없었다. 그러나 인생에서는 누구든 갑작스럽게 3미터쯤 옮겨갈 만한 일이 곧잘 일어난다는 걸 알고 있었다. 여자에게는 그 일이 일어났고 그에게는 아직 일어나지 않았다.

조는 갑작스러운 요의에 갓길에 차를 세웠다. 가드레일 쪽을 바라보며 오줌을 눴다. 100여 킬로미터를 더 달려야 했는데 달리고 나면 무척 피로할 것 같았다. 어둑해지는 중에도 오줌에 젖은 가드레일이 검게 보였다. 바지를 추어올리다가 그는 자신이 한번도 정차한 적 없는 곳에서 오줌을 눴다는 걸 깨달았다. Y대교 남단이었다. Y대교는 안개가 끼어 있었다. 그 흐릿한 기운은 그가 날마다 보아온 풍경임에도 비현실적이고 낯선 느낌을 주었다. 대교를 지나온 것이 불과 몇시간 전이라고 믿을 수 없을 만큼 그 너머가 멀게 느껴졌다.

조는 해무에 가려 끝이 잘린 것 같은 대교를 바라보다가 송에게 전화를 걸었다. 송은 한참 만에 전화를 받았다. 바깥인지 시끄러웠다. 조라는 걸 확인하자 다소 의아한 듯 "무슨 일이야?" 하고 물었다. 그들은 휴게소에서 만나 점심을 먹을 때도 전적으로 우연에 의지했다. 전화를 걸어 날짜를 맞추고 시간을 정해본 일이 없었다. 말하자면 전화를 걸 만한 별다른 용건이 없는 사이였다.

"그 사람 말이에요. 어떻게 됐어요?"

"그 사람?" 송이 되묻고는 곧 대꾸했다. "그걸 왜 나한테 물어? 엉엉 울다가 남자가 와서 데리고 갔다잖아. 남편 아니야? 애인인건가? 암튼 그다음은 내가 모르지. 왜? 무슨 일이 생겼대?"

조는 송의 경박한 대꾸에 기분이 상했다. 여자가 죽거나 다친다는 생각은 해본 적 없는데, 송의 말을 듣고 그런 일이 생길지 모른다는 가정을 비로소 해보게 되었다.

"병원에서 없어진 사람이요."

"아, 그 남자?"

"네."

"그 남자야 병원에서 아무런 통증이 없으니까 벌떡 일어났겠지. 북적거리는 시골 병원 응급실에 누워 있자니 좀 한심했겠지. 안 그랬겠어? 바쁜데 여기서 뭐 하는 건가 싶었을 거야. 어쩌면 멀쩡하다 생각했는지도 모르고 좀더 큰 병원으로 가려고 했는지도 모르지. 외상도 없고 통증도 없으니까 움직여도 되는 줄 알았을 거야. 그런데 병원을 나오니까 갑자기 어지러워졌겠지. 세상이 노랗게 보이고 빙빙 돌고 메슥거리고 헛구역질하고 침을 줄줄 흘리고. 그러다가 픽 쓰러지면 두번 다시 못 일어나."

"뇌출혈이요?"

"그래, 뇌출혈."

"시신이 발견됐어요?"

"그건 경찰 일이지. 문제는 경찰들이 할 일을 제때 안한다는 거야. 그것 때문에 전화한 거야?"

조는 송이 기대할 만한 인사나 대꾸 없이 전화를 뚝 끊어버렸다. 괜한 걸 물었다고 후회하며 물을 한모금 마시고 막 출발하려는데 뒤에서 무엇인가가 차를 쿵, 하고 들이받았다. 순식간에 앞으로 떠밀리며 부풀어오른 에어백에 얼굴이 파묻혔다. 가빠진 숨을 고르면서도 조는 내일은 출근하자마자 보고서를 작성할 수 있겠다고 생각했다. 이 정도의 충돌이라면 가드레일은 바깥쪽으로 휘어지고 연석 일부가 파손되었을 것이다. 차량은 직접 충돌한 후면은 말할 것도 없고, 전면 범퍼와 유리, 패널이 심하게 찌그러져 있겠지.

기운을 차려 밖으로 나왔다. 조는 당황했다. 그의 차를 사정없이 밀어젖힌 차량이 보이지 않았다. 잠깐 에어백에 파묻힌 사이 달아난 걸까. 그러나 차량 뒷부분에 무엇인가와 충돌한 흔적이 없었다. 전면의 훼손 상태만 보면 조가 가드레일을 향해 스스로 뛰어든 꼴이었다. 보통의 급발진 사고 차량처럼 말이다. 손전등 불빛을 비춰보아도 어두워서인지 노면에 생긴 타이어 흔적을 찾기는 어려웠다.

조는 송에게 조언을 구하고 싶어졌으나 그러려면 방금 전의 무례를 사과해야 했다. 빨리 사무실로 돌아가 블랙박스를 확인하는 게 나을 성싶었다. 사고를 겪기는 했으나 갓길에서 방심해선 안된다는 사실을 다시 한번 배웠으니 업무를 하는 데 좋은 경험이 될 터였다. 뻐근하고 단단하게 척추가 조여오는 통증을 느끼며 조는 천천히 차를 몰았다. 찌그러진 범퍼가 너덜거리며 바람에 흔들리는 것 같았는데 순전히 느낌이었다.

해무 낀 대교에 올라섰을 때 전방에서 조금 어긋난 그의 시선에 갓길을 걸어가고 있는 사람이 보였다. 바닷바람에 부풀어 방대해진 외투 자락을 잡고 한 남자가 바람에 맞서듯 걷고 있었다.

남자를 보았다고 느낀 순간 조의 차는 이미 그로부터 멀어졌다. 갓길을 걷는 사람을 보는 건 드문 일이 아니었다. 히치하이킹을 하려는 사람도 있고 갓길에서 기념사진을 찍는 사람도 있었다. 고속도로를 무단횡단하는 사람도 있으며 운전자가 어디로 갔는지 갓길에 멀쩡한 빈 차가 덩그러니 놓여 있는 일도 있었다. 조는 천천히 속도를 줄였다. 적어도 일주일에 한두번은 그런 사람을 만났지만 한번도 그들을 태우려던 적은 없었다. 등뼈의 통증이 땅처럼 단단하지 않았다면 무시하고 계속 달렸을 것이다. 해무 낀 대교가 여느 날처럼 익숙하게 느껴졌더라도 계속 달렸을 것이다. 그는 난데없는 호의와 결정에 당황하면서도 비상등을 켜고 참을성 있게 대교를 걸어서 건너는 남자를 기다렸다.

아무리 기다려도 남자가 나타나지 않아 조는 차 문을 열고 밖으로 나왔다. 불빛들이 조를 비쳐대며 덮칠 듯 달려왔다. 차들이 요란한 소리로 스쳐지나갔고 차들의 질주가 일으킨 바람이 몸을 뒤흔들었다. 거대한 트레일러가 지나가면서 귀에 울릴 정도의 굉음을

냈다. 조는 균형을 잡기 위해 안개에 축축하게 젖은 난간에 몸을 기
댔다. 해무가 섞여든 바닷물은 오전에 비해 수위가 높아져 있었다.

남자를 본 것은 아주 짧은 순간이었다. 어두웠고 해무가 짙었다.
가로등 그림자가 일렁이는 걸 사람이 걷고 있다고 생각했을 수도
있고 방호울타리에 비친 차량 불빛을 사람으로 착각한 것일 수도
있다. 그저 눈앞에 헛것이 스쳤을 수도 있다. 그럼에도 좀처럼 차에
올라타지 못했다. 남자가 안개를 뚫고 천천히 다가오고 있는 것만
같았다. 삼십분쯤 더 지났을 때 조는 자신이 착각한 게 분명하다고
인정했다.

해무를 뚫고 밤의 고속도로를 달리는 차들의 불빛은 따스해 보
였다. 그것을 보고 있으려니 어쩐지 뭔가가 조금 달라진 느낌이었
다. 뭐가 달라졌는지 알 수 없었다. 아니다. 알았다. 좀더 추워졌다.
목이 말랐다. 다리가 저렸다. 잠복한 통증이 점점 모습을 드러냈다.
그리고 조가 서 있는 곳이 아까보다 조금 옆쪽으로 옮겨간 것 같았
다. 어쩌면 4센티미터쯤. 갓길을 걷는 남자는 아직도 나타나지 않
았다.

가장 처음의 일

한윤수는 평소에 장난을 치는 타입이 아니었다. 서점에서의 일은 예외적이었다. 경제경영서 코너의 책 한권을 원래 있던 서가와는 완전히 다른 곳에 꽂아두었다. 평소의 그였다면 생각지도 못할 일이었다. 아니다. 생각은 늘 했다. 악의 없이 재치와 익살이 얼버무려진 장난을 치고 농담을 하는 것에 대해서. 실제로 그렇게 한 적은 없었다. 한윤수는 장난이나 농담 같은 것은 전적으로 쓸데없는 것이라고 배웠다. 자라면서 부모에게 많은 얘기를 들었다. 그중 하나가 쓸모없는 일을 하지 말라는 것이었다. 부모에게는 삶을 물리적으로 축조하는 데 필요한 게 아니면 죄다 쓸데없었다. 친구와의 수다나 편지 쓰기, 음악을 듣는 일, 텔레비전을 보거나 가만히 드러누워 몽상에 잠기는 일 같은 것들.

부모에게 배운 것을 모두 지켜온 건 아니었다. 그러나 장난을 치고 농담을 하는 일은 아무래도 잘 하지 않게 되었다. 어릴 때 아버지가 신고 나갈 구두에 눈을 뭉쳐 넣어뒀다가 심하게 얻어맞은 뒤로 장난을 친 후엔 항상 눈치를 봤다. 농담을 하고도 실수를 한 건 아닌지, 상대의 기분이 상한 건 아닌지 살폈다. 그렇게 마음 쓰는 게 싫어서 언젠가부터 아예 농담을 하지 않게 되었다. 친구 옷에 달린 모자에 코 푼 휴지를 넣어둔다거나 도서관에서 친구 녀석의 자리에 연서를 가장한 메모를 붙여놓는 일도 해본 적이 없었다. 친구들이 하는 장난에도 무덤덤하게 반응했다. 웃지 않아야 다음에 똑같은 짓을 하지 않을 거라고 생각해서였다. 그러다보니 농담과 진담을 구별하지 못하는 일이 많아졌고 친구들에게 자주 시시한 녀석이라는 핀잔을 들었다.

처음이지만 그 일이 무척이나 수월해서 깜짝 놀랐다. 하긴 그저 책을 원래 있던 서가에서 빼내 다른 쪽 서가에 꽂아두는 일에 지나지 않았다. 그래도 책을 들고 서가를 옮겨가는 동안 오해를 받을까봐 조마조마했다. 열흘쯤 연속으로 그 일을 하고 나자 더이상 긴장하지 않게 되었다. 단지 서가를 바꿔놓는 것일 뿐 훔치는 게 아니니까. 수고를 끼쳐 미안하기는 해도 크게 잘못한 일은 아닌 것 같았다. 서점에서는 누구나 읽던 책을 별 생각 없이 혹은 다시 가져다두기 귀찮아서 아무 매대에 내려놓거나 바로 앞 서가에 꽂았다.

맨 처음으로 위치를 바꿔둔 책은 영국 작가의 소설이었다. 성실하고 매사 판에 박은 듯 생활하던 주인공이 우연한 사고를 계기로 모든 것을 버리고 갑자기 떠나는 내용이라고 했다. 몇 장을 읽어보고 나서 책을 살지 말지 결정할 참이었다. 얼마 읽지 않아 기다리던 여직원이 도서검색대에 나타났다. 그는 들고 있던 책을 무심코 바로 앞 서가에 꽂아두고 여직원 근처로 갔다.

다음 날 서점에 왔을 때, 전날과 똑같은 서가를 훑어보다가 자신이 꽂아둔 책을 발견했다. 다시 그 책을 읽었다. 책은 흥미로웠다. 계산을 하러 가면서 바로 앞 서가의 책을 두 권 빼서 계산대 근처 서가에 꽂았다. 여직원이 야단맞을 일을 벌인 건 아닐까 싶어 미안한 마음이 들기는 했다.

한윤수는 매번 서점에 들러 얼마쯤 시간을 끌다가 여직원에게 책을 찾아달라고 부탁했다. 여자는 그가 부탁한 책을 찾아주지 못했다. 당연했다. 그는 자신이 바꿔 꽂아둔 책의 제목을 댔다. 도서 검색기가 알려준 정보로는 찾을 수 없는 책이었다. 한윤수는 서점을 드나들면서 서가의 책은 대개 출고된 지 오래되어 재고도서 수가 한두 권에 불과하다는 걸 알게 되었다. 담당자가 엉뚱한 책이 꽂혀 있는 걸 발견하지 못하면 책이 제자리로 돌아오는 데 시간이 걸릴 터였다. 그는 담당자들이 책을 찾기 힘들게 서가 위치를 바꿔놓는 방식을 터득했다. 책을 서가 맨 아래 칸에 꽂았고 책등을 안쪽으로 하여 제목이 보이지 않게 했고 책등의 색깔이 비슷한 책 옆에 두었다.

여직원은 몇 번씩 서가를 뒤지고 매대를 확인하고 다시 검색대로 돌아와 한윤수에게 말했다.

"죄송해요. 책이 또 없네요. 재고는 있다는데……"

"책들이 숨바꼭질을 하나봐요."

한윤수는 준비해둔 말을 툭 내뱉었다. 여자는 웃지 않았다. 한윤수도 웃지 않았다. 그는 여자에게 미안해졌다. 농담을 하고 싶었는데, 언제나 그렇듯 잘되지 않았다. 여자는 어쩌면 핀잔을 들었다고 생각할지도 몰랐다. 한윤수는 조금 초조해졌다. 여자를 웃기지 못해서가 아니라 이제 곧 여자와의 오늘 치 대화가 끝나기 때문이었다.

"주문해드릴까요?"

"아닙니다. 됐어요."

"죄송해요. 다음에 다시 이용해주세요."

여자가 그에게 꺼내는 말은 대부분 '죄송해요'로 시작했다. 죄송해요, 책이 없네요. 죄송해요, 전산에 재고 표시가 잘못되었나봐요. 죄송해요, 책을 못 찾았어요 같은 말들. 하지만 죄송해요 뒤에 하는 말이 '다음에 다시'인 경우가 많았다. 그랬다. 걱정할 건 없었다. '다음에 다시'가 있으니까.

*

터미널에 도착했을 때는 이미 버스가 떠난 후였다. 출발 시간을 착각했다. 다음 버스를 타려면 이십팔분을 기다려야 했다. 한윤수는 하릴없이 대합실 텔레비전 앞에 앉았다. 텔레비전에서는 어릴 때 해외로 입양된 사람들이 성인이 되어 부모를 찾으러 온 사연이 소개되고 있었다. "부모는 가난합니다. 집은 작습니다. 다리가 있습니다. 아마 다리는 작습니다. 집은 멉니다. 언니가 떨어집니다. 아픕니다. 저는 아닙니다." 입양아는 의지하듯 자주 통역사를 쳐다보았지만 짧은 한국어 문장을 그럭저럭 혼자서 해냈다. 통역사가 안심하라는 듯 자주 고개를 끄덕여줬다.

더듬거리는 입양아를 보면서 한윤수는 기이한 아쉬움에 사로잡혔다. 인생을 바꿀 만한 기회를 놓친 게 아닌가 싶어서였다. 어린 시절 한윤수는 부모가 다정하고 살갑지 않은 게 친부모가 아니어서라고 생각했다. 생이 숨기고 있는 것이 다정하고 배려 깊은 부모나 넉넉하고 여유 있는 살림 같은 게 아니라는 걸 몰랐다. 어렸기 때문에 책임과 의무로 막중해진 삶을 바꿔줄 건 어딘가에 있는 친부모밖에 없다고 생각했다. 처음에는 그런 상상을 많이 했고 나중에는 아예 그런 생각을 하지 않는 단계를 거치기는 했지만, 그 상상으로 부모의 냉담과 무관심, 장래에 대한 압박을 얼마간 견뎠다.

입양아가 되지 못함으로써 한윤수는 나이를 모를 기회를 놓쳤다. 국적을 바꿀 기회와 출생지를 바꿀 기회도 놓쳤다. 무엇보다 가족과 헤어질 기회를 잃었다. 삶을 완전히 뒤바꿀 가난은 쉽게 오지 않는 모양이었다. 부모는 더욱 가난해야 하고 가진 거라곤 밥 먹는 입뿐인 자식들은 더 많아야 하고 자식을 키울 중압감은 목을 죌 정도이고 그의 학습능력은 손쓸 수 없이 부진해야만 했다. 부모는 양육을 포기할 만큼 냉담하지 않았다. 자식들을 견딜 수 있을 정도로만 가난했고 그의 학업성취는 빼어났다.

그는 공부하지 않을 수 없는 처지의 아이였다. 어릴 때부터 부모
가 거는 기대를 알아차렸다. 자기를 버팀목으로 삼는 가족의 불확
실한 미래가 어린 그의 눈앞에 펼쳐져 있었다. 그는 겨우 일곱살에
부모에게 네가 똑바로 살지 않으면 가족 모두가 거지가 될 거라는
말을 들었다. 거지가 된다는 걸 상상이나 할 수 있겠니? 부모가 물
었다. 의문형이었으나 실은 상상하지 말라는 명령의 말이었다. 겁
을 주기 위해서 거지가 된 걸 상상해보라는 말 같기도 했다.

상상할 수 없다니. 그는 자주 상상했다. 거지가 된다는 것에 대해
서. 그건 오랫동안 씻지 않아 냄새가 난다는 뜻이었다. 동네에서 본
거지가 그랬다. 아이들이 거지 같은 새끼라고 놀리는, 늘 같은 옷만
입는 사내아이가 그랬고 헤실헤실 웃음을 흘리고 다니는 미친 여
자가 그랬다. 몸에서 냄새를 풍기지 않으려면 공부를 해야 했다. 목
적은 형편없었으나 자신에게는 공부밖에 밑천이 없다는 걸 금세
간파했다.

장사를 하는 부모는 아침 일찍 나가 밤늦게 돌아왔는데, 그는 늘
깨어 있다가 자정 무렵에 돌아오는 부모를 맞았다. 행여나 잠들어
있으면 부모는 자고 있는 그를 흔들어 깨웠다. 아들의 얼굴을 보고
싶어서라기보다는 그에게 훈계하고 부정형의 명령을 늘어놓는 것
으로 위신을 세우고 그 모두를 무마하려는 듯 기대 섞인 말을 하고
싶어서인 듯했다. 집 안을 어지럽히지 마라, 수돗물을 아껴라, 발을
잘 씻어라, 밥알을 흘리지 마라 등등의 말을 하고 나서 부모는 잠

시 동안 그를 빤히 쳐다보고 말했다. 네가 어서 자랐으면 좋겠구나. 그 말을 듣지 않기 위해서라도 빨리 자라고 싶었다. 더이상 자라지 않고도 싶었다. 소망은 이뤄졌다. 부모의 기대와 달리 신체적 키가 많이 자라지 않았지만 부모의 기대대로 금세 소년티를 벗었다.

그는 어린 시절의 훈육이나 성장 환경이 성격이나 기질에 영향을 미친다는 생각을 거부하면서도 어쩔 수 없이 동의했다. 그 동의를 통해 성격 일부를 부모의 책임으로 돌렸다. 그러자 조금 홀가분해졌다. 동료들에게 차가운 사람이라는 평가를 받는 것은 그의 탓이 아니었다. 지기 싫어하고 남을 동정할 줄 모르는 것이나 농담과 장난에 정색하고 단호하고 직설적으로 말하는 것도 마찬가지였다.

부모는 얼굴이 늘 차갑게 굳어 있고 표정이 엄했다. 그런 부모와 얼굴을 마주하고 식사할 때는 첫째, 셋째 일요일밖에 없었다. 부모가 좌판을 깔고 장사하는 시장이 문을 닫는 날이었다. 부모는 종교가 없었고 자식들이 종교를 갖는 걸 원하지 않았다. 교회에서 아이들에게도 헌금을 걷는다는 걸 알고부터였다. "다 똑같다. 신이랍시고 아이들한테 돈을 걷다니. 거지한테 밥을 빌어먹을 놈들이다." 부모는 누구에게랄 것도 없이 비난을 퍼부었다.

부모가 쉬는 일요일이면 온 가족이 꼼짝없이 한방에 모여 있어야 했다. 그에게는 가장 곤혹스러운 날이었다. 교회를 핑계로 나갈 수도 없고 친구들과 놀러 나갈 수도 없었다. 방 한켠에 누워 잠만 자는 어머니, 텔레비전을 틀어놓고 반은 보고 반은 조느라 제대로 보지 못하는 아버지, 아버지가 누운 뒤쪽 벽에 붙어앉아 채널도 바꾸지 못하고 텔레비전을 멍하니 들여다보는 어린 동생들 틈에서 그는 책을 봤다. 그에게는 텔레비전을 보거나 동생들과 어울려 히히덕거리며 장난치는 일이 허락되지 않았다.

부모는 특히 밥을 먹을 때에는 누구를 막론하고 말을 하지 못하게 했다. 그것이 자식들에게 예의와 범절을 지도하는 효과적인 방식이라고 생각했다. 일요일의 밥상 앞에 둘러앉은 식구들만큼 그에게 고요하고 쓸쓸하게 기억되는 풍경은 없었다. 들리는 소리라고는 수저가 그릇에 부딪는 소리나 물잔을 밥상에 내려놓는 소리, 식구들이 음식을 우물거리는 소리뿐이었다. 앞니로 베고 어금니를 움직여 음식물을 잘게 부순 후 목구멍을 통해 그것을 삼키는 소리들이 무한히 반복되는 풍경을 떠올리면, 부모가 서울에서 370킬로미터 떨어진 요양원에서 자식 누구의 간병도 받지 못한 채 몇년의 차이를 두고 떨이하듯 생을 마감해버린 것에 대한 죄책감을 덜 수 있었다.

자라면서 한윤수는 부모의 얼굴에 드리운 엄하고 까다로운 표정이 성격이나 유전적 형질 때문이 아니라 노동이 주는 피로감 때문이라는 걸 깨달았다. 오랫동안 고된 일을 해왔고 제대로 노동의 댓가를 받지 못하고 보잘것없는 돈으로 빠듯하게 살아가는 사람들에게는 그런 표정이 흔하다는 것도. 아이들이 어른의 세계를 알아가는 방식이 그렇듯 어느날 갑자기 그 사실을 알게 되었다. 성장한 후에는 그런 부모에게 연민을 느꼈는데, 그때 한윤수는 이미 그 시절 부모의 나이를 넘어섰다.

부모와 달리 고된 육체노동으로 젊은 시절을 보내지 않았음에도 피로와 권태와 무기력은 일찍부터 그를 찾아왔다. 그는 유수의 대학을 졸업하고 몇번의 까다로운 시험을 통과해 비교적 상위 그룹에 속하는 기업에 입사했다. 입사 직후 신입사원 교육을 받으면서 느낀 자부는 오래가지 않았다. 어린 시절 부모의 기대는 그를 속박했고 동시에 우쭐하게 했다. 가족을 건사할 사람은 자기밖에 없었다. 그는 자신의 삶이 부모와는 다를 것이라는 믿음으로 공부했으나, 그 결과가 회사원에 지나지 않는다는 사실에 금세 실망했다. 오랜 노력에도 불구하고 그는 부모와 같은 길로 들어섰다. 엄밀히 말하면 더 고약했다. 부모는 자식만 양육하면 되었지만 그는 부모를 부양하고 동생들을 건사해야 했다.

그의 회상은 거기서 멈췄다. 동생에게서 전화가 걸려왔다. 한윤수는 벌떡 일어나 대합실을 서성이며 전화를 받을까 말까 생각했다. 동생은 대학 입시에 실패한 후 해마다 몇차례 실패를 거듭했다. 동생에게는 말하자면 실패가 가장 큰 자산이었는데, 그게 가진 것의 전부였다. 처음에는 다음번 국가고시를 치르도록 도와주면 되었으나 점차 밑천을 대주는 일로 바뀌었다. 한윤수는 충분히 동생의 실패를 목격했다.

전화는 한참 계속되다가 끊어졌다. 그는 동생을 피해 어디론가 숨고 싶었다. 동생이 터미널에 나타날 리 없지만 그래도 절대 나타나지 않을 곳으로 가고 싶었다. 서점이었다. 동생은 책과 전혀 상관없는 인생을 살고 있었다. 승차장 아래층에 제법 큰 규모의 서점이 있다는 게 떠올랐다. 사려고 봐둔 책의 제목도 기억났다.

서가를 돌며 책을 찾아보고 있는데, 뒤편에서 나지막하고 단호한 말투가 들렸다. 소리가 나는 쪽으로 가보았다. 이른 시간이라 사람이 거의 없었지만, 매니저가 서가 뒤에서 직원을 훈계하는 건 썩 좋은 생각이 아닌 듯했다. 그런 식으로 사원을 면박 줌으로써 권위와 지위를 자랑하고 싶었는지는 몰라도 경솔해 보였다. 매대 앞에서 조용히 책을 고르거나 서가를 지나가던 사람들이 그들을 힐끔거렸다.

한윤수는 야단맞고 있는 여직원의 뒷모습을 쳐다보았다. 누군가 혼나는 게 흥미로워서는 아니고 단지 무심하게 닿은 시선 끝에 그녀가 있었다. 풀 죽은 여직원의 뒷모습이 뭔가를 연상시켰지만 관심을 끌 정도는 아니었다. 그런 뒷모습이 익숙할 만큼 어린 시절 그는 자주 야단을 맞았다. 고개를 숙인 여직원의 스커트에는 앉았다 일어난 자국이 고스란히 남아 있고 갈라진 치맛단이 바깥쪽으로 말려 있었다. 스트라이프 무늬의 블라우스를 자주색 스커트 안에 넣어 입었는데, 유니폼을 맞출 당시보다 살이 올랐는지 끝이 Y 자 모양으로 벌어진 지퍼 사이로 블라우스가 비어져나왔다. 엄지손톱처럼 살짝 튀어나온 블라우스는 유니폼의 고리타분한 느낌을 가볍고 장난스럽게 바꿔놓았다. 단정치 못하고 게으르다는 인상도 풍겼다. 뒷모습만 보면 잘못을 저지를 만한 사람 같았다. 자유롭거나 게으른 사람이 주로 혼날 일을 만드니까.

그런 생각을 하다 누군가 자신을 빤히 쳐다보는 느낌이 들어 흠

칫 놀랐는데, 그 사람이 방금까지 혼나던 여직원이라는 걸 알고는 좀더 놀랐다. 여직원은 얼굴이 빨개져서 그를 원망하는 눈으로 잠시 쏘아보았다. 그들은 서로 눈을 바라보면서 약간 흥분하여 숨을 몰아쉬었다. 그 순간은 짧았다. 여직원은 그저 숨을 돌리느라 그렇게 서 있는 것이었는데, 한윤수에게는 화를 내는 것처럼 보였다. 자신을 야단친 매니저에게가 아니라 야단맞는 장면을 구경한 그에게. 그녀는 잠시 뒤 서가 사이로 들어가더니 경제경영서 코너의 안내데스크 앞에 나타났다.

아무리 생각해도 여직원이 당혹감을 누그러뜨리도록 조금 기다려주는 게 좋았겠지만, 한윤수는 그러지 못했다. 버스를 타야 할 시간이 얼마 남지 않아서는 아니었다. 그녀가 자신에게 화가 난 건지 알아보고 싶었다. 그보다는 말을 나눠보고 싶었다.

"책 좀 찾아주십시오."

여직원이 그를 힐끔 보았다. 냉랭하면서도 의문에 찬 얼굴이었다. 조금이라도 눈치가 있는 사람이라면 책을 찾아달라는 일이 정당한 부탁이더라도 나중으로 미뤘을 것이다. 그는 그렇게 하지 않았다. 여직원의 감정이 자신의 것과 다를까봐 조바심이 났다.

"제목이 뭔가요?"

여직원이 천천히 입을 뗐다.

"제목은…… 생각이 안 나네요. 저자 이름을 말씀드려도 되나요?"

"네."

"제임스 프링스요."

여직원은 그의 말을 건성으로 들었다. 그래놓고도 되묻는 법 없이 검색어에 단어를 입력하다가 마지막에 '프링글스'라고 써넣었다.

"프링글스가 아니라 프, 링, 스, 요. 제임스 프링스."

한윤수의 말에 여직원이 웃음을 터뜨렸다. 웃는 걸 보니 기분이 좋아졌다.

"프링글스는 과자 이름이네. 어쩐지 익숙하다 했어요."

그렇게 말하면서 장난기 어린 얼굴로 슬쩍 그를 봤다. 다행이었다. 화난 건 아니었다.

"제임스 프링스, 그런 이름은 없네요."

한윤수가 다시 저자 이름을 말해주려는데 아까 그 매니저가 나타났다. 아마도 그는 자리로 돌아가지 않고 훈계의 효과를 살펴보려고 어딘가에서 여직원을 계속 지켜본 것 같았다. 사정을 안다는 듯 매니저가 컴퓨터 앞으로 와서 그에게 저자 이름을 물었다.

"제임스 프링스요." 여직원이 냉큼 대답하고 풀 죽은 혼잣말을 했다. "잘 찾아봤는데……"

매니저가 직접 검색어를 입력해 확인했고, 고개를 갸웃했다. 그제야 한윤수는 수첩을 꺼냈다.

"아, 제임스가 아니네요. 제니스 프링스예요."

"네, 제니스 프링스요."

매니저가 여직원 들으라는 듯 친절하게 대꾸하며 검색어를 입력했다. 화면에 그가 찾으려는 책의 제목이 떴다. 여직원이 힘없이 팔을 늘어뜨리고 책을 찾으러 갔다. 한참이 지나도록 오지 않았다. 버스 시간이 임박했다. 그는 기다렸다. 책을 기다리는 건 아니였다. 다시 이쪽을 지나가던 매니저가 다가왔다.

"책은 잘 받으셨나요?"

한윤수는 건성으로 고개를 저었다. 매니저가 "그래요?"라고 되묻고 가버린 후에야 여직원이 다시 혼날지 모른다는 생각이 들었다. 괜한 고자질을 한 것 같아 면목이 없어져 서점을 나와버렸다.

그러는 동안 버스를 또 한대 놓쳤다. 그는 다시 삼십여분간 터미널에 남겨졌다. 이번에는 서점에 가지 않았다. 휴대전화의 전원을 끄고 대합실에 틀어진 텔레비전 프로그램을 봤다. 물을 사러 편의점에 갔다가 프링글스를 한 통 샀고, 버스를 타고 가며 다 먹어치웠다.

그 일은 그저 그렇게 끝나고 말 것이었다. 아무 의미도 없고 되새길 이유도 없는 사건이었다. 그 일로 받은 영향은 기껏해야 고속버스를 한대 놓치고, 삼십분 정도 시간을 허비하고, 맛이 짠 과자를 먹어 내내 목이 타고 도착지에서 만나기로 한 거래처 부장에게 적당한 이유를 대며 약속을 미루는 수고를 하는 게 전부였다. 더는 없었다. 인생에서 그 정도의 시간 낭비는 아무것도 아니었다. '돈을 낭비하는 사람도 싫지만 시간을 낭비하는 사람은 더 싫다.' 이렇게 말할 게 분명한 부모의 목소리가 귓가에 왕왕대는 것 말고는 별일 아니었다.

*

　도로 앞쪽에 사고가 있었다. 전면이 찌그러진 고속버스와 후면
이 우그러진 트럭이 충돌 후 밀려난 지점에 그대로 서 있었다. 사
고 현장은 참혹했다. 도로는 유리 파편으로 어지러웠고 아직까지
갓길에 누워 있는 부상자가 있었다. 구급차와 경찰차, 순찰대원이
분주히 오가며 현장을 정리했다.

　버스가 느릿느릿 현장을 빠져나갈 때 한윤수는 깜짝 놀랐다. 사
고 버스가 자신이 타려던 고속버스 같았기 때문이다. 사고 지점을
지나자 버스가 조금씩 속력을 내서 다시 확인하지는 못했지만 운
전사가 계속 탄식하던 게 아마도 그 때문인 듯했다. 바로 뒷자리에
앉아 있던 한윤수는 기사에게 사고 차량이 삼십분 전에 출발한 버
스가 아니냐고 물어보았다. 기사가 침통한 목소리로 그렇다고 대
답했다. 두 버스는 운행사가 같았다. 기사는 휴게소에서 쉬는 동안
이미 소식을 들은 모양이었다.

　그날 밤 숙소에서 한윤수는 뉴스를 통해 사고 소식을 들었다. 새
로 개통된 도로의 구조적 문제점을 노출하는 사고여서 비교적 길
게 보도되었다. 버스전용차선이 없고 지역 특성상 적재용량을 초
과한 화물트럭의 통행이 빈번한 도로였다. 오늘 사고로 두명의 사
망자와 다수의 부상자가 발생했으며 그중 상당수가 중상이라고 했
다. 만약 버스를 놓치지 않았다면 그가 사망자 중 한명이 될 수도
있었다. 그런 충돌사고는 대개 운전석 부근이 앞 차량에 쏠려들어

가 바로 뒷자리 승객이 가장 큰 피해를 입곤 했다. 그는 장거리를 갈 경우 멀미가 나기도 해서 매표소 직원에게 가능하면 운전석 뒤쪽 좌석을 달라고 부탁했다.

다음 날 돌아올 때 사고 지점으로 생각되는 곳을 다시 통과했다. 새삼스럽게 안전벨트가 제대로 매여 있는지 확인했고 운전기사가 규정속도를 지키는지 속도계를 힐끔거렸다. 모두 무사한 걸 확인하고는 지나가는 차의 불빛이 반사되는 창 쪽으로 시선을 돌리고 창에 비친 자신을 집요하게 바라보았다.

유리창에는 삼십오년 가까이 할 필요가 있는 일들만 하면서 지내온 사내가 있었다. 무심과 무감이 얼버무려진 차창 속 사내는 절제와 규칙과 질서에 순응하는 비교적 안정적인 회사원이었다. 뭐든 이치에 닿지 않는 짓은 하지 않고 경솔하며 분별없고 충동적이어서 결국에는 그르치고 후회하게 되는 일도 하지 않았다.

한윤수는 손을 뻗어 사내의 몸 이곳저곳을 더듬었다. 뭉툭하지도 길지도 않은 손가락 열개를 일일이 만졌다. 맥이 뛰는 팔목을 만져보고 손으로 얼굴 곳곳을 쓰다듬었다. 깔끔하게 면도된 턱은 살이 쪄서 각진 선이 무뎌져 있었다. 짧게 다듬어진 머리카락을 예전 여자친구가 하듯이 쓰다듬어보고, 구김이 많이 간 바지를 쓸어 두툼한 허벅지도 만졌다. 허리띠 위로 둥글게 띠처럼 비어져나온 배를 손으로 집어보았다. 만약 거울이 있었다면 생전 처음인 것처럼 얼굴을 들여다보았을 것이다. 옷을 벗을 수 있는 곳이었다면 음경과 항문까지 살펴보았을지 모른다. 신체 중 가장 분주히 배설하고 발기하고 수축하고 운동하는, 그야말로 생생하게 살아 있는 부위 니까. 발뒤꿈치 뼈부터 슬개골, 갈비뼈를 거슬러올라와 귀 뒤쪽 뼈 인 측두골에 이르기까지 몸을 이루는 것은 죄다 만져보고 싶었다.

그의 육신은 운이 나빴으면 죽었을 거라고 믿을 수 없을 만큼 생 생하고 생동감 있게 맥박 치고 있었다. 그의 몸에는 아무 일도 없 었다. 그런데도 큰 충돌을 겪은 느낌이었다. 자신을 들이받은 게 무 엇인지 알 수 없었다. 적재용량을 초과한 화물트럭이 아닌 건 분명 했다.

그에게 그간의 인생은 차창 속 사내처럼 고립되고 정지되고 어 둠에 잠겼으며 책임과 의무 아래 놓인 것이었다. 그러나 말랑말랑 한 살을 만지면서, 살갗 밑의 푸른 혈관과 끊임없이 혈관을 타고 흐르는 온기 어린 피와 그 모두를 단단하게 지탱하는 뼈를 더듬다 보니, 이렇게 따뜻하고 단단하고 부드러우면서 끊임없이 움직이는 것이 인생이 아닐까 하는 생각이 들었다. 그는 오랫동안 자신에게 는 책무와 부모의 기대, 건사해야 할 동생들만 있는 줄 알았다. 그 럼 무엇이 있을까. 그에게는 행운이 있었다. 죽을 뻔한 위기에서 살 려주고 잊고 있던 삶을 떠올리게 한 행운.

한윤수는 물끄러미 창밖을 보며 자신에게 온 행운의 기원을 거 슬렀다. 행운을 이끈 모든 우연의 순서를 따져보았다. 몇가지 연쇄 가 손쉽게 떠올랐다. 더 많은 단계를 거치자 책 읽는 것 말고는 할 게 없도록 만들어준 부모에게 닿았다. 대합실에 앉아 있던 그를 서 점으로 내려보낸 동생에게도 닿았다. 그렇게 따지고 드니 동생이 각종 금융기관에 남긴 연체금과 대출금, 사업 밑천과 사고 후의 합의금 같은 것으로도 이어졌다. 한윤수는 부모와 동생을 모른 척하며 비교적 현재와 가까운 기원을 찾아 나섰다. 그러자 단 한 사람이 남았다. 서점의 여직원. 얼굴은 잘 기억나지 않았다. 명찰을 달고 있었으나 이름도 기억나지 않았다. 덜렁거리는 성격을 그대로 보여주는 여직원의 자주색 스커트와 지퍼 틈을 비집고 나온 블라우스 자락만 떠올랐다.

서서히 뭔가 차오르는 기분이었다. 물성을 헤아리자면 점성에 가까웠다. 차오르면서 조금씩 그의 내부에 달라붙었다. 시간을 들여 생각한 끝에 그게 무엇인지 알아차렸다. 이전에도 그런 적이 있었다. 한때 그는 여자친구와 결혼을 하고 싶었다. 함께 잠이 들고 아침에 깨어 부스스한 얼굴과 마주하고 싶었다. 그 생각이 내부를 꽉 채웠다. 이상하게 기쁘지가 않았다. 조급하고 초조했다. 거절당할까봐 긴장되고 우울해졌다. 이번에는 달랐다. 그의 마음은 평온했다. 차오른 감정은 투명했다. 다른 무엇이 섞여 있지 않았다. 이런 순간은 처음인 듯했다. 아니다. 망상에 불과했다. 헛되고 무모했다. 진심이라 자신할 수 없었다. 하지만 과연 그럴까? 사람이 확신할 수 있는 감정은 그다지 많지 않을지도 몰랐다. 확신이 없는 게 꼭 나쁜 것도 아니었다. 이제까지 그는 대체로 모든 일을 불확실한 가운데 결정해왔다. 잘된 일도 있고 그렇지 않은 일도 있었다. 확신했더라도 마찬가지였을 것이다.

이전의 그는 학습단계를 밟아가듯 사랑에 빠졌다. 공통점을 찾고 호감을 느끼면 물가를 걸어내려가듯 조금씩 마음이 깊어졌다. 그러다 물가에서 나오면 젖은 옷이 말라가듯 열망이 식어갔다. 언제까지나 젖은 채로 물속에 있을 수는 없었다.

한윤수는 여자가 서점 직원이라는 것 말고는 아무것도 몰랐다. 또 아는 게 있기는 했다. 여자가 자신을 처음 본 순간 모멸을 느꼈다는 것. 다행이라면 그를 기억할 거라는 정도였다. 그는 어느 때보다 순정한 느낌이 드는 것으로 만족했다. 자신을 잠깐이나마 순정하게 만든 게 진심이 아니라면 도대체 무엇이 진심이겠는가.

*

그가 가장 싫어하는 말은 '개천에서 용 난다'는 속담이었다. 부모는 자주 그 말을 했다. 그가 용이 되기를 바라서라기보다는 영리하고 똑똑한 자식에게 어떤 도움도 줄 수 없는 집안 형편이 개천과 다르지 않다는 걸 빗댄 자조 같았다.

부모의 기대는 노골적이었다. 네가 어서 자랐으면 좋겠다는 말은 어서 대학에 갔으면 좋겠다거나 취직을 하면 좋겠다는 말로 시기에 따라 바뀌었다. 그는 자랐고 대학에 갔고 취직을 했으나, 자랄수록 부모에게는 손님이 되고 동생들에게는 재수없고 잘난 척하지만 인색한 집안의 먼 어른이 되어갔다.

그 얘기를 털어놨을 때 여자친구는 위로하듯 머리를 쓰다듬어주며 말했다.

"개천에서 난 용이랑은 결혼하지 말라던데."

"누가?"

"오래전에 책에서 읽었어. 용이랑 결혼하는 게 아니라 개천에 빠지는 거라나."

여자친구는 말을 해놓고 미안한지 멋쩍게 웃었다.

그는 태연한 척 대꾸했다. "걱정 마. 난 용이 아니잖아." 자조처럼 들릴까봐 얼른 덧붙였다. "요새는 가뭄 때문에 개천도 없어."

얼마 후 한윤수는 여자친구와 헤어졌다. 헤어지기 전 여자친구는 자주 전화를 걸었고 잠시 머뭇대다가 물었다.

"바쁘지 않아?"

허튼짓을 하다가 걸린 것처럼 여자친구가 그렇게 물으면 조마조마해졌다. 당황한 것을 들키지 않으려고 매번 큰 목소리로 대답했다.

"바쁘기는. 너는 어때?"

"응, 나도 괜찮아."

그는 여자친구가 뭘 괜찮다고 대답하는지, 왜 묻기 전에 머뭇댔는지 깊이 생각하지 않았다.

"바쁜 건 좋은 거야."

여자친구가 말했다. 상냥한 부모가 투덜거리는 자식을 달랠 때 쓸 법한 말투로.

"너무 무리하지 마."

그렇게 말하고 전화를 끊는 여자친구의 목소리에서 어떤 기미를 읽었으나 알은척하지 않았다.

헤어지고 나서는 여자친구가 자신과 있으면 개천에 빠진 느낌이 들까봐 떠난 건 아닌가 하고 생각했다. 일을 핑계로 못 만난 지 오래고 그것을 안타까워하지 않았는데도 그랬다. 한번 그렇게 생각하자 다른 생각을 할 수 없었다. 덕분에 그는 가까스로 벗어났다고 여긴 개천으로부터 한치도 멀어지지 않았다는 걸 깨달았다.

그걸 알게 한 건 여자친구만은 아니었다. 가족은 수시로 번갈아가며 한윤수에게 그런 생각을 일깨워줬다. 사고를 목격하고 서울로 돌아온 날은 동생이 그랬다. 터미널에 내리면 바로 서점으로 가려 했으나 그러지 못했다. 집 앞에서 기다리고 있다는 동생의 문자메시지가 여러통 도착해 있었다. 이번에 필요한 것은 합의금이었다. 그는 모아놓은 얼마간의 저금을 떠올렸지만 차갑게 거절했다. 동생이 그럴 줄 알았다는 표정으로 돌아갔다. 거절당한 것치고는 득의만만했는데, 동생에게는 배짱이 있었다. 버티다보면 뭔가 나온다는 걸, 계속 그를 찾아오고 닫힌 문 앞에서 기다리고 울먹이는 표정을 짓고 하소연하고 눈물을 쏟다보면 그가 순전히 지겨워서 돈을 털어준다는 걸 알고 있었다.

서울로 돌아오는 내내 여자에게 진심을 전하고 싶어 조바심이 났다. 동생이 돌아간 뒤 그 일이 세상에서 가장 어려울 것임을, 경우에 따라서는 불가능할 것임을 직감했다. 여자가 준 행운 덕에 살아 있다고 느꼈을 때만 해도 그 일이 무척이나 용이한 것 같았다. 그러나 조금만 생각해보면 여자가 자기를 이상하게 볼 것 같아 망설여졌다. 왜 행운이 여자에게서 비롯되었는지 설명할 도리가 없었다. 사실 그는 여자에게 반하지 않았다. 부모와 형제가 행운을 준 게 내키지 않았을 뿐이다. 설혹 여자와 좋은 감정을 나누게 된다고 해도 행운의 일부는 가족 몫이라는 게 종종 떠오를지도 몰랐다.

그는 자신에게 무슨 일이 있었는지 자문했다. 대답은 간단했다. 아무 일도 없었다. 그럼에도 뭔가가 달라졌다. 몸속의 전극이 미묘하게 뒤틀린 느낌이었다. 그게 뭔지 알 수 없었다. 그는 여자에게 털어놓는 것을 포기했다. 언제까지고 입을 다물 자신이 있었다. 생각해보면 딱히 말할 게 없었다. 그래도 다음 날 퇴근하자마자 서점으로 갔다. 그다음 날도 갔다. 갈 수 있는 날은 거의 매일 갔다. 마음을 위해 할 수 있는 일이 그것밖에 없었다.

서점에 가면 여자가 보이는 쪽 서가에 서서 삼십분 정도 책을 읽었다. 집에 돌아가기 전에는 마음 내키는 대로 책을 집어서 되도록 경제경영서 코너에서 먼 서가에 꽂아두었다. 다음 날 여자에게 숨긴 책의 제목을 대고 찾아달라 부탁했다. 책을 찾으러 간 여자가 허탕을 치고 돌아오면 얘기를 나누고 집으로 돌아갔다.

여자는 조금씩 새로워졌다. 어느날 여자는 옅은 밤색의 작은 눈동자를 품은 쌍꺼풀 없는 눈이었다. 어느날은 크기가 고르지 않은 치아를 숨긴 장난기 어린 입술이었다. 손님들에게 짓는 무덤덤하면서 친절해 보이는 미소였다가 따분하고 지루해서 터져나오는 하품이기도 했다. 동료들과 잠깐씩 목소리를 낮춰 수다를 떨 때의 장난스런 말투와 손짓이었다가 책을 찾아 서가를 다닐 때의 분주한 발걸음 소리이기도 했다.

오늘은 그를 빤히 바라보는 어리둥절한 눈매였다. 그는 깜짝 놀랐다. 여자가 다른 쪽 서가에 책을 꽂아두고 오는 한윤수를 빤히 쳐다보고 있었다. 그는 여자의 눈빛을 많이 지켜봤다. 자신을 처음 보았을 때의 차가운 눈빛, 책을 찾지 못했을 때의 당혹스러운 눈빛, 사과의 말을 담은 난처한 눈빛 같은 것. 이런 눈빛은 처음이었으나 어쩌면 여자가 자신을 특별하게 보기 시작한 건 아닐까 싶어 기분이 좋아졌다. 일전에 고속버스를 타고 돌아오면서 느꼈던 활달한 생의 느낌이 고스란히 되살아났다. 한윤수는 기대에 들떠 여자에게 살짝 미소 지었다.

그런 한윤수 곁으로 누군가 다가왔다. 서가에 서 있다보면 사람들이 책을 찾으려고 밀거나 앞으로 끼어드는 일이 많았다. 그는 자연스럽게 뒤로 물러섰다. 곁에 선 사람도 그를 따라 물러섰다.

"지금 바쁘신가요?"

목소리가 굵었다. 한윤수는 그제야 고개를 돌렸다. 목소리보다 숱 적은 머리로 기억될 것 같은 사내였다. 서점 직원인 듯 명찰과 배지를 달고 있었다.

"왜 그러세요?"

"뭐 좀 여쭤볼 게 있어서요."

"물어보세요."

사내가 질문 대신 한윤수의 팔을 붙잡았다. 표정은 부드러웠으나 악력이 세고 불길했다.

"저쪽으로 가서요. 잠깐이면 됩니다."

한윤수는 사내와 함께 서점을 가로질렀다. 여자가 그런 한윤수에게서 고개를 돌렸다. 무슨 일이 일어나는지 알고 있는 것 같았다. 도와줄 의지는 없어 보였다.

사내는 그를 출입구 옆 사무실로 데려갔다. 직원들이 힐끔거리다 말았다. 아마도 이런 일을 많이 겪은 듯했다. 사내가 잡고 있던 팔의 힘을 풀었다. 쥐였던 팔이 얼얼했다. 한윤수는 짐작한 게 틀렸으면 하고 바랐다.

"죄송합니다만 가방을 좀 봐도 됩니까?"

짐작했던 대로 사내가 말했다.

"별거 없어요."

그가 순순히 가방을 내밀었다. 그 일의 결과로 어떻게 반응할지 궁금했다. 사내가 의기양양한 표정으로 가방에 든 책을 꺼냈다. 책 하단에는 구입 날짜가 찍혀 있었다. 당황했는지 사내가 더듬거리며 사과했다. 한윤수는 숱이 거의 없는 사내의 앞머리가 붉어지는 걸 지켜봤다. 지루하고 따분할 때마다 그가 도둑이 아니어서 상기된 머리통을 생각하면 웃길 것 같았다.

"괜찮습니다."

한윤수가 소지품을 가방에 도로 넣었다. 별일 아니었다. 남의 물건에 손대지 마라. 부모가 자주 하던 훈계가 귓가에 울리는 게 불쾌하긴 했지만, 여러번 못된 장난을 쳤으니 참을 수 있었다.

"죄송합니다. 제가 오해했어요."

언제 사무실에 온 것일까. 그렇게 말하는 여자의 얼굴에 미안함과 연민, 불안이 함께 스쳐갔다. 관리자에게 한윤수에 대해 말한 게 여자인 모양이었다. 어리둥절하다 생각한 눈빛은 그를 수상쩍어한 데에서 나왔다. 여자는 한윤수에게 누명을 씌웠다. 불쾌하거나 화가 나지는 않았다. 이제껏 그래본 적은 없지만 자신은 충동적으로 책을 가방 속에 몰래 훔쳐넣을 수도 있는 사람이었다. 어느날 갑자기 서가 위치를 뒤죽박죽 바꿔놓는 일도 하게 된 사람이니까.

여자는 고개를 숙이고 어쩔 줄 몰라하며 서 있었다. 그는 뭐라고 대꾸해야 좋을지 몰라 머뭇거렸다. 당황한 여자에게 뭔가 말을 해주고 싶었다. 스스로도 이해 못하는 행운의 기원이나 사랑을 중개한 여러 단계의 우연을 설명하려는 건 아니었다. 시시하고 사소해서 그저 피식 웃게 하는 말을 하고 싶었다. 여자가 더이상 미안해하지 않도록.

그는 우선 여자를 보며 부드럽게 웃었다. 여자에게는 그 웃음이 어떻게 보일까 생각하니 두려웠다. 한윤수는 주저하고 망설였다. 지금 말하지 않아도 괜찮았다. 언제가는 털어놓게 하는 순간이 올 것이었다. 모든 게 명확해질 때까지 언제까지고 기다릴 수만은 없으니까. 그 순간을 지켜볼 생각이었다.

한윤수가 천천히 입을 열었다.

블랙아웃
Blackout

한 떼의 전투기가 편대를 이루어 날았다. 건물을 스칠 듯 낮게 날다가 지평선 너머로 멀어졌다. 조효석은 날짜를 헤아려봤다. 사전에 공지된 훈련일이 아니었다. 정기 훈련일에는 통제된 도로를 전차와 장갑차가 통과했다. 경보가 해제될 때까지 운행 중인 차량은 정차하고, 사람들은 안내에 따라 지하대피소 등으로 이동했다. 훈련은 실전을 방불케 할 정도로 정밀하고 사실적으로 진행되곤 했다.

혹시 회사에서 비상 연락이 왔는지 휴대전화를 확인했다. 아무 연락이 없었다. 조효석이 근무하는 올세이프는 오랫동안 비상 상황에 대비해왔다. 정확히 말하면 그런 상황을 줄곧 기다려왔다. 무슨 일인가 벌어진다면 올세이프로서는 호시절을 맞게 될 것이다.

조효석도 그런 것은 아니었다. 그는 전투기 소리에 겁부터 먹었다. 회사에서 줄곧 주장해온, 임박한 위기가 도래한 것 같았다.

입사하기 전만 하더라도 벙커라는 것을 사고팔 수 있는 물건이라고 생각해본 적이 없었다. 안전을 위해 개인 벙커를 소유한 사람이 있다는 것도 마찬가지였다. 현대에 있어서 벙커는 정치인들의 은신처라고만 생각해왔다. 하긴 세상의 많은 일들은 조효석이 상상해보지 않았거나 생각이 미치지 못하는 일로 채워져 있었다.

입사하기 전 조효석을 둘러싼 세계는 비교적 무사태평했다. 경기가 안 좋고 물가와 실업률이 계속 오르고 정치적 안정성이 없는 세계였지만 그런대로 평탄했다. 걱정이 없지는 않았지만 조만간 모든 것이 끝장날 것 같지 않았고 당장 재난을 당할 듯 두렵지도 않았다. 신입사원 연수를 받으면서 달라졌다. 완전히 다른 세계로 이동했다. 세계는 언제라도 핵이 사용될 정도로 정치적으로 위태로웠다. 극심한 환경 위기에 처해 있고 예고와 대책이 없는 자연재해는 무시무시했다. 수치를 정기적으로 보도해야 할 만큼 방사능은 위협적이었다. 에볼라바이러스, 광우병, 중증급성호흡기증후군, 조류독감 같은 질병이 전세계에 퍼져 있었다. 심지어 지구는 소행성이나 우주 쓰레기와 충돌할 가능성도 있었다.

신입사원 교육을 진행하면서 팀장은 위험은 인생이라는 풀밭에 매설된 지뢰와 같은 것이라고 말했다. 교육이 끝나고 생각하니 그말은 과장된 게 아니었다. 위험은 풀밭뿐 아니라 하늘과 바다와 대기 중 어디에나 매설되어 있었다. 그는 깨달았다. 그런 일이 닥쳤을 때 그저 우왕좌왕하다가 인파에 휩쓸려 무력하게 죽어갈 것임을. 어쩌면 이미 지뢰의 압력판을 밟은 것인지도 몰랐다. 조금만 움직이면 뇌관이 충격을 받을 것이다. 그렇게 생각한 이유는 간단했다. 그에게는 벙커가 없고 앞으로도 갖게 될 가능성이 없었다.

회사에서는 직원들에게 비상시 가까운 소개지(疏開地)를 알려주기로 되어 있었다. 그 일은 상황 발생 후 최대 삼십분 이내에 이루어질 거라고 했다. 이제껏 아무 연락이 없는 걸 보니 자신에게도 알려줄까 의심스러워졌다. 자신은 기껏해야 계약직 AS맨이니까. 소개지 얘기도 팀장에게 직접 들은 게 아니었다. 얼마 전 정기 대피훈련 때 건물 지하벙커에 모여 있다가 다른 부서 사람들이 하는 얘기를 들었다. 팀장은 소개지 얘기를 하는 대신 자주 이렇게 말했다. "자네들이 위험할 때는 고객도 위험하다는 걸 잊지 말아. 자네들은 벙커를 구해. 나는 자네들을 구하러 갈게." 그 농담 때문에 조효석은 비상시에 회사에서 어떤 도움도 주지 않을 거라고 생각해왔다.

아내에게 전화를 걸었다. 아내는 받지 않았다. 계속 벨이 울리도록 두었다. 한참 벨이 울리다가 끊겼고 다시 걸자 전원이 꺼져 있다는 안내음이 들려왔다. 그러고 보니 근무시간에 아내와 전화 통화를 해본 적이 없었다. 아내는 콜센터에 근무했다. 모든 통화 내용이 녹음되고 일정 기간 보관되었다. 업무시간에 사적인 통화를 하는 것은 금지되어 있었다. 처음 만났을 때 조효석은 통통하다는 이유만으로 아내가 유머 있고 느긋한 성격일 거라고 짐작했다. 아내가 바닥에 떨어진 손수건을 들어올리기 위해 두꺼운 허리를 구부리거나 동전을 찾으려고 주머니에 손을 넣기만 해도 웃음이 나왔다. 귀여웠다. 그가 웃으면 아내도 웃었다. 아내는 자신의 몸집에 딱히 불만이 없었고 그도 통통한 아내가 싫지 않았다. 지금 아내는 처음 만났을 때보다 훨씬 살이 쪘다. 나이 들어 기미가 끼면서 얼굴이 까맣게 변했다. 게다가 그때와 달리 근심 걱정이 가득 찬 눈빛을 하고 있었다.

올세이프에 먼저 입사한 것은 아내였다. 조효석은 아직 입사하기 전이었으므로, 막연히 업무가 아내에게 영향을 미친 건 아닐까 생각했다. 아내는 예전에도 그리 낙관적이고 긍정적인 성격은 아니었으나 일을 시작한 후 미래를 비관하는 일로 시간을 보내는 듯했다. 그가 보기에는 일어나지 않을 확률이 더 높은 위험을 얘기하느라 현재를 희망 없이 버티고 있었다. 고객들에게 전화를 걸어 종일 암담한 얘기만 늘어놓는 게 틀림없었다. 그런 얘기를 하는 게 아마도 아내의 일인 모양이었다.

"내가 파는 건 벙커가 아니야."

짐작 삼아 물었을 때 아내가 대답했다. 그가 의아한 표정을 짓자 말을 이었다.

"두려움이야. 위기가 멀지 않았다는 두려움, 언제고 위험이 들이닥칠 거라는 긴박감."

고객을 두렵게 하려고 하루 종일 전쟁이나 생화학 테러, 지진이나 각종 자연재해를 들먹인다는 것이었다. 고객이 될 가능성이 없

196

는 그에게도 마찬가지였다. 그가 미심쩍은 표정을 짓기만 해도 인생에 얼마나 많은 위험이 매복해 있는지, 그것들이 어떻게 소리 없이 닥치는지 얘기해댔다.

짐작과 달리 아내는 업무상의 신념 때문에 그렇게 생각하는 게 아니었다. 아내는 진심으로 두려워했다. 하도 많이 들어서 이제는 별로 겁먹는 사람도 없는 공습 싸이렌이나 위협만 가할 뿐 사용할 기미가 없는 핵을. 충돌할 가능성을 가지고 지구로 다가오는 소행성을. 아내는 지구와 소행성과의 충돌 가능성이 600만분의 1에 불과하다는 건 아예 생각하지 않았다. 얘기 끝에는 항상 극비사항이니 입을 다물어야 한다는 다짐을 받아냈다. 그는 도대체 무엇을 함구해야 하는지 몰랐지만 순전히 암담한 얘기를 끝내고 싶은 마음에 건성으로 고개를 끄덕였다.

"그게 다가 아니야." 아내는 비밀을 폭로하는 사람들이 그렇듯 은밀하면서도 의기양양한 표정으로 말을 이었다. "그것뿐이라면 누구도 벙커를 사지 않아." 아내는 이어지는 말이 무엇일지 생각하라는 듯 시간을 끌었다. "고객들이 정말 두려워하는 건 가지고 있는 걸 잃는 거야. 벙커를 사려는 사람들은 하나같이 잃을 게 많은 사람들이거든. 우린 그걸 상기시켜주는 거야."

그는 농담 삼아 우리도 잃을 게 있는데 왜 벙커를 사지 않느냐고 물었다. 아내는 대답할 가치가 없다는 듯 어깨를 으쓱하고는 입을 다물었다. 벙커를 살 수 있을 만큼의 돈을 벌기도 전에 그와 아내는 죽을 것이다. 그것도 아내가 염려하는 방식이 아니라 단지 늙거나 암에 걸려서 혹은 교통사고로.

입사 후 연수를 받는 과정에서 교육팀장에게 같은 얘기를 들었다. 팀장은 올세이프의 엔지니어는 두려움을 만들고, 쎄일즈맨은 두려움을 판다고 얘기하고 나서 신입사원들에게 물었다.

"그럼 AS맨들은 뭘 할까요?"

"두려움을 수리합니다."

맨 앞에 앉아 있던 사원이 자신 있게 대답했다.

"무슨 소립니까? AS맨은 벙커를 수리합니다. 명심하십시오. 두려움은 수리하는 게 아닙니다. 그건 심화하는 겁니다. 아셨습니까?"

그와 아내 사이에도 심화되는 게 있었다. 언젠가 무슨 일이 벌어질 것이라는 위기의식이 그랬고 무관심과 냉대가 그랬다. 그래도 지금의 상황을 의논하고 싶은 상대는 아내뿐이었다.

아내가 전화를 받지 않아 그런 욕구를 눌러야만 했다. 딱히 얘기할 사람이 없다는 게 도움이 되었다. 작은 위협에도 벌벌 떨며 방재광장을 찾는다는 걸 회사 동료들에게 들키고 싶지 않았다. 위험이나 공포에는 냉소할 수 있었지만 실직에 대해서는 그럴 수 없었다. 실직은 그에게 가장 가능성 높은 위험이었다.

전투기 소리에 겁을 먹은 건 조효석뿐이었다. 슈퍼마켓 앞에는 제법 넓은 공원이 있었는데, 거기 있는 누구도 동요하지 않았다. 벤치에 앉은 사람들은 여전히 깔깔거리며 떠들거나 조용히 책을 읽었고 자전거를 탄 꼬마들은 장난치며 공원을 빙글빙글 돌았다. 유니폼을 입은 남자가 슈퍼마켓 차양 아래에서 순전히 햇빛 때문에 얼굴을 찡그리고 하늘을 올려다보고 있었다. 전투기는 이미 시야 너머로 사라졌고 푸른 하늘에 비행운만 남았다. 실로 태연하고 무감하고 일상적인 풍경이었다.

하지만 보통의 사람들이 위기를 맞는 전형적인 방식이란 이런 것이었다. 사람들은 파국의 조짐이 주는 공포에 질리지 않도록 그것을 간단히 부인하거나 무시했다. 그런 사람일수록 일을 겪고 나서는 뜻밖의 위기를 맞았다거나 기록적인 재해라서 속수무책으로 당했다고 말했다. '기록적'이라거나 '뜻밖'이라는 말은 유일하다거나 생각도 못할 일이라는 뜻은 아니다. 아무리 이해할 수 없는 사건이나 예측할 수 없는 재해라도 언젠가 한번은 일어난 적이 있다는 걸 알려준다. 어떤 일이라도 상상 가능한 확률 속에서 반드시 일어난다는 뜻이다. 조효석은 위험에 대한 직감을 믿는 쪽을 택했다. 어떤 불행에는 전조가 있다. 전조는 예민할수록 알아차리기 쉽다. 잠수함의 토끼나 탄광의 카나리아처럼. 보통 나약하고 가진 것 없는 존재들이 그렇게 된다. 조효석의 내부에서는 벌써 경보장치가 작동하기 시작했다.

벙커 위치는 다섯시에 전송받기로 했다. 이제 세시가 조금 지나 있었다. 길눈이 어둡고 성격이 급한 편이어서 매번 서둘렀다. 느긋한 성격은 여러모로 도움이 된다는 걸 새삼 깨달았다. 특히 오늘 같은 날은 조금만 늦게 나왔더라면 사내(社內) 대피처를 확인할 수 있었을 것이다. 일찍 도착했으니 업무를 마치고 회사로 돌아가면 좋겠지만 그럴 수 없었다. 벙커 위치는 약속된 시간에 정해진 지점에서만 전송받을 수 있었다. 그것도 주소나 위치가 노출되는 게 아니라 단말기를 통해 방향 지시가 나오는 식이었다. 지시를 따라가면 벙커가 나오고, 단말기에 뜬 암호 형식의 비밀번호를 출입문 보안창에 갖다대면 문이 열렸다. 유별나게 군다고 생각했지만 회사는 보안 문제에 있어서는 전혀 융통성이 없었다.

슈퍼마켓 진열대마다 수북이 쌓인 상품들을 보니 다소 마음이 놓였다. 벙커 위치 전송 지점이 이 부근이라는 게 썩 괜찮게 여겨졌다. 소개지가 없는 상태에서 긴급 싸이렌이 울린다면 슈퍼마켓만큼 머물기 좋은 곳도 없을 테니까. 지상에 있다는 점이 다소 걸렸으나 어쨌든 비상물품이 충분한 곳이었다.

여기까지 오는 동안 그가 본 것은 돌담뿐이었다. 기다란 돌담이 끝나면 또 기다랗고 높은 돌담이 나오고 높은 돌담이 끝나면 다시 무한한 돌담이 나오는 식이었다. 주택들은 내부가 전혀 들여다보이지 않았다. 돌의 무늬와 크기, 돌담의 길이 같은 것으로 주택과 대지의 엄청난 크기만 대략 가능할 수 있었다. 담이 워낙 높고 인적이 드물고 나무 그늘이 짙어 주택이라기보다는 거대한 산성의 외곽을 지나는 기분이었다. 고요하고 깨끗하고 평화로웠는데 무엇인가 허전했다. 돌담길을 따라 걷는 동안 완벽해 보이는 이 주택가에서 느껴지는 결락감이 어디에서 온 것인지 생각했다. 좀처럼 떠오르지 않았다. 전투기 편대를 보고 나서야 아까 지나온 주택가에 없는 것이 생각났다. 해자였다. 높고 기다란 돌담 둘레를 따라 연못을 팠어야 했다. 어떤 위험도 돌담을 넘어서지 못하도록 차갑고 깊게. 하지만 언제나 그렇듯 문제는 소리를 내지 않는 침입자였다. 이를테면 전쟁이나 전염병, 미확인 바이러스, 원전 낙진이나 방사능, 지구를 향해 다가오는 소행성 같은 것들.

그런 것들이 닥쳐오면 우리가 알고 있는 삶은 한꺼번에 다 끝난다. 올세이프에서 벙커가 필요하다고 말하는 것은 그 때문이다. 벙커는 재난이 닥쳤을 때 삶을 평소처럼 유지하게 해준다. 나빠진 환경에 적응하고 살아남기를 바라느라 기를 쓰고 발버둥치지 않아도 된다는 말이다. 사람들은 위험이나 재난이 평등하고 민주적이라고 생각하지만 그렇지 않다. 벙커는 재난을 불평등하게 만든다.

조효석은 제품보증팀 전자제품과에서 근무했다. 일이 많지는 않았다. 그럴 리가 없었다. 벙커는 바쁘게 수리하러 다녀야 할 만큼 많이 팔리는 물건이 아니었다. 텐트나 캠핑카와도 달라서 특정 시기에 집중적으로 판매되고 사용되는 제품도 아니었다. 정확히 말하면 워낙 고가라서 벙커를 살 수 있는 사람이 애당초 얼마 되지 않았다. 실제 사용된 벙커 수는 더 적었다. 구매자들은 수해 위험이 없는 지대에 살며, 지진 피해를 입지 않았고, 여러차례 전염병이 돌았으나 바이러스에 노출되지도 않았다. 그들은 자연으로부터 파생되는 위험, 홍수나 지진, 번개와 허리케인 같은 것에서 안전한 부류의 사람들이었다. 한마디로 좀처럼 위험한 상황을 맞을 리 없는 사람들이 벙커를 샀다.

고장은 벙커 자체보다는 내부 시설물의 작동 결함이나 오류인 경우가 많았다. 벙커가 수해나 지진에 취약하다거나 핵에 안전하지 못하다는 신고는 없었다. 당연했다. 벙커 판매가 시작된 이래 그런 것을 점검해볼 만한 일은 아예 일어나지 않았다. 접수되는 사례는 대개 벙커에 설치된 텔레비전 수상기의 화질이 나쁘거나 각종 전자제품이 제대로 작동하지 않는다는 것이었다. 냉장고 소음이 심하고 드럼세탁기의 배수가 원활하지 않고 출입문 감시 센서가 작동하지 않고 에어컨 냉각기에 문제가 있다는 신고였다.

자잘한 전자제품 수리가 끊이지 않지만, 벙커 설비 중에서 가장 많이 고장나는 것은 지상 출입구 개폐장치이다. 그것은 사방 1미터 정도의 티타늄 구조물인데, 벙커 시설물 중 유일하게 외부로 노출되어 있다. 구조물은 벙커가 매설된 지하 위치에 따라 설치 지점이 결정되지만, 지상에서는 되도록 통행인이 많은 쪽에 설치하는 게 원칙이다. 외계사물 인지반응도 조사 결과를 참고한 것이라고 했다. 조사 결과에 따르면 통행인이 많은 번화가에 설치된 시설물일수록 사물 인지도가 낮다. 그것은 사람들이 도시란 알 수 없는 시설물을 가진 중층의 건물과도 같다는 걸 이해한다는 뜻이다. 사람들은 도시 지하에는 주차장이나 쇼핑센터, 하수시설만 있는 게 아니라는 것을 알고 있다. 도시를 움직이는 대부분의 시설물이 지하에 매설되어 있다는 것도 안다. 그러니 길가에 우뚝 세워진 구조물을 보더라도 지하 시설물을 매설해둔 창고려니 생각한다. 그런 생각도 지각력이 뛰어나거나 공간 변화에 예민한 사람들이나 한다. 눈치가 빠른 사람들은 간혹 특별한 시설물은 아닐까 생각하기도 한다. 전기나 통신시설을 보호하는 창고라고. 보통의 경우 늘 다니는 통행로에 있는 구조물을 모르고 지나친다. 버스에서 내려 집으로 가는 길에 가로등과 전봇대가 몇개 세워져 있는지, 공중전화가 있는지 없는지 정확히 기억하는 사람은 거의 없다.

출입구는 일단 눈에 띄면 호기심을 가질 만한 시설물이다. 주의해서 살펴보면 비밀스러운 잠금장치 같은 걸 찾을 수도 있다. 그걸 찾아낸 사람들은 자동잠금장치 버튼을 마구 눌러보거나 발로 맘껏 찬다. 대개는 호기심을 그런 식으로 푼다. 보안창에 어떻게 접근하는지 모를 일이지만, 간혹 찾아내는 사람이 있어서 비밀번호를 마구 입력하기도 한다. 오류를 일으켜 비상벨이 작동하고 경비팀에서 출동할 때까지. 검은 강화유리처럼 보이는 보안창이 지문인식장치나 홍채인식장치인 줄 알고 기계에 얼굴을 마구 들이대거나 손가락을 갖다대서 시스템 오류를 일으키기도 한다. 자택 정원에 벙커 출입구를 설치한 경우에도 그런 일이 생긴다. 어느 가족이나 까부는 어린아이나 주책없는 친척이 한두명은 있게 마련이니까.

벙커 수리에는 분명 정교한 기술이 필요하지만 반드시 그런 것은 아니다. 조효석이 파견될 정도의 일이라면 특히 그렇다. 그는 주로 벙커 내부 전자제품의 오작동을 수리하는 일을 했다. 수리 대상이 벙커 내부에 있다는 것만 다를 뿐 하는 일은 대기업에 소속되어 가전제품을 수리할 때와 크게 다르지 않았다. 다뤄야 하는 가전제품의 종류와 연식은 셀 수 없이 많고, 고장의 유형은 사용자만큼 다양했다. 인모 가발이 세탁기 배수관에서 발견되고, 막힌 청소기

흡입구에서 죽은 새가 발견된 일도 있었다. 그래도 수리는 제품을 보고 단락되거나 단선, 열화된 부품을 찾아내는 일로 대략 구분됐다. 그가 고칠 수 있는 것은 그 정도였다.

가전제품 수리사이던 시절 그는 수리 속도가 빠른 편이었다. 고칠 수 있는 것과 고칠 수 없는 것을 확실히 아는 탓이었다. 벙커 수리도 마찬가지였다. 그는 제작자가 아닌 이상 제품을 완벽하게 수리할 수 없다고 생각했다. 수리하지 못하는 부분이 있는 건 당연하다 여겨 잘 안되는 것은 쉽게 포기했다. 그럼에도 조효석이 이 일이 적성에 맞는다고 여기는 것은 벙커 시설물 수리에서 가장 중요한 기술은 다른 데 있기 때문이다. 바로 입을 꽉 다무는 기술이다. 벙커 매몰지나 지상 출입구의 위치와 접근 코드, 벙커 소유자의 신상정보나 벙커 내부의 상황은 모두 보안사항이다. 입을 다무는 일이라면 무엇보다 자신 있었다. 그는 말이 많거나 술을 좋아하거나 술에 취해 실언하거나 동료들과 취미활동으로 어울리는 것을 좋아하는 타입이 아니었다.

AS 의뢰가 들어올 때마다 조효석은 다소 의아했다. 도대체 위험 상황도 아닌데 왜 벙커에 들어가서 텔레비전을 보고 비상시에나 먹어야 할 음식물을 꺼내 먹고 세탁기를 돌리는지 알 수 없었다. 그런 일은 뜻밖에 자주 일어났다.

얼마 전에 한 벙커에 냉장고를 수리하러 갔다가 가족 간의 불화로 그런 일이 생기기도 한다는 걸 알게 되었다. 벙커에서 만난 오십대 초반의 사내는 짧고 곱슬곱슬한 머리에 새치가 약간 섞여 있

었다. 주름 많은 얼굴에 익살스러운 표정이 인상적이었다. 비서겠
거니 했는데 주인이었다. 벙커를 수리하면서 비서를 만나는 일은
흔하지만 구매자를 본 것은 처음이었다.

벙커는 친구들이 떼로 몰려와 밤새 놀고 돌아가버린 남학생 자
취방처럼 어수선했다. 먹다 남은 음식과 벗어놓은 옷가지, 구석에
쌓여 있는 빈 맥주캔과 피자 박스까지. 이전 회사에서 고객 집으로
출장수리를 나갈 때면 집을 둘러본다는 느낌이 들지 않도록 주의
했다. 집이 구경당한다는 느낌을 주면 고객 만족도가 낮아졌다. 벙
커는 내부 구조가 동일해서 애써 경탄과 실망을 자제할 필요가 없
다는 점이 편했는데, 사내의 벙커를 보고 좀 당황한 것은 사실이었
다. 사내가 알아챘는지 너스레를 떨었다.

"오래 지내다보니 이렇게 더러워지고 그랬네요. 지난해 3월 11
일부터니까 꽤 됐죠."

"기억력이 좋으시네요."

"큰일을 겪으면 기억력이 좋아져요."

"무슨 일 있으셨어요?"

"재난이요. 집을 잃었죠. 집사람하고 싸웠는데 이 나이에 갈 데
가 없더라고요."

사내가 껄껄대며 웃었다.

"지내기는 괜찮으세요?"

"불편을 견디는 게 재난인데요, 뭘. 냉장고 소음만 빼면 괜찮아
요. 저것 때문에 지난 삼주간 잠을 설쳤죠."

조효석이 씩 웃었다. 말은 그렇게 해도 삼주 만에 AS를 요청한 걸 보면 참을 만한 모양이었다. 본래 벙커 내부에 설치된 냉장고는 냉기 순환이 원활치 않아 팬 모터의 진동에 문제가 생기는 일이 흔했다. 특히 컴프레서에서 냉각기로 냉매를 보내는 파이프 수가 많아 일반 냉장고보다 소음이 심했다.

"소음은 금방 고칠 수 있을 겁니다."

"또 하나 아쉬운 게 있어요."

"어떤 거요? 다 고쳐드릴게요."

"배달 음식이요. 그걸 먹을 수가 없어요."

조효석이 웃음을 터뜨렸다.

"그거 빼면 다 괜찮아요. 썩 좋아요. 마누라 잔소리도 안 들리고 돈 달라고 손 내미는 애들도 없죠. 지하라서 담배도 못 피우니까 건강도 좋아지고 잡상인도 없어요. 어때요? 이만하면 괜찮죠? 한번 묵어보고 싶지 않아요?"

사내가 농담이라는 듯 웃었으나 조효석은 진심으로 그렇게 되기를 바랐다. 벙커가 없으니 아무 시련도 닥치지 않기를 바라면서, 시련이 닥치지 않기를 바라느라 줄곧 닥치지도 않은 시련을 생각하면서.

"그래도 호텔이 더 편하지 않으세요?"

"우리 같은 사람은 호텔에 드나들어서 좋을 게 없어요. 여긴 소문이 빨라요. 소문이 명예만 축내면 좋을 텐데, 그게 아니라는 게 문제죠."

조효석은 냉장고 전원을 끄고 본체를 밀어 뒷면을 열었다. 복잡한 듯 질서를 이룬 컴프레서를 한참 들여다보며 말썽을 일으킨 부위를 찾았다. 침묵 속에서 기계의 작동과 오작동을 상상하고 있노라면 마음이 고요해졌다.

"아, 복잡하게도 생겼군요."

사내가 말했다. 기계 속이 두렵고 잘 알 수 없을 때 조효석 역시 기계가 사람만큼이나 복잡하다고 생각했다. 기계는 헤아릴 수 없이 많은 충위를 가지고 있고 절대로 명확하게 내부를 보여주지 않았다. 알 것 같지만 조작의 원리를 완벽하게 이해할 수 없을 때가 더 많았다. 하지만 전자제품은 사람과 달리 규칙과 약속대로 움직였다. 복잡해 보이는 회로 역시 질서의 일부이지 속을 감춘 미로는 아니다. 규칙과 약속은 스스로 문제를 일으키는 경우가 거의 없었다. 대개는 그것을 사용하는 사람들이 소용없게 만들었다. 사람들을 둘러싼 세계가 그렇게 하는 경우는 말할 것도 없었다.

"도와드릴까요?"

말소리가 들리는 쪽으로 고개를 돌리고 나서야 조효석은 슈퍼마켓 입구에 서서 통행을 방해하고 있다는 걸 깨달았다. 그는 얼른 뒤쪽으로 물러났는데 오히려 슈퍼마켓 안으로 들어선 꼴이 되었다. 매니저 명찰을 단 남자가 조효석을 이리저리 살펴보았다. 친절하고 상냥한 말투와 달리 표정이 엄격하고 깐깐했다. 매니저의 유니폼에 비하면 조효석이 입은 양복은 한눈에도 결이 거칠고 두꺼

위 보였다. 조효석이 들고 있는 검정 아따세 케이스는 그를 쎄일즈맨이나 종교 전도사쯤으로 보이게 할 터였다. 조효석은 딱딱하고 반듯한 직사각형의 가방을 좋아했지만 그 때문에 자주 오해를 샀다. 이전 회사에서 쓰던 옥스퍼드 재질의 스포츠 가방은 지퍼를 활짝 열어도 안이 잘 보이지 않아 공구와 부품을 찾기 위해 가방을 이리저리 뒤져야 했다. 아따세 케이스는 양쪽으로 쩍 벌어져 공구를 찾기 편했다. 잠금장치가 허술해서 살짝 부딪히기만 해도 가방이 벌어진다는 점이 못마땅했지만 출장 시에 사용하기에 이만한 가방도 없었다.

"뭘 좀 물어도 됩니까?"

"뭡니까?"

매니저는 조효석에 대한 약간의 존중감을 놓아버리고 금세 무뚝뚝해졌다.

"근처에 방재광장이 있습니까?"

"네?"

"방재광장이요. 대피 장소요."

매니저가 의아한 표정으로 보다가 곧 이해했다는 듯, 그가 누군지 알았다는 듯 얼굴이 밝아졌다. 잠시 후 살짝 표정이 굳었는데 조효석의 질문 의도와 신분을 섣불리 추측하느라 그런 것이었다.

"아, 방재청에서 나오셨군요. 진작 말씀해주시죠. 잘 모셨을 텐데요. 안 그래도 얼마 전에 3호점에 들르셨다고 들었습니다."

매니저는 성미가 급하고 경솔했다. 아니라고 부인하기도 전에

208

가방을 빼앗아 들고 앞장섰다.

"여기서 이럴 게 아니라 우선 사무실로 가시죠."

조효석은 말없이 그를 따라갔다. 뜻하지 않은 일이었지만 뒷일을 짐작해보면 썩 나쁜 생각도 아니었다. 운이 좋으면 대피처를 알게 될 것이다.

출입구에서 북동 방향 쪽에 관계자 사무실이 있었다. 매니저는 안으로 들어서자마자 명함을 내밀고 마치 처음 본 것처럼 허리를 숙여 정중하게 인사했다. 조효석이 의자에 앉자 차를 가져오라고 인터폰으로 지시했다.

"아까 전투기 소리 들었습니까?"

매니저가 맞은편에 앉자마자 조효석이 대뜸 물었다. 태연히 차나 기다리고 있다가는 신분증을 보여달라고 할지도 몰랐다.

"워낙 요란해서요."

"비상구 위치는 알렸습니까?"

말투가 공격적이어서 스스로도 깜짝 놀랄 정도였다. 공무원이 아니라는 걸 들키지 않기 위해 몰아붙였다.

"비상구야 늘 상단에 초록불이 켜져 있고……"

"비상용 조명장치는요? 완비했나요? 어디에 있죠?"

"규정에 맞게 정해진 갯수가 정해진 위치에……"

"방화문이나 방화벽은요? 방화설비는 완벽한 거죠?"

"모두 법적 기준에 맞췄습니다. 정말입니다."

"고객들에게 비상 상황이라는 건 공지했나요?"

"그게…… 일반적인 일은 아니어서요. 잠깐 그러다 말겠지 싶었습니다. 서둘러 공지했다가 오히려 혼란을 줄 수도 있고요. 그런 공지야 정부의 공식적인 발표가 나온 다음에 해야……"

"희생자는 항상 공식 발표 이전에 발생합니다."

"소화설비와 방화설비는 다 법적 기준을 지켰습니다. 지난번에 워낙 호되게 점검을 받아서요. 아시겠지만 우리 지점은 최상위 고객이 많습니다. 만에 하나 매장에서 누구 한분 다치기라도 하면……"

상상만 해도 끔찍하다는 듯 매니저가 고개를 흔들었다.

"그 정도야 기본 아닙니까? 이 정도 매장이라면 방재광장쯤은 있어야죠."

"방재광장…… 있습니다."

매니저가 목소리를 낮췄다.

"완벽한 겁니다."

"벙커군요."

"역시 잘 아시네요."

"어딥니까?"

매니저가 지도를 가져오겠다며 일어서려는데 노크 소리가 들렸다. 여직원이 차를 가지고 들어와서는 어정쩡한 태도로 서 있었다. 스스로도 왜 그러는지 모르면서 조효석은 찻잔을 내려놓는 여직원을 자세히 살폈다. 처음에는 호기심이라고 생각했지만 그녀와 눈이 마주쳤을 때 깨달았다. 측은했다. 뚱보여서가 아니었다. 뚱보라서 비상시에 불리할까봐 그랬다. 아내가 늘 걱정하는 것처럼.

"방재청에서 나오셨어. 인사드려."

매니저가 여직원에게 그를 소개했다. 조효석은 엉겁결에 인사를 받았다. 여직원이 다급히 사무실을 빠져나갔다. 매니저가 여직원을 통해 방재청 공무원이 왔다는 신호를 보낸 게 아닌가 싶었다. 직원들은 서둘러 비상구를 막고 있는 재고상품과 카트 따위를 치워야 할 것이었다. 매니저가 힐끔 시계를 내려다보았다. 필요한 시간이 지날 때까지 더 얘기를 나눌 심산 같았다.

"그런데 벙커 같은 것도 방재청에서 점검합니까? 필수 시설물은 아닌 걸로 아는데요."

조효석은 당황했으나 매니저가 단순히 시간을 끌려고 한 질문이라는 걸 상기했다. 잘되지는 않았다. 매니저는 그가 머뭇거리는 걸 눈치챘다. 여유를 되찾은 표정으로 조효석을 살폈다.

"생각해보니 그렇군요. 본사 회의에 참석해서 잘 알아요. 구매 비용이 어마어마해서 사야할지 말아야 할지 몇번이나 회의를 했어요. 과연 그만한 비용을 들이고 사야 할 가치가 있는지 싶었죠."

조효석은 "안전을 확보해두는데 나쁠 리가 있나요"라고 대꾸하며 찻잔을 들었다. 당황한 기색을 감추려던 것인데 찻잔이 넘어졌다. 찻물이 탁자를 타고 바지로 흘러내렸다. 자리에서 벌떡 일어서다 옆 의자를 쳤다. 거기에 있던 가방이 아래로 떨어졌다. 바닥에 닿는 소리가 들리지 않았지만 곧 벌어질 일을 알 것 같았다. 이번 일은 짐작대로 충실히 진행되었다.

매니저가 속을 내보이며 벌어진 가방과 조효석을 번갈아 바라보았다. 단지 가방 하나가 열린 것이지만, 거기에는 조효석의 직업이나 학력을 추측할 만한 정보가 모두 담겨 있었다. 상상력이 풍부한 사람이라면 거주지와 선호 식품군, 건강 상태나 성장환경까지 죄다 짐작할 수 있을 것이었다.

"이게 다 뭡니까? 스패너가? 도대체 뭐야? 기계 부품인가? 이런 명칭을 아는 부류는 따로 있죠. 아니면 이런 걸 가지고 다니는 직업이 있거나. 방재청 양반? 말을 해보시죠. 방재청 업무가 확대됐군요. 연장이 필요한가요? 아니면 시민을 겁주고 사기 치는 일이 된 건가요?"

"먼저 방재청 공무원이라고 말한 적 없어요."

"아, 댁은 잘못이 없다는 건가요?"

"시간을 좀 뺏었다는 것 말고는요. 내 덕에 사전점검을 한 셈이니 잘된 일 아닌가요."

"오히려 우리가 도움을 받았네요?"

"곧 무슨 일인가 벌어질 거예요. 방재광장이 필요해질 거고요."

"무슨 일이요?"

"무서운 일이 벌어질 겁니다."

매니저가 조효석 가까이 얼굴을 들이댔다.

"지금은 당신이 제일 무서워요. 알아요?"

조효석은 매니저에게 말해주고 싶었다. 무서운 건 폭격기나 움직이며 뒤틀리는 지층, 거대한 크기의 바람과 지나친 양의 비, 다스릴 수 없는 바이러스 같은 것이라고. 기회가 없었다. 매니저가 큰 소리로 남자 직원을 부르더니 조효석의 팔을 잡아채 밖으로 내던졌다.

조효석은 통증이 올 정도로 세게 붙들린 팔을 주무르며 별수 없이 공원 쪽으로 갔다. 뒤를 돌아보았지만 매니저는 이미 그에게서 관심이 떠났는지 매장을 둘러보고 있었다. 태평한 매니저의 뒷모습을 보자니 자신이 슈퍼마켓에 간 것은 결코 우연이 아닌 것 같았다. 그는 어느 곳에도 방재광장이 없다는 것을 확인하기 위해 거기에 갔다.

한적하다고 생각한 공원은 나름대로 질서를 가지고 북적였다. 오랫동안 머무는 사람은 없었지만 산책로를 걷는 사람이 계속 이어졌다. 공원을 통과해 어딘가로 가려는 사람들이 천천히 걸음을 옮겼고 자전거를 탄 아이들이 앞서거니 뒤서거니 지나갔다. 슈퍼마켓에서는 여자들이 물건으로 꽉 찬 종이봉투를 안고 나왔다. 조효석은 멍하니 앉아 삶을 태연하게 하는 것들을 지켜보았다. 슈퍼마켓에서 나온 여자가 들고 있는 봉지 밖으로 보이는 색이 선명한 과일과 채소, 슈퍼마켓 입구에 늘어선 화사한 연두색 화분, 아이들이 작은 발로 페달을 밟아 자전거 바퀴를 돌리는 것을. 누구 하나 서두는 기색이 없었다. 여느 때와 같이 태평하고 무심한 오후였다. 조효석이 겁에 질려 있는 동안 사람들은 여전히 슈퍼에 들러 먹을거리를 사고 웃고 떠들고 얘기하며 시간을 보냈다. 그 태연함이 경이롭게 느껴졌다. 긴박하고 위태로운 것은 그의 상상뿐이었다.

과장된 경고와 지나친 상상에 속았다는 생각은 들지 않았다. 몰라도 좋을 것을 많이 알고 있기는 했지만 그 때문도 아니었다. 허탈했다. 물론 세계 어딘가에서는 올세이프에서 말하는 대로 전쟁과 분쟁이 일어났다. 대지진이 발생해 수천명의 사상자가 생겼다. 쓰나미가 들이닥쳐 순식간에 도시가 초토화되고 테러로 빌딩이 무너졌다. 그런 일들이 늘 벌어졌지만 세계와 자연이 존재하는 방식의 하나인지도 몰랐다. 적어도 그의 주변에서는 아직 일어나지 않은 일이었다.

그리고 그 일이 벌어졌다. 안도할 틈도 없었다. 주위가 이내 시끄러워지더니 전투기 소리가 들려왔다. 아직 하늘에 편대는 보이지 않았으나 소리가 사방을 장악했다. 당장이라도 폭격이 시작될 것처럼 다급해 보였다. 곧이어 싸이렌 소리도 들렸다. 라디오인지 공원의 스피커인지 먼 도로에서 들리는 것인지 불분명했다. 공습 상황을 알리는 경고음일 수도 있지만 위급 환자가 발생해 다가오는 응급차 소리일 수도 있었다. 화재 진압 신호일 수도 있고 단순한 오작동일 수도 있었다. 이내 싸이렌 소리가 멎었다. 잘못 들은 게 아닐까 싶을 정도로 짧게 울렸다.

조효석은 벌떡 일어섰다. 늘 이런 식이었다. 안심하려는 찰나 무슨 일인가 벌어졌다. 안심은 일종의 망상에 지나지 않았다. 그는 슈퍼마켓을 살폈다. 직원들의 움직임에 특별한 기미는 없었다. 누군가 차양 아래서 하늘을 올려다보았으나 그게 다였다. 여전히 손님이 드나들고 계산대 직원들은 손님이 골라온 물건을 천천히 스캐

너에 가져다댔다.

다시 공원 쪽으로 가려는데 매니저가 밖으로 나와 슈퍼마켓 모퉁이를 돌아갔다. 그는 망설이지 않고 따라갔다. 매니저는 건물 뒤편 계단을 내려가고 있었다. 조효석은 눈에 띄지 않게 몸을 숨겼다. 이십분 정도가 지나 모습을 드러낸 매니저는 다시 슈퍼마켓 쪽으로 갔다.

조효석은 잠시 기다렸다가 지하로 내려갔다. 거대한 상품 박스들이 천장까지 쌓여 통로를 막고 있었다. 그를 방재청 공무원으로 착각한 매니저가 시간을 끌면서 치우려던 것이 이것인 모양이었다. 창고 문에는 커다란 자물쇠가 채워져 있었다. 자물쇠는 두꺼비처럼 차갑고 축축했다.

가방 안에서 단말기가 울렸다. 데이터 수신 버튼을 누르자 현재 위치가 표시되면서 방문해야 할 벙커 위치가 화면에 나타났다. 그는 지도상에서 붉은 점으로 점멸하는 벙커를 바라보았다. 그러자 어떤 생각이 떠올랐다. 숙고한 생각은 아니었다. 그럴 만한 시간이 없었다. 충동적인 게 잘못일 수는 없었다. 심사숙고의 결과가 언제나 옳은 건 아니니까. 지금 필요한 것은 용기였다.

벙커 출입구는 공원 서쪽 길목에 있었다. 멀리서 보면 전화부스나 공원에 설치된 공중화장실 같았다. 벙커 지상 출입구의 보안창에 검은 띠로 보이는 암호화된 비밀번호를 가져다댔다. 작은 기계음이 들리고 순조롭게 잠금장치가 돌아갔다.

외부 출입구가 열리자 오랫동안 갇혀 있던 지하의 공기가 훅 끼

처왔다. 그는 어둠 속으로, 깊은 지구의 핵 속으로 천천히 걸어내려 갔다. 공기는 차가웠고 계단은 단단했다. 방화벽 구실을 하는 벙커 내부 문에 다다랐다. 아까와 마찬가지로 비밀번호를 가져다댔다. 벙커가 완전히 모습을 드러냈다.

조효석은 모델하우스를 구경하는 사람처럼 내부를 꼼꼼히 둘러 보았다. 처음 보는 것도 아닌데 모든 것에 경탄했다. 완비된 가전 제품과 깨끗하게 정돈된 실내, 창고에 쌓인 비상물품과 적절히 유 지되는 온도와 습도. 싸이렌 소리처럼 시끄럽게 울어대는 냉장고 만 빼면 모든 것이 완벽했다. 벙커에 들어온 후 그는 확실히 안정 감을 느꼈다. 그런 기분에 취한 나머지 세상이 어떨지 살피는 것을 잊었다.

내부 보안창에서 붉은색 버튼이 점멸했다. 위험을 알리듯 다급 한 버튼을 보자 아내와 팀장의 말이 틀렸다는 생각이 들었다. 잃을 게 많은 사람만 두려운 건 아니었다. 그의 두려움은 재난을 당할까 봐서가 아니라 벙커를 가지지 못해서였다. 그는 붉은색 버튼에 손 을 가져다댔다. 벙커 내부에 보안 시스템을 초기화하는 장치가 있 었다. 그것을 찾아내면 보안 코드를 재설정할 수도 있으리라. 그는 힘주어 버튼을 눌렀다.

순식간에 사방이 깜깜해졌다. 조효석은 어둠 속에 서서 꼼짝도 하지 않았다. 조금만 움직이면 쩍 하고 갈라지는 얼음판 위에 서 있는 것 같았다. 전원이 차단되어 스스로는 절대 빠져나갈 수 없는 지하 10미터의 벙커에 갇힌 것은 생각하지 않으려고 했다. 물고기

등에라도 올라탄 듯 가라앉는 느낌이 들어도 애써 침착했다. 바깥에서 느낀, 알 수 없는 위협으로부터 벗어난 것만 생각했다.

들어왔으니 다시 나갈 수도 있을 것이다. 시간이 걸리겠고 문책을 당하기는 하겠지만 말이다. 하지만 입구가 반드시 출구가 되는 것은 아니었다. 어떤 경우는 방금 들어선 문이 아예 사라졌다. 위기 상황에서 일어나는 일이 바로 그런 종류의 일이었다.

벙커는 참을 수 없이 어두웠고 고요해서 더 어두운 듯했다. 언젠가는 어둠에 익숙해질 것이다. 유구히 어두울 수만은 없다. 그것이 이 세상의 유일한 법칙이다.

밤과 아침, 그 사이 어디쯤

조연정

1

해가 뜨는 아침이 지나면 어김없이 어두운 밤이 온다는 사실을 누구나 알듯, 우리 삶의 종착점이 사는 동안에는 단 한번도 경험해보지 못한 죽음의 세계라는 사실을 우리는 잘 알고 있다. 내밀한 개별성을 지닌 인간들의 무수한 삶이 펼쳐지는 복잡하고 신비한 세계 안에 우리가 살고 있지만, 사실 모든 인간들은 한결같이 죽음을 향하고 있다는 점에서 동일한 운명의 소유자들이다. 우리 모두에게는 단 한번의 죽음만이 있으며 자신의 죽음을 누군가에게 떠넘길 수도 없다. 타인을 위해 대신 죽는 것은 타인의 죽음을 조금 늦추고 자신의 죽음을 그만큼 앞당기는 것일 뿐, 인간은 모두 언젠가는 자기 몫의 죽음을 감당해야 하는 것이다. 이처럼 유한한 존재라는 이유 때문은 인간은 저마다 의미있는 삶에 대해 생각하게 된다. 하지만 모든 인간이 죽을 수밖에 없다는 유일하게 공평한 그 법칙으로 인해 오히려 삶의 의미없음이 가장 극명하게 드러나기도 한다. 우리 삶의 종결이 결국 무(無)일 뿐이라면 어째서 의미있는 삶을 살아내기 위해 아등바등 애써야 하는 것일까. 아니, 결국엔 마침을 맞이할 내 삶이 도대체 어떻게 의미있는 것이 될 수 있단 말인가. 죽음 속으로 사라질 삶을 의미있는 것으로 만들고 싶은 욕망은, 내 죽음을 지켜볼 타인을 위한 것이지 전적으로 나 자신을 위한 것이 될 수는 없지 않은가.

결국 똑같은 운명을 지닌 인간들에게 독특한 개별성을 부여해주는 것이 어쩌면 비밀일 것이다. 간혹 내 죽음 이후를 상상해볼 때, 나의 사라짐과 더불어 누군가와 한번도 나눈 적 없는 내 비밀들이 함께 매장된다는 사실이 끔찍해지곤 한다. 내가 손쓸 수 없는 상황에서 내 비밀이 폭로될지 모른다는 불안보다도 그 비밀들이 영원히 비밀로 묻혀버릴지 모른다는 불안이 더 심각해지기도 하는 것이다. 폭로될까봐 전전긍긍했던 어떤 수치에 관한 것이든 누군가와 완벽히 나눌 수 없었던 내밀한 마음에 관한 것이든, 나의 사라짐과 더불어 나만 알던 내 비밀 역시 완벽히 사라질 것이라는 두려움이 생겨나는 것은, 동일한 운명에 처한 사람들 사이에서 이 비밀들이 나의 개별성을 확증해주는 증표가 될 수도 있다고 우리가 은연중에 믿기 때문인지도 모른다. 내 비밀이 비밀인 채로 영원히 사

라질 것이라는 불안은 다분히 존재론적인 것이 된다. 어떤 비망록
도 그것이 영원히 봉인되기를 바라며 쓰여지지는 않을 것이다. 관
건은 비밀이 과연 개별성을 확증해줄 만큼 특별한 것일 수 있느냐
에 있다. 사실 모든 인간이 저마다 여러 비밀을 만들며 살아가겠지
만, 위신을 위해 자신의 수치를 감추는 일상적 차원의 비밀이라면,
그러한 비밀의 존재와 더불어 우리가 남과 다른 독자적 존재로 고
양되기는 쉽지 않다. 모든 것이 똑같이 생겨나고 똑같이 사라지는
이토록 균질한 세계 안에서 내가 남몰래 지니고 있는 것이 마침내
나라는 존재의 의미를 보증해줄 만한 것이 되려면, 그것은 아마도
내 안에 속해 있지만 나조차도 알 수 없는 무언가에 관한 것이어야
할 것이다.

　죽은 남편의 유품을 정리하며 남모르게 간직한 비밀 하나 없이
생을 마감한 남편에게 실망하는 여자의 이야기(「야행」)로 시작되는
편혜영의 네번째 소설집 『밤이 지나간다』는 여러모로 비밀에 관한
소설로 읽힌다. 생각해보면 초기작에서부터 편혜영의 단편들은 주
로 세계의 비밀을 폭로하는 일에 관심이 많았다. 역병이 창궐한 도
시, 시체와 쓰레기가 나뒹구는 저수지, 설치류와 동거하는 맨홀의
아이들이 등장하는 『아오이가든』(문학과지성사 2005)의 축축한 세계
는 인류가 쌓아올린 깔끔한 문명의 이면을 완벽히 뒤집어 보여주
는 낯선 미학의 정점을 보여주었다. 그리고 『아오이가든』과 완벽
한 대응을 이루는 세계를 세번째 소설집 『저녁의 구애』(문학과지성
사 2011)가 그려냈다. 동일한 일상이 무한히 반복되는 문명 세계의

공포를 그리는 『저녁의 구애』는 해설을 쓴 김형중의 지적대로 "자연의 혼돈에 맞서 문명이 이룩한 질서와 체계가 실은 그토록 인간이 두려워하던 '동일성의 지옥'이라는 사실"을 냉담하게 보여준 작품집이다. 첫번째 소설집이 보여준 불쾌한 야만의 공간과 세번째 소설집이 보여준 서늘한 문명의 공간이 '동일성의 지옥'이라는 점에서 데깔꼬마니처럼 완벽히 일치한다는 사실을 편혜영의 소설은 오랫동안 증명해온 셈이다.

문명과 야만의 세계 사이에, 욕망이 구축한 상징의 세계와 충동이 만연한 실재의 세계 사이에, 모든 분별이 자명한 낮의 세계와 그 분별이 희미해지는 밤의 세계 사이에, 이 둘을 완벽히 가로지르는 튼튼한 안전막이 존재하지 않는다는 사실을 집중적으로 보여준 것은 두번째 소설집 『사육장 쪽으로』(문학동네 2007)이다. 신형철은 편혜영의 첫 소설집과 두번째 소설집 사이의 변화를 '악몽의 일상화'에서 '일상의 악몽화'로 정리했는데, 『사육장 쪽으로』는 이처럼 문명과 야만 사이의 허물어지기 쉬운 경계를 '불안'이라는 심리로 묘사하는 작품집이기도 한다. 소풍이나 이사처럼 즐겁게 감행된 일탈이 결국 끔찍한 파국으로 돌변하는 순간을 포착하는 『사육장 쪽으로』는 그간 우리가 애써 구축해온 일상이 실은 얼마나 허약한 구조물인지를 폭로한다. 『아오이가든』이 발산한 농도 짙은 불쾌감과 『저녁의 구애』가 빚어낸 은근한 공포 사이에 『사육장 쪽으로』의 강력한 불안이 존재하는 것이다. 정체를 알 수 없는 불가해한 기운이 우리의 견고한 삶을 찢고 들어올 때의 불안은 편혜영 소설을 가장 정확히 설명하는 감정이라 할 수 있을 텐데, 이는 그녀의 소설이 개인의 사사로운 비밀보다는 세계의 거대한 비밀과 접촉하고 있다는 사실에 대한 방증이 되기도 한다. 군더더기 없이 깔끔하게 모든 정황을 정확히 기술하는 편혜영의 문장들은 각양각색의 감정들을 전달하기보다는 '불안'이라는 단 하나의 감정을 반복적으로 묘사해왔다.

하이데거는 죽음 앞의 불안을 인간의 근본기분으로 설정했다. 어떤 형태로 찾아올지는 알 수 없지만 인간이라면 누구나 언젠가 자기 몫의 죽음을 맞이해야 하고, 이로 인해 우리 삶은 언제나 조금 서늘하고 불안한 것일 수밖에 없다. 그런데『저녁의 구애』이후『밤이 지나간다』에 이르는 편혜영의 세계에서는, 죽음이라는 불가해한 요소가 잠복해 있는 삶의 불안보다는 죽음이라는 밤의 세계로 이미 진입한 듯한 삶의 허무가 더 분명히 감지되는 듯도 하다.『저녁의 구애』이후 편혜영의 소설을 한마디로 정리하자면 아마도 '죽음만을 기다리는 삶', 혹은 '이미 죽음에 이른 삶' 정도가 될 것이다. 장례식장에 화환을 전달하기 위해 낯선 도시로 향한 남자가 화환의 주인공이 아직 살아 있다는 소식을 듣고 이미 죽었다고 생각했던 사람의 죽음만을 기다리며 낯선 곳에서 시간을 축내는「저녁의 구애」의 설정은 이즈음의 편혜영 소설을 이해하는 데 결정적인 장면을 제공한다고 할 수 있다.

은퇴 이후 한정된 공간에서 더이상 달라질 것 없는 일상을 반복하고 있는 노인들이나(「야행」「개들의 예감」「비밀의 호의」), 점심 식단은 물론 분 단위로 나뉜 시간표를 매일 반복하며 기계처럼 살고 있는 복사실의 젊은 남자나(「동일한 점심」, 『저녁의 구애』), 고속도로를 무한 왕복하는 일을 하는 남자나(「서쪽으로 4센티미터」), 파견 근무로 인해 다른 공간으로 이동했을 뿐 파견 이전과 똑같은 업무를 지속하는 남자나(「토끼의 묘」, 『저녁의 구애』), 재난을 대비해 구입한 벙커 안에서 파국 이후의 삶을 미리 살아보고 있는 남자나(「블랙아웃」), 이즈음의 편혜영이 그려내는 인물들은 모두 '이미 죽음에 이른 삶' 속에 놓인 자들이라고 할 수 있다. 탄생 이후의 모든 시간들이 결국 죽음이라는 종결로 향하는 삶을 사는 인간이 다분히 시간적 존재라 할 수 있다면, 같은 시간의 무한 반복 속에서 공간의 이동만이 허락된 폐쇄적인 삶을 살고 있는 편혜영의 인물들은 죽음 이후의 세계에 속한 비(非)-시간적 존재들이라 해야 할 것이다.

일견 편혜영의 소설들은 이제 불안마저 잠식한 짙은 허무의 세계를 들여다보고 있는 듯도 하다. 그렇다면 다음과 같은 장면들은 어떻게 이해되어야 할까. 누군가의 죽음을 기다리며 낯선 도시에서 의미 없는 시간을 보내던 남자가 누군가에게 전화를 걸어 불쑥 사랑 고백을 할 때, 죽음 같은 삶을 살던 노인의 집에 예기치 않은 손님이 방문할 때, 똑같은 시간표를 반복하던 한 남자의 삶이 어느 아침의 갑작스러운 사고로 흐트러질 때, 직선으로 펼쳐져 있는 고속도로를 무한 왕복하던 남자가 갑자기 갓길에 멈춰설 때, 마치 시간이 정지된 듯 똑같은 하루가 반복 재생되는 이들의 공간에 불쑥 등장한 이러한 예외적인 순간들을 우리는 어떻게 읽어야 할까. 반성도 성장도 쉽지 않은 폐쇄회로 같은 삶에 놓인 인물들에게 찾아온 이러한 단절의 계기들은 과연 삶을 향한 것일까, 아니면 돌이킬 수 없는 진짜 파국을 예고하는 것일까. 일상의 삶 깊은 곳에 내재되어 있는 파국의 조짐을 묘사하며 불안을 축조해내던 편혜영의 소설은 이제, 파국의 끝장에 다다른 죽음과도 같은 허무의 공간을 그리며 그 안에서 거꾸로 삶의 기미들을 찾으려 하는 것은 아닐까. 이 밤이 지나면 어제와 별다를 것 없는 아침이 오리라는 사실을 잘 알면서도 매일 밤 다른 내일을 상상해보는 인간들이기에, 편혜영이 보여주는 냉담함이 여전히 낯설고 힘겨운 우리는 이런 기대를 품어보게도 되는 것이다.

2

"비밀이 없는 인생"(25면)을 살다 간 남편의 보잘것없는 삶과 죽음을 떠올리며 실망감을 감출 수 없었던 여자의 이야기로 돌아가보자. 「야행(夜行)」이다. 이미 십년도 더 전에 세상을 뜬 남편의 죽음을 여자는 왜 새삼스레 떠올리고 있는 것일까. 늙고 병든 여자는 지금 철거가 임박해 암흑이 되어버린 아파트에 홀로 남아 아들을 기다리고 있다. 심각한 결핍 없이 살아온 여자는 다 큰 아들의 반복되는 실패를 수습하며 살던 집을 점차 줄여나가야만 했고 이제 마지막 보금자리에서도 쫓겨날 판이다. 지금 그녀에게 남은 것은 죽을 때까지 갚지 못할 엄청난 액수의 부채와 뒤틀리는 두 다리의 고통뿐이다. 곧 허물어질 아파트에 거동이 불편한 노모를 데려다놓고 연락조차 없던 아들이 마침내 노모를 데리러 오기로 한 날, 여자는 바퀴 달린 의자에 엎드린 채로 뜻대로 움직이지 않는 다리를 이끌고 힘겹게 집 떠날 채비를 하고 있다. 뒷물을 하고 얼마 지나지 않아 오줌을 지린 여자는 뒷수습을 하다 이미 통제력을 상실했으며 한 줌의 생기마저 잃은 자신의 벌거벗은 아랫도리를 들여다보며 오래전에 죽은 남편의 주검을 떠올리게 된다. "주검의 일부"(13면)처럼 보이는 자신의 아랫도리가 앓다 죽은 남편의 시신을 연상시킨 것이다. 남편의 죽음과 마주하여 고통스러웠던 감정은 "그것은 그저 그렇게 될 일"(13~14면)이라고 느낄 정도로 오래전에 이미 극복되었지만 남편의 깡마른 주검만은 오랫동안 쉽게 잊을 수 없었던 그녀였다.

여자가 죽은 남편을 기억하는 방식은 독특하다. 그녀는 남편이 살아 있을 당시의 모습을 떠올리며 그리워하는 것이 아니라, 남편의 죽음 직후를 기억해낸다. 보통의 산 자가 망자를 기억하는 방식과는 조금 다른 것이다. "수의를 입고 나서야 예전의 건장한 체격을 되찾"(13면)을 정도로 깡말라 있었던 남편의 몸, 공원묘지에 찾아갈 때마다 남편의 뼈가 풍화하는 모습을 상상한 일 등을 떠올리는 그녀는 마치 다가올 죽음을 짐작이라도 한 듯 자신의 죽음 이후를 상상해보는 것처럼 보인다. 이제 철거되어 사라질 아파트에 맨몸으로 혼자 남겨져 있는 그녀에게 남은 생의 사건이라고는 정말 죽음밖에는 없는 것인지도 모른다. 집과 살림살이를 줄여나가는 과정에서 미처 처분하지 못한 나전칠기장과 함께 단전으로 암흑이 된 공간에 덩그러니 남은 여자는 이제 곧 매장될 관 속에서 산 채로 누워 있는 사람처럼 보이는 것이다. "아무것도 챙기지 마요"(18면)라는 아들의 말이 어쩐지 서운하게 느껴진 것은 불행한 예감 때문이 아니었을까. 집을 비울 것을 재촉하며 하루에 한번씩 "준비하고 계십니까?"(16면)라고 경고하는 재건축 시행사 직원의 목소리도 마지막 길을 가는 사람을 향한 말처럼 들리기도 한다.

그 목소리에 언제나 깜짝 놀라던 그녀였지만 아들을 기다리고 있던 그날만큼은 공포의 목소리에 용기를 내어 대답해보기도 한다. 더이상 "잃을 게 없다고 생각하니 그 정도의 용기는 났"(27면)던 것이다. 움직이지 않는 두 다리를 버둥대며 자기 몸을 씻고 수의를 입듯 여러 겹의 옷을 겹쳐 입는 그녀는 자신의 죽음 이후를 스스로 처리하는 사람처럼 보인다. 결국 그녀가 챙긴 짐은 "지갑 안에 든 인감도장과 신분증, 사진 한장"(30면)이 전부였다. 셀 수 없이 많은 낮과 밤을 보낸 삶으로부터 한순간의 죽음으로 가는 길은 이토록 허망하다. "일생을 통틀어 이만번도 넘게 검은 밤을 맞았을 텐데, 끊임없이 밤이 지나갔을 텐데, 어둠의 질감을 분간"(26면)할 수 없어 당황스러웠다고 고백하는 어둠 속의 그녀는 아직은 명백한 삶의 세계에 속한 채로 죽음 같은 밤을 낯설어하고 있지만, 이미 그녀는 죽음의 세계 쪽으로 한 발을 내딛고 있다. "어떠한 위협이나 경고 없이, 약탈이나 폭력도 없이, 인사말이나 사과의 말도 없이"(28면) 그녀의 집을 방문한 그 낯선 사람들의 그림자는 아마도 죽음의 기운일 것이다.

편혜영의 「야행」은 철거를 앞둔 아파트에 보호자 없이 홀로 남겨진 노인의 하루를 그림으로써 우리 사회가 직면한 여러가지 불행한 현실들을 환기하기도 하지만, 결국 이 소설은 죽음에 대한 소설로 읽힌다. 정확히 말하면 죽음만을 기다리는, 그리고 죽음 이후를 상상하는 소설이다. 배우자의 죽음과 어리석고 이기적인 아들의 무책임함으로 인해 이미 죽음 같은 삶 속에 내던져진 이 여자의 불행이 놀랄 만큼 특별한 것으로 여겨지지는 않지만, 어쩌면 평범한 그녀의 불행으로부터 우리가 삶과 죽음 사이의 낯선 기운을 감각하게 되는 것은 모두 편혜영식 쎄팅의 결과일 것이다. 「야행」을 읽는 독자들은 자신과 무관한 누군가의 특별한 죽음이나 모든 인간이 언젠가는 경험하게 되는 보편적인 죽음이 아닌, 바로 자신의 실제적 죽음을 상상하고 있는 스스로를 발견하게 될지도 모른다. 살아 있는 증거라고는 다리의 끔찍한 통증뿐인 고통 속의 허망함, 통제력을 잃은 몸에 대한 수치, 자신의 공간에 함부로 방문한 낯선 그림자의 공포, 앞 동에 켜져 있던 한 줄기 절박한 불빛마저 암흑으로 돌아갔을 때의 왠지 모를 편안함, 이 모든 감각들이 아마도 죽음의 느낌 바로 그것이 아닐까. 자신도 모르는 사이에 이미 감각적으로 죽음의 기미를 감지한 그녀가 자신의 지난 삶을 되돌아보며 가장 큰 실망과 분노를 느낀 순간으로 기억한 것이 바로 남편의 죽음 직후 그의 '비밀이 없는 인생'을 발견했던 장면이라는 사실은

이 소설을 결정적으로 의미심장하게 만든다.

죽은 남편의 수첩을 기대와 죄책감 속에서 훔쳐보던 그녀가 어떤 비밀도 발견하지 못한 채 느낀 것은, 그가 "열정이나 정념 같은 것과는 동떨어진 삶을 살아왔다는 것"(25면)에 대한 실망이었으며, 그런 남편과 더불어 자신의 삶마저 시시해지는 것 같은 분노였다. 죽음을 감지한 순간에 그녀는 왜 이러한 기억을 떠올리고 있을까. "아무리 되돌아봐도 일생을 통틀어 지킬 만한 비밀이 없는 시시한 인생이라는 것이 그녀가 가진 유일한 비밀"(19면)이라는 사실을 깨닫고 자기 삶에 대한 수치를 느꼈기 때문이다. 남편의 죽음 이후를 기억해내며 자신의 죽음 이후를 상상해보고, 죽음 이후의 수치로부터 삶의 수치를 재발견하는 그녀는 어쩌면 아직 완벽히 죽음에 이르지는 못했다고 할 수 있다. 이만번의 밤이 지나가는 듯 아득하게 느껴지는 통증이 그녀의 생존을 증명하는 유일한 증표라면, 일생을 통틀어 기억할 만한 비밀이 없다는 수치의 감정은 그녀의 실존을 증명하는 또다른 증표라고 할 수 있지 않을까. 전자가 후자를 완벽히 집어삼키지 않는 한 그녀는 여전히 삶의 세계에 있는 것이다. 죽음과 더불어 모든 인간은 결국 소멸이라는 동일한 운명 속으로 사라지지만 살아 있음이라는 감각은 모두에게 같은 것일 수 없다. 저마다 매순간 다른 느낌과 마주할 것이다. 그러므로 살아 있음을 증명하는 희미한 흔적 그 자체로 인간은 적어도 살아 있는 동안에는 특별히 개별적인 존재가 될 수 있다. 내내 죽음의 경고음이 흘러나오는 「야행」은 사실 삶으로부터 죽음을 상상하는 일이 여전히 낯선 경험일 수밖에 없다고 말하는 듯하다. 단단한 일상이 돌연 낯설어지는 순간들을 포착하던 편혜영은 이제 죽음이 일상이 된 세계로부터 오히려 낯선 삶의 기운을 발견해내려고 한다.

「비밀의 호의」의 경술도 「야행」의 그녀와 비슷한 삶을 살아왔다. "난봉꾼"(90면)과 같은 남자와 결혼을 했다가 배신을 당했고 하나뿐인 아들에게서도 버림받은 그녀는 시력을 잃어가는 상태로 유일한 가족인 오빠의 집으로 불쑥 찾아온다. 서로 "다른 생리적, 신체적 질서를 가"(같은 곳)진 아홉살 터울의 이 남매는 어려서부터 사소한 친밀함조차 나누지 못하고 평생을 살아왔다. 서로 가벼운 농담조차 주고받은 적이 없으며 화를 낸 적도 없고, 소소한 비밀조차 나눈 적 없었다. 오빠가 기억하기로 서울의 자취방에서 고등학생 여동생과 불편하게 보낸 오래전의 하룻밤이, 그리고 그 밤에 나눈 몇마디 대화가 이들 사이 친밀함의 경험으로는 유일한 듯하다. 그 정도로 남매는 서로에게 무심했다. 경술이 아들이 있는 미국으로 떠날 때에도 짧은 전화통화로 작별인사를 대신할 만큼 서로 데면데면했고 그후로도 오랫동안 왕래가 없던 사이였기 때문에, 만약 소식을 듣게 되면 "틀림없이 부고일 것"(91면)이라고 생각했던 여동생이 "태어날 때도 그랬는데 죽을 때도 함께 있겠네요"라고 능청스러운 인사를 건네며 자신의 집을 찾아왔을 때, 그는 "당혹감과 불쾌감"(92면)을 감추지 못한다. 친밀감의 부재로 인해 그 어떤 관계보다도 더 낯설고 어색한 사이가 되어버린 이 늙은 남매의 불편한 동거는 그리 오래가지 못한다. "가까운 사람에게 버림을 받는 것으로 생의 이력을 쌓아가는 것"(91면)처럼 보이던 경술은 마침내 오빠로부터도 버림받는다. 철거 직전의 아파트에 홀로 남겨진 「야행」의 그녀처럼 「비밀의 호의」의 경술은 요양시설에 버려진다.

편혜영은 외롭게 늙어가는 남매 사이에 끈끈한 가족애는커녕 일말의 동정심조차 허락하지 않는다. 오빠인 '그'의 시점으로 전개되는 소설은 내내 성(性)이 다른 남매 사이의 생경한 느낌만을 강조한다. 동생과의 동거가 불편했던 데는 애초에 이들이 친밀함을 나누지 못한 가족이었다는 사실 이외에 또다른 결정적인 이유가 있기는 하다. 암으로 아내를 떠나보낸 퇴임한 교장으로 이웃들에게 알려져 있던 그는 말하기를 좋아하는 경술의 등장으로 인해 자신에 대한 이웃들의 시선이 바뀐 것을 감당해야 했다. 사실 그는 아내가 남자 문제로 떠난 후 술에 빠져 교사 자리를 잃고 주식으로 재산마저 잃은 채 그저 외롭게 늙어버린 노인에 불과했던 것이다. 술과 주식으로 인생을 탕진하다시피 했지만 나이가 들자 오히려 "이상하리만큼 평온"(103면)하다고 느낀 그였다. "노년이란 모든 운명이 종결되는 시기"이므로 더이상 인생의 "혼란과 불확실성"(같은 곳)에 두려워할 필요도 없고 지난 세월을 원망할 필요도 없다고 생각했던 것이다. 자신의 과거를 잘 모르는 이웃들 곁에서 그저 홀로 조용한 말년을 보내던 그는 감추고 싶었던 자기 생의 누추함이 폭로되면서 다시 혼란에 빠진다.

자신의 비밀이 폭로되면서 그는 "겸연쩍었고 참을 수 없이 슬퍼졌다."(104면) 물론 지난 인생이 수치스러워졌기 때문인데 그가 느낀 수치의 감정은 조금 복잡하다. 자신에게 어떤 불행한 사건이 일어났는지, 무엇 때문에 괴로웠고 어쩌다 인생을 탕진하게 되었는지, 결국 왜 이렇게 보잘것없는 노인이 될 수밖에 없었는지, 감추고 싶었고 한편으로는 위로받고 싶었던 비밀들이 폭로되었지만 예상과는 달리 그에게는 "아무 일도 없었다."(같은 곳) 그의 지난 불행은 자신에게만 특별했을 뿐 이웃들에게는 그저 "흔하디흔한"(같은 곳) 사연으로 취급되었던 것이다. 고작 "풍파를 경험한 늙은이"(같은 곳)의 과장이나 허세 정도로 취급될 만한 사연들을 감추기 위해 그동안 그렇게 애써왔던가 생각하며 그는 겸연쩍어졌고, 자신의 평범함을 깨달으면서 결국 슬퍼졌다. 그뿐인가. 이전과는 달리 앞으로는 내내 평안할 것이라 기대된 자신의 남은 생도 초라하게 느껴지기 시작했다. 경술의 등장으로 인해 그는 자기 불행의 평범함과 초라함을 깨닫게 되었고, 스스로 만족스럽게 여긴 노년의 평온함이 거짓에 불과했다는 사실 역시 알게 된 것이다.

「야행」에 이어 「비밀의 호의」 역시 평범한 비밀만을 지닌 삶, 정확히 말해 특별한 비밀이 없는 삶의 허무와 슬픔을 그린다. 이쯤에서 「비밀의 호의」를 흥미롭게 이끌고 가는 중요한 지점 하나를 짚어보자. 이 소설이 내내 여동생에 대한 그의 생경한 느낌을 강조하는 것은 실제로 그들이 서로에게 무심한 남매였다는 이유 때문이지만, 결정적으로는 그가 알지 못하는 여동생의 비밀 때문이기도 하다. 오래전 서울의 오빠 방에서 하룻밤을 잔 경술은 그 이후 나흘간 집에 돌아가지 않았다. 부모의 호된 다그침에도 불구하고 고등학생 경술은 그 나흘에 대해 침묵했다. 명절에 집에 내려간 그는 그 나흘에 대해 묻기 위해 운을 뗐지만 경술의 "의기양양한 얼굴" (89면)만을 확인하고 입을 다물어버린다. 동생에게서는 "누구도 말해주지 않은 것에 스스로 다가갔다는 자부가 엿보였다."(같은 곳) 그 비밀스러운 나흘 때문에 경술은 내내 오빠에게 낯선 존재로 느껴졌을지 모른다. 자신의 비밀이 그저 보잘것없는 추문에 불과했다는 사실을 깨닫게 되면서, 이미 경술 자신은 잊었을지도 모르는 그 나흘이 그에게 또 한번 특별한 것으로 환기된다. 그러나 요양시설에서 경술과 마지막으로 인사를 나누면서도 그는 그 나흘에 대해 정확히 묻지는 못한다. 묻지 않음으로써 그는 경술의 비밀을 영원히 비밀로 봉인해버린다. 동생의 비밀마저 평범한 것으로 밝혀지는 것이 두려웠던 것일까. 여동생을 버리고 돌아서는 매정한 그이지만, 그는 각자가 지닌 비밀의 호의로 인해 어둠 속에 갇힐 경술의 남은 삶이, 그리고 자신의 남은 노년이 평온히 호위되기를 바랐는지도 모를 일이다.

비밀에 대한 또 하나의 흥미로운 소설은 「밤의 마침」이다. 한 사무실의 사서함으로 "비밀엽서 담당자 앞"(36면)이라고 되어 있는 엽서가 도착한다. 그 엽서에는 "하느님한테 그 사람이 죽게 해달라고 기도했어요"(같은 곳)라는 문장이 적혀 있다. 사무실의 여직원으로부터 우편물을 전달받은 사십대의 남자는 발신인도 수신인도 알 수 없는 엽서를 바라보며 잘못 배달된 것이라 생각하며 웃다가 불현듯 불안해진다. 그에게는 그럴 만한 사연이 있었는데, 비교적 단정하게 자기 삶을 꾸려온 이 중년의 남자는 최근 술집 화장실에서 술에 취해 흐트러져 있는 소녀를 성추행했다는 혐의로 긴 재판을 거쳤던 것이다. 남자가 범인으로 지목되면서 남자와 그 가족들은 추문에 휩싸이고 일상은 흐트러진다. 술에 취해 있던 여자아이의 불확실한 증언들로 인해 남자는 불기소 처분을 받고 곧바로 소녀를 무고죄로 고소해 승소하지만, 그의 무고가 세상에 밝혀졌음에도 불구하고 남자의 삶은 완전히 달라졌다. 아내는 그로부터 멀어졌고 남자는 웬지 모를 불안을 느껴야만 했다. 그 불안의 정체는 무엇일까. 그날 그 더러운 화장실에서 소녀의 가슴을 만지고 소녀의 입에 성기를 물린 사람은 이 남자가 맞다. 남자의 죄를 증명할 것은 술 취한 여자아이의 불확실한 감각뿐이었기에 그는 교묘한 거짓말들로 자신의 죄를 감출 수 있었다. 하지만 스스로도 이해할 수 없는 자신의 "순간적인 실수와 충동"(51면)은 그에게 모멸감을 주었다. 결국 그는 자신의 무죄를 애써 증명함으로써, 자신의 알 수 없는 충동을 그저 그런 모욕적인 실수로 인정하지 않은 채 영원히 누구도 알 수 없는 비밀로 남겨버렸다. 실수를 인정하고 그에 합당한 수치를 감당하고 용서를 받고 비밀이 없는 채로 안심할 수 있는 삶을 택하기보다는, 비밀과 함께 내내 불안하고 영원히 외로워지는 삶을 택한 것이다. 자신의 거짓말이 영원히 "비밀인 채로 그만의 것"(56면)으로 남았다는 사실로 인해, 자신조차 이해할 수 없는 그날 밤의 충동이 주는 낯섦으로 인해, 그는 사는 동안 문득 외로워질 것이다. 남자의 삶은 내내 불안하고 조금은 외롭고 그만큼 낯설어질 것이다. 엽서를 받은 남자가 소녀를 찾아간 것도 결국은 소녀에 대한 죄책감이나 감춘 죄에 대한 불안 때문이 아니라, 자기 비밀의 유일한 동조자를 만나고 싶었던 외로움 때문이었다.

「야행」과 「비밀의 호의」 「밤의 마침」을 비밀의 삼부작으로 읽으면 어떨까. 눈앞이 캄캄한 밤의 공간으로, 나 자신의 어떤 의지도 작동을 멈춘 죽음의 공간으로, 속수무책의 맨몸으로 내던져진 인간이 스스로의 존재를 되살리기 위해 필사적으로 확인해야 할 것은 무엇일까. 인간의 삶이 거대한 죽음의 공간 위에 구축된 것이라는 이 세계의 공공연한 비밀을 돌파하기 위해, 나만이 간직한 고유한 비밀의 존재를 스스로에게 증명해내는 일이 필요하지 않을까. 편혜영의 소설은 세계의 비밀을 폭로하는 일을 멈추지 않으면서 이제 비밀의 세계를 건축하는 일에도 심혈을 기울이고 있는 듯하다. 나 자신만의 비밀이 생겨나면서 (그것이 비밀 없음에 관한 비밀일지언정) 그 비밀의 존재로 인해 갑작스럽게 삶이 낯설어지고, 그래서 외로워지고 불안해졌던 경험은 누구에게나 있다. 이 외로움과 불안과 낯섦이 바로 살아 있음에 대한 증표가 아니고 무엇일까. 살아 있다는 명백한 사실이 결국은 이토록 낯설고 서늘한 감정으로서만 증명되는 것임을 우리는 편혜영 소설을 통해 여전히 배우는 중이다.

3

이제까지 우리는 『밤이 지나간다』에서 비밀의 존재가 실존의 중요한 계기로 작동하고 있음을 읽었다. 「야행」의 여자는 비밀 없는 삶의 허망함을 너무 늦게 깨닫고 있고, 「비밀의 호의」의 경술과 「밤의 마침」의 그는 보잘것없는 것이나마 자신만의 비밀을 지켜냄으로써, 즉 비밀이 추문으로 폭로되는 것을 막아냄으로써 자기 삶의 내밀한 개별성을 구축해보려는 의지를 드러낸다. '동일성의 세계'로부터 삶의 의미를 찾기 위해 이들이 자신의 안쪽을 들여다보고 있다면, 안이 아닌 바깥으로 방향을 틀어 자기 삶의 의미를 되비춰보는 인물들이 있다. 「서쪽으로 4센티미터」와 「가장 처음의 일」을 읽어보자. 두 편의 소설은 인생이 고속도로와 같다고 말하기 위해 씌어진 듯도 하다. 한번 진입하면 쉽게 멈추거나 돌아갈 수 없는 길 위에서, 갑작스러운 사고로 인해 평범한 사람들의 삶이 불운과 행운으로 나뉘는 섬뜩한 일들이 무수히 벌어지지 않는가. 그 위태로운 삶의 양태를 공들여 그려내던 편혜영은 이제 그 삶의 위태로움을 견디는 방식까지 생각해본다.

「서쪽으로 4센티미터」의 조는 고속도로의 시설물을 점검하는 일을 하고 있다. 하루에 500킬로미터의 길을 달리는 일을 오년째 반복하고 있다. 고속도로에서의 일이라는 게 달리고 있을 때나 갓길에 멈춰서 있을 때나 한순간의 방심으로도 심각한 사고에 이를 수 있는 위험한 일임에도 불구하고, 조는 상사의 내근직 권유를 끝내 거절할 정도로 자신의 일에 만족하고 있다. "고속도로는 거대한 컨베이어 벨트"와 같아서 그저 "달리면 대부분의 일이 알아서 처리"(143면)되기 때문이다. 그는 무엇보다도 고속도로를 달리는 동안만큼은 혼자 있을 수 있다는 사실이 만족스러웠다. 입사 직후 내근의 경험이 있던 그는 사람들 사이에서 말을 전달하고 관계를 조율하는 일에 "극심한 피로"(145면)를 느꼈다. 매일 같은 풍경이 펼쳐진 길 위를 달리며 같은 지점에 차를 세워 생리현상을 해결하고 그렇게 "날마다 익숙한 자신을 만"(146면)나는 생활 속에서 그는 자신의 삶을 한치의 오차도 없이 익숙한 것으로 만들었다. 어제와 똑같은 오늘을 반복하면서 미래 역시 예측 가능한 것으로 만들고, 그런 식으로 인생이 품고 있는 수많은 알 수 없는 틈들의 불안을 원천봉쇄해온 것이다.

이렇게 규칙적인 삶의 궤도 안에서 편안함을 느끼던 조에게 송이 들려준 이야기는 깊이 잠복해 있던 어떤 감정을 끌어올리는 계기가 된다. 고속도로에서라면 흔한 교통사고에 관한 이야기였는데, 12중 연쇄추돌사고에서 멀쩡하게 살아서 사라져버린 남자의 이야기가 조의 마음속 깊은 곳에 감춰져 있던 알 수 없는 불안과 충동을 환기시킨 것이다. 모든 사고는 우연일 수 있지만 그 불운의 불안을 견디기 위해서는 우연을 명백한 인과로 설명할 수 있는 논리가 필요하다. 이제까지의 조는 자신의 삶을 동일한 궤도 위에 올려놓음으로써 예외 없는 규칙과 우연 없는 인과로 삶의 불안을 제거하는 데 애써왔다. 하지만 송이 들려준 이야기로부터 규칙과 인과를 찾는 데 실패한 조는 자신의 삶이 조금 흔들리는 느낌을 경험한다. 이 느낌은 비유가 아닌 실제로서 조를 찾아온다. 조는 갑작스러운 요의를 느끼고 이제껏 한번도 세워본 적 없는 갓길에 차를 세운다. 볼일을 보고 다시 출발하려는 순간 조의 차는 무엇인가에 들이받혀 가드레일과 충돌하게 된다. 통증을 견디며 차를 몰던 조는 송의 이야기 속에 등장하던 남자를 목격한다. 남자를 태우기 위해 그는 차를 세우지만 기다리는 그 남자는 오지 않는다.

　한번도 멈춰본 적 없는 갓길에 차를 세움으로써 일어난 이 일련의 사태들은 모든 게 불확실하다. 가드레일을 들이받은 조는 자신의 차량 뒷부분에 무엇인가와 충돌한 흔적이 전혀 없음을 확인하게 되고, 헛것을 본 듯 자신이 기다리던 남자는 기다려도 오지 않는다. 조는 "자신이 착각한 게 분명하다고 인정했다."(164면) 이런 식으로 조는 자신의 삶에서 "어쩐지 뭔가가 조금 달라진 느낌"(같은 곳)을 실제로 경험하게 된다. 헤어진 여자가 자신을 찾아와 그가 없는 사무실에서 몇시간 동안 울음을 그치지 않고 앉아 있었다는 이야기를 전해 들었을 때에도 평정심을 잃지 않았던 그는 자신의 삶이 정해진 궤도로부터 약 "4센티미터"(같은 곳)쯤 이탈했다는 사실을 인정해야만 하는 사건을 만난 것이다. 우리의 삶이 아무리 견고한 규칙 속에서 반복되더라도 그 규칙들을 한순간에 배반할 우연과 실수와 착오의 계기들 역시 이 삶이 무한히 품고 있다는 사실을 조는 받아들이게 될까. 우리에게는 세계의 그 무시무시한 틈을 완벽히 봉합할 능력은 없을지라도 그 틈을 마주하는 불안한 체험을 공유할 수 있는 누군가가 있을지 모른다는 사실을 조는 인정하게 될까. 헤어진 여자에게로 가고 싶은 충동을 용기있게 따르기보다는 그저 고속도로 위에서 여자와 자신이 떨어져 있는 거리와 시간만을 가늠해보던 조가, 자신의 삶이 일정한 궤도로부터 약 '4센티미터' 정도 이탈했다고 느낀 딱 그 정도만큼 누군가에게 손 내밀 수 있을까. 오지 않는 남자를 기다리는 「서쪽으로 4센티미터」의 마지막 장면은 은연중 이런 기대를 품게 한다.

『밤이 지나간다』가 비밀에 관한 소설이라고 말했지만, 세계의 거대한 비밀, 즉 우리 삶이 죽음 위에 구축된 것이라는 사실을 이미 수용한 연약한 인간들이 구하고자 하는 개개인의 소소한 비밀들은 애처로운 것일 수밖에 없다. 언제나 빈틈없이 잘 빚어진 단단한 구조물이 되어 있는 편혜영의 소설을 읽으며 세계의 비밀보다는 작가 개인이 감춘 비밀이 조금 궁금해질 때도 있었다. 이 허무하고 불안한 세계에서 살아 있음을 확인케 하는 단 하나의 비밀이 그녀에게도 있다면 그것은 과연 무엇일까. 어떤 비밀로 인해 그녀는 문득 외로워지기도 할까. 이런 궁금증이 일었던 독자들도 분명 없지는 않을 것이다. 편혜영이 자신의 인물들에게 유별난 상처를 고백하도록 하는 일이 거의 없다는 사실로부터 이 같은 호기심이 생겨났을 수도 있다. 이미 더이상 크게 달라질 것 없는 삶 속에 편입된 중년 혹은 노년의 인물들이 주로 등장하는 편혜영의 소설에서 그 인물들이 최초로 겪은 '상실'의 체험이 무엇인지, 그들이 과연 어떤 '성장'의 과정을 거쳤는지 독자는 별로 확인하지 못한 셈이다. 그녀의 소설에는 먼 과거의 구체적인 장면들이 묘사되는 경우가 많지 않았기 때문이다. 그런 점에서 「가장 처음의 일」은 그간 편혜영 소설에서 흔치 않았던 장면이 제시되고 있다는 점에서 흥미롭게 읽힌다. 자기 삶의 쓸쓸함의 기원으로 거슬러 올라가보는 인물이 등장한다.

명문 대학을 졸업하고 비교적 좋은 기업을 다니고 있지만 아직 결혼을 하지 못했고 부모님을 오래 부양했으며 여전히 동생의 계속되는 실패를 수습하면서 틀에 박힌 삶을 살고 있는 한윤수가 어린 시절을 회상하는 장면을 보자. 좌판에서 장사를 하는 부모 밑에서 한윤수는 불행한 어린 시절을 보냈다. 언제나 "차갑게 굳어"(173면) 있는 표정으로 누구에게나 쉴 새 없이 비난을 퍼부었으며 유독 큰아들인 그에게 더 엄하게 훈계하고 내내 "부정형의 명령"(172면)만을 늘어놓던 부모가 한윤수에게 가장 많이 했던 말은 "쓸모없는 일을 하지 말라는 것"(167면)이었다. 그렇게 엄한 부모 밑에서 다정하고 부유한 친부모의 존재를 상상해보면서, 그는 "농담과 장난에 정색하고 단호하고 직설적으로 말하는"(173면) 메마른 성격의 소유자로 자라났다. 나중에야 부모의 냉담한 표정이 "노동이 주는 피로감"(174면)에서 온 것임을 깨닫고 그들을 연민하게도 되었지만, 주변으로부터 전혀 호감을 살 수 없는 자신의 까다로운 성격과 기질에 대해 어린 시절의 환경 탓을 하지 않을 수는 없었다. 그렇게 엄한 부모 밑에서 부모가 금지하는 '쓸모없는 짓'을 되도록 하지 않으며 궁극적으로는 부모와 다른 삶을 살기 위해 애써왔지만, 그 결과가 겨우 회사원에 지나지 않는다는 점에 그는 일찌감치 실망했다. 자신이 개천에서 난 용이 아니라 결국 "개천으로부터 한 치도 멀어지지 않았다는"(186면) 사실에 더 크게 실망했다. 그렇게 살아온 그에게 결정적인 인생의 전환점이 생긴다.

동생을 만나러 가기 위해 버스를 기다리며 서점에 들른 한윤수는 상사에게 야단맞는 여직원에게 무심코 눈길이 간다. "단정치 못하고 게으르다는 인상"(176면)을 풍기는 여자였다. 서점의 여직원이라는 것뿐 아무것도 알 수 없는 그 여자에게 한윤수는 곧 사랑을 느끼게 된다. 좀처럼 불확실한 감정에 좌우되는 일이 없던 그에게 무슨 일이 생긴 것일까. 서점에서 여직원이 찾아주는 책을 기다리다가 그는 버스를 놓쳤고 그가 놓친 그 고속버스에 탔던 사람들은 교통사고로 인해 죽거나 다쳤다. 불행은 우연히 그를 비켜갔던 것이다. 노력으로도 벗어날 수 없는 자기 삶의 불운을 탓하던 한윤수는 이 사고와 더불어 "행운"(182면)이라는 단어를 떠올리게 된다. 살아 있는 자신의 몸을 어루만지면 "따뜻하고 단단하고 부드러우면서 끊임없이 움직이는 것이 인생이 아닐까 하는 생각"(같은 곳)마저 하게 된다. 그리고 그 행운의 기원을 거슬러 올라가던 그는 서점의 여직원을 떠올리게 된다.

이번에는 달랐다. 그의 마음은 평온했다. 차오른 감정은 투명했다. 다른 무엇이 섞여 있지 않았다. 이런 순간은 처음인 듯했다. 아니다. 망상에 불과했다. 헛되고 무모했다. 진심이라 자신할 수 없었다. 하지만 과연 그럴까? 사람이 확신할 수 있는 감정은 그다지 많지 않을지도 몰랐다. 확신이 없는 게 꼭 나쁜 것도 아니었다. 이제까지 그는 대체로 모든 일을 불확실한 가운데 결정해왔다. 잘된 일도 있고 그렇지 않은 일도 있었다. 확신했더라도 마찬가지였을 것이다. (183면)

그게 분명한 사랑이든 사랑이 아니든 한윤수는 이전과는 분명히 다른 감정을 느끼게 되었다. "확신이 없는 게 꼭 나쁜 것도 아니"라는 사실도 함께 알게 되었다. 그날 이후 한윤수는 매일 서점에 들러 여자에게 책을 찾아달라 부탁한다. 전날 자신이 다른 서가에 옮겨놓아 찾을 수 없는 바로 그 책을. 그렇게 '쓸모없는 짓'을 하면서 여자에게 진심을 전달할 타이밍을 고심하게 된다. 한윤수가 그녀에게 전달하고 싶었던 진심은 무엇이었을까. "몸속의 전극이 미묘하게 뒤틀린 느낌"(187면), 뭔가가 달라진 것 같은 그 느낌은 과연 무엇이었을까.

한윤수는 여자를 우연히 바라보게 되었고 그래서 우연히 버스를 놓쳤고 결국 죽지도 다치지도 않는 행운을 얻었다. 물론 그는 여전히 똑같이 살아 있을 뿐 아무것도 달라진 것은 없다. 그럼에도 불구하고 지독한 불운처럼 여겨졌던 그의 삶이 순식간에 뜻밖의 행운으로 돌변한 것은 그녀 덕분이 맞다. 그런데 과연 이 모든 게 우연이기만 할까. 한윤수가 여자에게 눈길을 준 그 장면에서 상사에게 혼나고 있던 여자는 분명 모멸감을 느꼈을 것이다. 그리고 그 장면이 낯선 사람에게 노출되었다는 이유로 모멸감은 더 배가되었을 것이다. 여직원의 풀 죽은 뒷모습을 보다 자신의 어린 시절을 회상하던 그는 여자가 "원망하는 눈"(177면)으로 자신을 바라보던 것을 기억한다. 자신의 시선으로 인해 모멸감을 느껴야만 했던 상대와 마주하며 한윤수의 마음에 무엇인가 알 수 없는 감정이 생기기 시작했던 것이 아닐까. 결국 그의 삶이 어딘가 달라진 것 같은 느낌이 든 것은 바로 그 감정 때문이 아닐까. 어린 시절 언제나 느껴야 했고 사는 내내 결코 극복하지 못했던 그 자신의 모멸감이 여자와의 마주침을 매개로 자기 연민의 감정으로 조금 뒤바뀌었다고 추측해보면 어떨까. 가난하고 보잘것없는 삶의 피로와 수치를 감추기 위해서라도 오히려 더 냉담한 표정을 지어야 했던 부모와, 결코 닮고 싶지 않았던 그들과 똑같은 표정으로 늙어가는 자기 자신과, 상사에게 야단맞는 장면을 들킨 모멸감에 원망하는 표정을 짓던 여자의 얼굴이 하나로 겹치면서, 한윤수는 자기 삶의 피로를 온전히 느끼며 쓸쓸해졌던 것이 아닐까.

그렇다면 한윤수가 여자에게 느낀 알 수 없는 끌림과 갑작스러운 사랑의 감정을 완벽한 우연으로만 이해할 수는 없을 것이다. 진심을 고백하는 대신 숨긴 책을 찾아달라는 엉뚱한 부탁만을 반복하는 한윤수는 여자에게 무언가 고백할 타이밍을 기다리고 있는 것이 아니라, 깔끔히 정리되어 있는 서점의 책들을 흩뜨리는 '쓸모없는' 손짓을 통해 어쩌면 자기 생의 불행을 어루만져보고 있는 듯 보인다. 우연히 눈길이 간 여자로 인해 가까스로 자기 삶을 연민하

게 되고 생의 불확실성마저도 인정하기 시작했기에, 어느날 여자
가 자신에게 도둑이라는 누명을 씌우며 모멸감을 돌려줄 때에도
그는 실망하거나 불쾌해하지 않을 수 있었다. "미안함과 연민, 불
안이 함께 스쳐"(189~90면)간 여자의 얼굴에서 오히려 더 강한 동질
감마저 느꼈던 듯하다. 한윤수는 모르던 여자와 서로 같은 표정 속
에서 모멸과 연민을 주고받으며 자기 삶을 긍정하기 시작한다. 살
아오며 결코 농담이나 장난 따위는 하지 않았던 그가 여자를 향해
부드럽게 웃으며 "시시하고 사소해서 그저 피식 웃게 하는 말을 하
고 싶었다"(190면)라고 생각해보는 이 소설의 마지막 장면은 편혜
영의 소설에서 드물게 따뜻한 장면으로 읽힌다. 편혜영이 그리는
인간의 삶은 대체로 쓸쓸한 것이고 그 삶을 이루는 법칙들은 예외
없이 냉담한 것이지만, 「가장 처음의 일」은 삶의 불행과 행운, 부정
과 긍정이 뒤바뀌는 사소하고도 우연한 계기를 설득력 있게 그려
냄으로써 편혜영 소설의 평균온도를 조금 올려놓는 역할을 한다.
이 소설과 더불어 「서쪽으로 4센티미터」를 읽으면 어리둥절한 상
태로 갓길에 멈춰서 있는 조가 헤어진 여자에게 불쑥 찾아갈 것만
같다는 상상도 하게 된다.

　오래전 『사육장 쪽으로』를 읽으며 "어쩐지 생애 처음으로 웃는
것 같은 느낌"(「퍼레이드」)을 고백하는 인물을 눈여겨본 적이 있다.
삶에 대한 공포와 불안으로 인해 냉소적으로 되어버린 편혜영의
인물들이 차차 긴장을 풀어가고 있는 것이 아닐까 조심스레 추측
해보기도 했다. 편혜영이 그리는 서늘한 세계로부터 희미하게나

마 삶에 대한 긍정의 기미를 발견해볼 수 있지 않을까 억지스러운 기대를 품어본 것이다. 물론 기대는 빗나갔다. 『사육장 쪽으로』이후 두권의 장편과 한권의 소설집을 더 출간하면서 편혜영이 그리는 세계는 점점 더 냉담해졌고 그녀의 인물들은 그러한 세계에 대해 점점 초연해지는 듯 보이기까지 했다. 오래전 빗나갔던 기대를 보상받는 심정으로 「가장 처음의 일」의 남자가 짓는 부드러운 웃음을 각별한 것으로 음미해보고 싶다. 저 어색한 웃음이 보는 사람으로 하여금 연민을 자아낼 것은 분명하지만 연민의 시선으로부터 쉽게 모멸감을 느끼지 않을 정도로 남자는 조금, 그렇지만 확실히 달라져 있기는 하지 않는가. "모든 게 명확해질 때까지 언제까지고 기다릴 수만은 없으니까"(190면)라고 말하는 저 남자의 용기를 지지할 때, 우리는 편혜영의 소설로부터 더 많은 것을 볼 수도 있다.

4

　인간의 사소한 감정들을 무턱대고 분출하지 않으면서도 일상의 작은 기미들을 포착하는 정확한 능력에 있어서라면, 그리고 그 사소한 기미들이 세계의 거대한 비밀을 건드리는 데까지 나아가도록 이끄는 과감한 솜씨에 대해서라면 편혜영은 시작부터 고수였다. 그녀의 서늘하면서도 섬세한 손길은 이제 인간 개개인의 내밀한 비밀의 세계를 만져보는 데까지 뻗어 있다. 세계의 서늘한 비밀과 개인의 내밀한 비밀을 오가는 그녀의 섬세한 손짓은 우리에게 또 어떤 낯선 이야기들을 들려주게 될까. 편혜영은 밤이 지나가는 기운을, 이만번의 밤을 보내고도 익숙해질 수 없는 그 서늘하고도 낯선 기운을 가장 정확하게 전달할 수 있는 능력을 지녔다. 그런 그녀가 보여주는 아침의 기운을, 희미한 삶의 기미를 어떻게 외면할 수 있을까. '밤이 지나간다.' 이 문장은 명백히 현재형의 문장이다. '지나간다'라는 말 안에 이미 과거를 품음으로써 미래를 기대하게 하는 묘한 현재형의 문장이다. 『밤이 지나간다』라는 매혹적인 소설집을 손에 쥔 우리는 현재형으로 지속되는 밤의 기운과 더불어, 곧 맞이할 아침의 기운까지도 동시에 느낄 수 있을 것이다. 그 밤과 아침의 사이 어디쯤에서 나만의 비밀과 만나게 될지도 모른다.

曺淵正 | 문학평론가

작가의 말

　여기에 실린 소설의 주인공들에게, 하찮은 비밀조차 없어 돌연 인생이 시시하다 느끼고, 무엇을 지키는지 모르는 채 정밀하게 거짓말의 내면을 구축하고, 통증의 유일성으로 자존감을 유지하고, 거짓말의 허세로 자신을 공고히 하고, 내키지 않는 결정이 미뤄지기를 바라느라 약속을 늦추고, 결별에도 육중한 평정심을 잃지 않고, 불완전한 예감과 의심에 속아 불안을 앓은 그들에게도 고맙다.
　나 대신 야전에서 북풍을 맞아준 것에 대한 감사다.
　소설 중 일부는 몇해 전의 3월 11일에 빚졌다. 뜻밖의 상황에서 그들이 남긴 물건들, 동진(東進)한 대륙, 순한 눈빛으로 살아남은 동물들, 자발적 구호와 선의, 지속적인 태연한 인생 같은 것이 오랫동안 남아 있다.

정기적인 시간에 출퇴근하는 일을 관둔 후로, 깊은 밤에 소설과 단둘이 남을 때가 많아졌다. 소설은 쉽게 곁을 주지 않고, 나는 여전히 소설에 낯을 가려 묵묵히 서먹한 밤이다.

아마도 계속 그런 밤과 밤이 지나갈 것이다.

2013년 여름

편혜영

수록작품 발표지면

야행(夜行) ……『문학과사회』2011년 여름호

밤의 마침 ……『현대문학』2012년 2월호

해물 1킬로그램 ……『본질과현상』2012년 가을호

비밀의 호의 ……『창작과비평』2012년 여름호

개들의 예감 ……『문예중앙』2011년 봄호

서쪽으로 4센티미터 ……『현대문학』2010년 12월호

가장 처음의 일 ……『세계의문학』2012년 봄호

블랙아웃(Blackout) ……『자음과모음』2012년 여름호

밤이 지나간다

초판 1쇄 발행 • 2013년 8월 12일
초판 8쇄 발행 • 2020년 6월 26일

지은이/편혜영
펴낸이/강일우
책임편집/윤자영
펴낸곳/(주)창비
등록/1986년 8월 5일 제85호
주소/10881 경기도 파주시 회동길 184
전화/031-955-3333
팩시밀리/영업 031-955-3399 · 편집 031-955-3400
홈페이지/www.changbi.com
전자우편/lit@changbi.com

ISBN 978-89-364-3726-8 03810